もっと！ にゃん！

鈴江三万石江戸屋敷見聞帳

あさのあつこ

祥伝社文庫

目次

主な登場人(?)物

お糸(いと)

呉服屋『きぬた屋』の一人娘。
他の人には見えないものが
〝見える〟体質。

珠子(たまこ)

鈴江三万石の領主、
伊集山城守長義の正室。
長義に一目惚れして
今に至るが、その正体は実は猫。

三嶋(みしま)

鈴江三万石江戸屋敷の上臈。
その正体は虎。大食漢で、
怒ると怖いが、怒らなくても怖い。

おかか

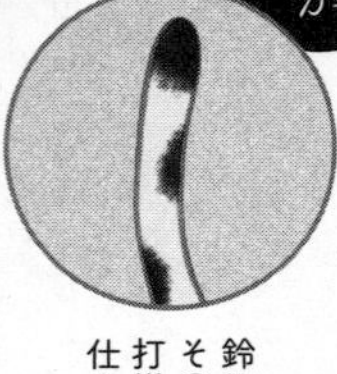

鈴江三万石江戸屋敷の腰元。
その正体は猫。
打掛も、ちょちょいのちょいで
仕立てる針の名手。

おさけ

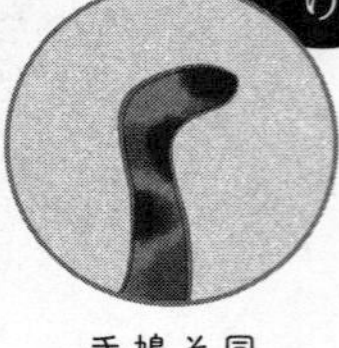

同じく腰元。
その正体はやはり猫。
鳩も玉も、なんでもござれの
手妻の達人。

権太郎(ごんたろう)

珠子の父。
〝猫族なんだけどちょいと
不思議な一族〟の長。
外つ国の言葉を使いたがるが、
発音はいまいち。

もっと！　にゃん！

鈴江三万石江戸屋敷見聞帳

その一　お糸、吼える

「きゃあああああ――――っ」

鈴江三万石江戸屋敷の奥に、女の叫びが響いた。

屋根に止まっていた鴉が飛び立ち、沓脱石の上で日向ぼっこをしていた（と思われる）蜥蜴が逃げ出し、洗濯していた御末が灰汁の桶を落としそうになった。

「何事じゃ、何事じゃ」

「昼日中から、賊か」

奥の警衛を司る番方が薙刀を構える。

これはちょっとした騒ぎになる……かもしれない有り様だった。

突然ですが、ちょっとだけ横道に入ります。鈴江三万石江戸屋敷について、軽く説明などいたしますので、ご清聴を。

鈴江三万石江戸屋敷。

江戸のどこかにある大名屋敷である。大名屋敷と聞けば、豪華絢爛、壮大華麗、贅沢三昧、無駄に広くて、部屋がいっぱいあって、廊下がどこまでも続いていて、秘密の抜け道や釣り天井や落とし穴があちこちに設けられ、奥深い一室では密談、密謀が日ごと夜ごと囁かれ、さらなる一室では、好色な殿さまがお気に入りの御殿女中を呼び寄せ、「むふふ、怖がらずともよい。もそっと、こちらにまいれ。ほれほれ」「あれぇ、御無体な」「むふふ、悪いようにはせぬぞ。むふふむふふ」と痴態を繰り広げる。

そんな感を抱かれる向きもおられるでしょうが……。

それは間違っています。

ほとんどの大名屋敷には秘密の抜け道や釣り天井などない。落とし穴もない。台所賄い方が野菜屑を埋めようと掘っていた穴に落っこちた、(間抜けな)留守居役がいたとの噂はある。その留守居役は頭に茄子のヘタを載せたまま、「わしは、屋敷内の贅沢を取り締まっておるのじゃ。まだ十分に使える野菜を屑とするは言語道断ぞ」と怒鳴り、台所賄い方をめったやたらに叱責し、「やだぁ。お留守居役ったら、ご自分のしくじりを誤魔化してる」「みっともないわよねえ。人として終わってんじゃないの」「ほんと、これでさらに面目丸潰れって、わからないのかしら」と女中諸子から、大いなる顰蹙を買ったとの噂もある。

ともかく、出入り商人や職人を別とすれば、町人には縁のない所ゆえ、大名屋敷については真偽混ざり合い、真三分偽七分の取沙汰が広まっているようだ。

ここで、おさらいです。

大名屋敷は各藩の財力や立場、身分によって敷地の広さも館の構えもさまざまではあるが、抜け道や釣り天井、落とし穴を設けているところはない。そんなものを造れば、公儀に目を付けられ、おおっぴらにも陰険にも咎められる。下手をすれば、殿さま切腹、お家は断絶の憂き目に遭う。くわばら、くわばら。ただ、どこのお屋敷とは言えないが、「茄子頭」とお女中に陰口をたたかれる間抜けな留守居役はいる。

鈴江三万石江戸屋敷には、抜け道も釣り天井も落とし穴も間抜けな留守居役も陰口をたたくお女中もいない。豪華絢爛とも壮大華麗とも言い難い、ちんまりした造りだ。そこで、贅沢三昧とはほど遠い、蝦夷から琉球ぐらい遠く離れている質素な暮らしが営まれている。なにしろ、鈴江は三万石の小藩、質素倹約を旨としなければやっていけないのは、事実だ。しかし、それればかりではない。この質素さ、この慎ましさは江戸屋敷奥を取り仕切る、鈴江三万石正室、珠子の方の意向そのものなのだ。

江戸屋敷にはすべからく、大名の正室と嫡男が住まうことになっている。公儀の膝元に妻子を置く、体のいい人質である。とはいえ、戦国の世ならいざ知らず、徳川幕府開闢からはや二百年近くが経とうかという今、人質に妻子を差し出す、差し出させるという仕組みはとっくに形骸となっている。が、形ばかりであったとしても、いや、形骸でしかないからこそ公儀は目を光らせる。そこで「えー、こんな取り決め意味ないじゃないですかぁ。参勤交代も怠いし、やたら費えが掛かるし、ご公儀、無駄が多過ぎません？」などと異を唱えれば、異志ありと見做されて、殿さま切腹、城明け渡しの憂き目に遭う。公儀と関わると憂き目ばっかりなのだ。得したり、嬉しかったり、おもしろかったりなんてことは、滅多にない。もっとも、大名たちのほとんどは国の大小にかかわらず、江戸に正室、国元に側室を置いて、まぁその何というか、よろしくやっている。それだけでは飽き足らず、屋敷奥の一室でお女中にちょっかいを出したり、あちこちで気に入った娘を漁ったりする、どうしようもない殿さまもいるとかいないとかではなくて、いるとかいるとかなのだ。

しかし、鈴江三万石の主、伊集山城守長義は違う。国元に側室は一人もいない。鈴江三万石の城奥を束ねているのは長義の乳母を務め、今は年寄として重職を担う竜野という女人である。竜野は齢四十を数えるのを潮に年明けに致仕を申し出る望みながら、長義が側室を娶らないうえに、奥女中の中に後を委ねるに足る才媛も見受けられず、退くに退けないとため息の日々であるらしい。

そう、長義は正室、珠子の方一筋。もう、他の女なんて目に入りませんよう状態なのだ。珠子は珠子で一途に夫を慕い、「長義さまに比べたら、世のどんな男も黒豆ガガコにしか思えないわ」と、憚ることなく惚気る有り様だ。もちろん、心許せる側近の前でだけだが、一国の領主と正室のこの、いちゃいちゃ、でれでれ振りがすご過ぎて、周りは正直引き気味なのだった。どん、どん、どん引きで、珠子の側近中の側近、上臈三嶋などは、

「珠子さまのいちゃいちゃでれでれに付き合っておれば、引いて引いて江戸湊に落っこちてしまいそうじゃ。ほんま、あほらしゅうてやってられへんわ」

と、なぜか上方弁を交ぜて呆れ果て、主の惚気とはまったく関わりないだろうが、音を立ててスルメを噛む。ちなみに、このところ、三嶋はスルメがお気に入りで暇があればくちゃくちゃやっている。ほんの一月ほど前だが、江戸湊の沖で漁師の船が三尋（約五・五メートル）はあろうかと思われる大イカに襲われたとの騒ぎがあった。読売には、長い、足か腕かわからないがともかく長い足か腕に巻きつかれ、粉々に砕ける舟と海に投げ出される数人の漁師の絵が描かれていた。三嶋はその読売を穴が開くほど眺めながら、さかんに舌舐りをしていた。おそらく、いや、間違いなく、

このイカをスルメにしたらさぞかし腹が満たされるだろうと、妄想していたのだ。

ちなみに、珠子の言う〝黒豆ガガコ〟とは鈴江の名産である黒豆に付く害虫である。親は薄黄色の美しい翅を持つ蛾だが、その子どもときたら蜜柑色の身体に紅色の棘を無数に持つ、毒々しいとしか言いようのない芋虫だ。棘には毒があり、刺されると大の男が悲鳴を上げるほどの激痛に襲われる。食気は三嶋には及ばないが凄まじく、一日で黒豆畑の苗が丸裸にされることも珍しくはない。鈴江では、乱暴で厄介な半端者や家の財を食い潰す放蕩者を詰るときにも使う。

「阿波屋さんの惣領息子、ありゃあどうしようもない黒豆ガガコだな」

「ほんにねえ。あの黒豆ガガコじゃ親も苦労するわ。気の毒に」

「おしげさんの亭主も黒豆ガガコの類だな。この前は飲み屋で暴れたらしいじゃないか。ろくに仕事もしないで、酒浸りで、けしからん」

「ええ、おしげさん、夫婦別れしたいって言ってましたよ」

「そうか。あの黒豆ガガコ振りじゃ夫婦ではおれんわな。よし、わしが相談に乗ってやろう」

「はぁ? あんた、何を言ってんの。何であんたがしゃしゃり出るんです。まさか、おしげさんを狙って……きゃあ、いやらしい。黒豆ガガコよりいやらしい。あたしが、そんなこと許しませんよ。黒豆ガガコは見つけ次第潰すんだからね。あんたもこうして……」

「うわっ、止めろ。誤解だ、誤解だ。うわぁーっ」

という具合に。珠子のように夫のすばらしさを表すのに、他の男を黒豆ガガコに譬える使い方は、あまり普通ではない。むしろ邪道であると付け加えておく。

まあ、そういう、いちゃいちゃでれでれ振りが目に余る面はありながら、鈴江三万石江戸屋敷が慎ましく質素でありながら、常に明るく楽しく華やかな気配さえ漂っているのは、正室、珠子の方の人柄によるところが大きいのも事実だった。

人柄？　人・柄……と言っていいのかどうか。でも猫柄じゃ猫模様の反物みたいだし……。いや、ともかく、鈴江三万石江戸屋敷はいつも明るく楽しく平穏な……はずだった。

ここで、本道に戻ります。ご清聴（読）ありがとうございました。

「きゃあああああ――――っ」

お糸は悲鳴を上げ、その場に突っ伏した。

お糸は町方ながら、本所深川随一の大店『きぬた屋』の娘だ。『きぬた屋』は大名家に出入りを許されるほどの豪商で、呉服を手掛ける。その縁があって、鈴江の江戸屋敷に女中奉公にきた。そして、今は珠子の方の側近(そば)くに仕える。傍(はた)から見れば贔屓(ひいき)も贔屓にしか見えないだろう。実際、娘を取り立てる代わりに『きぬた屋』からたっぷりの礼金が屋敷内勘定方(かんじょうかた)に渡っているだの、奥の女たち一人一人に上質の反物が届けられただの、根も葉もない噂話が一時(いっとき)だが屋敷内外で囁かれた。

根も葉もどころか茎(くき)も種もない噂だ。お糸が珠子にいたく気に入られ、珠子の娘、鈴江三万石の姫である美由布(みゆう)の後懐(あとふところ)、つまり守(も)り役に選ばれたのは、実家の力ではなくお糸の人柄（ここは間違いなく人・柄である）故(ゆえ)だ。

なにしろ、器量よしの気立てよし。大店の娘ではあるが我儘(わがまま)でも傲慢(ごうまん)でもない。優しく、素直で、一途で、頑張り屋だ。聡明で肝(きも)が据(す)わってもいる。珠子でなくとも気に入って、娘の世話を任せたいと思うだろう。

そう、ことほどさように、お糸はよくできた、非の打ちどころのない娘である……とまでは言えない。非の打ちどころは、ままある。お糸の非の打ちどころについては、追々わかっていくだろうから、ここではあえて語らない。それより、「きゃああああああ――――っ」だ。

ある日、ある刻(とき)、鈴江三万石江戸屋敷奥に、お糸の「きゃあああああ――――っ」が響き渡ったのだ。ある刻といったが、だいたい昼八つ（午後二時頃）のちょい手前あたりと思われたい。

「お糸、いかがいたした」

三嶋がお糸の部屋に飛び込んでくる。美由布姫の守り役ということで、狭いながらも一室を与えられていた。そこに、袖を括り鉢巻きを締めた三嶋と番方が雪崩れ込んできたのだ。三嶋は剣術はもとより、槍、弓矢、組手、鎖鎌に棒術と武芸百般に通じ、並の男ではとうてい太刀打ちできないほどの強者だ。奥向きの番方も、三嶋がみっちり鍛え上げた遣い手ばかりだった。もっとも、三嶋は得物を使うより、己の牙と爪で相手を叩きのめすほうが性に合っていると公言している。得物なく、素手で三嶋と戦うなど無謀の上にも無謀。箱根の山を逆立ちで登るのに等しい。

「あああ、三嶋さまぁ」

お糸は身を起こし、洟をすすり上げた。三嶋の四角いがっしりとした顔がぼやけて見える。それくらい、涙が流れていた。ちょっぴりだけど、洟も垂れている。

「いかがしたのじゃ？　曲者……ではないようじゃな」

「くっ、曲者？　違います。違います。そうじゃなくて……うっううう」

また涙が溢れてくる。三嶋が顎をしゃくった。薙刀や小太刀を手にした番方が音もなく退いていく。

「叫んだかと思いきや大泣きとは何事ぞ？　この三嶋に話してみるがよい。あ、いや、話せるならで構わぬがな。話したくないなら、無理には聞かぬゆえ」

「み、三嶋さま」

　また、泣きそうになる。

三嶋の顔は怖い。目は爛々と輝いているし、口は大きく、時折牙が覗く。睨みつけられただけで身が竦み、動けなくなる人や犬や雉や猿や鼠は数知れない。その内の何匹（人は除く）かはそのまま、哀れ餌食になったものもいるはずだ。

怖い。でも、優しい。ふっと、こんな優しい心遣いをしてくれる。心配しながら気を遣い、労ってくれる。この屋敷に奉公にあがってから、お糸は剝き出しではない優しさ、そっけなさやさりげなさの裏に隠れた優しさがあるのだと知った。優しい振りだけの非情や親切ごかしの悪意もあるとわかってはいたけれど、非情や悪意を掃いて、拭いて、袋にまとめて塵箱に捨てられるのが人なのだと知ったのだ。

人？　人として括っていいかは難しいところだが、今は拘らなくていい。怖い顔の三嶋の優しさに泣きたい。

「三嶋さま、三嶋さま、ありがとうございます。ううっ、でも、聞いてください。わたくし、う、嬉し泣きをしております。嬉しくて、嬉しくて……ううっ、涙が止まりません」

「嬉し泣き？　しかし、そなた、さっき叫んだではないか。あれは、まさに悲鳴であったぞ」

「嬉し叫びです。嬉し叫びをして、その後、嬉し泣きをしております」

「嬉し叫び？　なんじゃそれは」

三嶋が首を傾げる。

「嬉しくて嬉しくて、叫んでしまったのです。お騒がせして申し訳ありません」

「そんな叫び方があるのか？　いや、あれはどうあっても悲鳴としか聞こえぬ。番方一同、色めき立って駆け付けたのじゃからの」

三嶋が言い終わらないうちに、軽い足音がした。廊下を駆ける音だ。

「お糸どの」

「あ、おかかさま」

珠子付きの腰元の一人、おかかが両手で裾を摘まみ上げ、走り込んできた。

「お糸どの、さっき嬉し叫びが聞こえました。あれは、よもや！」

「はい、そのよもや！　でございます」

「まあ。やはり、あの嬉し叫び、ただ事ではないと思うておりました。まあ本当に嬉しいこと。お糸どの、おめでとうござります」

「おかかさまのお陰です。おかかさま、ありがとうございます」

おかかとお糸はひしと抱き合う。その横で、三嶋が黒目を左右に揺らした。

「え？　おかか、そなた、嬉し叫びとやらがわかるのか」

ひしと抱き合っていた腕を緩め、おかかは三嶋に顔を向けた。それから、二度続けて首肯した。浅黒く滑らかな肌をしていて、頬がふっくらとした丸顔だ。ぱっと見、コケシのようでも少女のようでもあるが、然に非ず。実は城内随一の針の名手だった。珠子の小袖も打掛も全て、おかかが縫い上げている。

「もちろんでございます。嬉しいときに発する叫びではございませんか。え？　三嶋さま、もしかしてご存じなかったのですか」

「さっき、初めて聞いたわ。なんじゃ、それは」

「ですから、嬉しいときの叫びでございますよ。ね、お糸どの」

「はい。あまりの嬉しさに、久々に叫んでしまいました。大声を出して、はしたのうございましたか。お恥ずかしい」

「あら、恥ずかしがることはありませんでしょ。嬉し叫びですもの。普通の叫び声とは違うのですから、むしろ大きい方がめでたさが募るというものです」

「ですよねえ、何といっても嬉し叫びですもの」

「そうそう嬉し、嬉し」

「ほんとに嬉し、嬉し」

　また、ひしと抱き合おうとしたお糸とおかかの間に、三嶋が割って入る。

「ちょっと待てぃ。二人だけで勝手に嬉しがるでない。もそっと、こちらにもわかるように話せ。その嬉し叫びとやらと普通の叫び声は違うておるのか」

「あら、もちろんでございます」

　お糸とおかかの返事がぴたりと重なる。三嶋が顎を引き、眉を顰めた。それだけで怖い。十分怖い。犬、猿、雉、及び鼠、及び肝の小さな人間なら即座に心の臓が止まろうかという怖さだ。しかし、お糸もおかかも平気だった。慣れている。顔のわりに三嶋が可愛くて、優しくて、物すごく腹を立てるか、どうしようもないほど腹を減らすかでない限り、嚙みついたりしないともわかっていた。

「嬉し叫びは、語尾がこう、ツン、テン、シャンと滑らかに上がりまして、終わりに震えますでしょ。こう、ふるふるって」

　おかかが人差し指を上に向け、上下に振る。それから、

「でも、普通の叫びは、ツン、テンからシャンまで一気にどーんと上がって、語尾が

ぼわわわーんと広がるのです」

と、両手を左右に広げた。〝ぼわわわーん〟を仕草で示したらしい。

「ね、まるで違いますでしょ」

「あ……うむ。まぁわかったようでわからぬようで、やはりわからぬが、もうよい」

三嶋は諦め、嬉し涙を拭いているお糸を横目で窺った。

「それで、お糸、そなたは何が叫ばねばならぬほど嬉しかったのじゃ」

「あっ、それです。もう、ほんとにすごいんです。三嶋さま、おったまげてひっくり返って、お茶の子さいさい、さようなら。てやんでえ、明日は明日の風が吹く。拭いちゃならねえ、嬶の面。なんてことにならぬようご用心を」

「……お糸。平心を保て。言葉遣いが雑になっておるぞ」

「え？　あら、申し訳ございません」

口元を押さえる。高揚するとつい、子どものころ香具師の親方から教えてもらった口上が零れてしまう。珠子はおもしろがってくれるが、御殿女中としては早急に直さねばならない悪癖だ。しかし、悪癖云々はひとまず横に置いておこう。

お糸は、胸を張った。

「えっと、ではでは、三嶋さま、申し上げます」

「ハッ、トトトントトトントトトトトトトーン」

おかかが口太鼓で盛り上げてくれる。余談だが、鈴江三万石江戸屋敷では、太鼓や琴の稽古は大いに勧められるが、三味線はご法度だ。胴に猫の皮を張るのが理由らしい。国元でも同じで、お囃子であろうが長唄であろうが三味線は使わない。これは、珠子の正体云々ではなく、昔から猫を尊び、守り神として崇めてきた鈴江の人の気風にあると思われる。

「ハッ、ソレソレソレソレ、ソーレソレ、トトトトトーン。ここです、お糸どの」

「はいっ。わたくし、わたくしついに小袖を縫い上げました」

「何と。そなたが、小袖を！」

三嶋が身を反らせ、大きく目を見開いた。驚いているのだ。

「浴衣ではなく、小袖か」

「はい」

「襦袢でもなく、小袖か」

「はい。間違いなく小袖でございます」

「腰巻でも前掛でもなく、小袖か」

「正真正銘の小袖ですが」

「雑巾(ぞうきん)でも布巾(ふきん)でもなく、小袖か」

「……三嶋さま、些(いささ)かしつこうございませんか。小袖です。こ・そ・で」

「いや、しかし、お糸が小袖を縫い上げたとは。俄(にわか)には信じられぬ思いぞ。まさに、おったまげてひっくり返りそうじゃ。天変地異の前触れではあるまいな」

「天変地異って、言い過ぎです」

お糸は頬を膨(ふく)らませた。おかかが身を乗り出す。

「そうでございます。三嶋さま、お糸どのはそりゃあもう、よく努められたのですよ。毎日毎日、針のお稽古をなさって……。得意なことなら、どなたでも励むでしょう。でも、お糸どのは針仕事が大の大の大の苦手。この前まで襷(たすき)一本、縫えなかったのです。お糸どのの縫った襷を掛けようとしたら、あらあら不思議、ぱっと解(ほど)けて、元の布に早戻りなんてことが……えっと、一回、二回、三回……。はい、都合五回はございました」

「お、おかかさま。そんな話を蒸し返さないでくださいまし。あぁ、恥ずかしい」

「恥ずかしくなどありませぬよ。それほど苦手なことから逃げず、怯(ひる)まず、お糸どのは励まれました。指を何度も針で突いて、痛くて涙目になりながら稽古を続けられたのです。諦めることなく挫(くじ)けることなく、です。天晴(あっぱ)れではございませぬか」

「天晴れ？　うーん、しかし、襷を縫うのに五回もしくじる方が驚きではあるが……。いや、まあ、よい。お糸の頑張りは確かに認める。おかかの針指南もなかなかであったろう」

お糸とおかかは、同時に指をつき、頭を垂れた。

「三嶋さまに、そのように言っていただけるなんて幸せですねえ、お糸どの」

おかかの丸い笑顔に、お糸も笑みを返す。

「はい。本当に嬉しゅうございます」

「で、どこにある？」

「え？　何がです」

「何がって、今、スルメの話をしておるわけではあるまい。小袖じゃ、小袖。そなたが縫うた小袖とやらは、どこにある」

「あっ、そうです。小袖、小袖。あら、ないわ。嘘？　さっきまでここにあって」

お糸は辺りを見回し、目を凝らした。

「え、嘘でしょ。確かに縫い上げたばかりの小袖を……きゃあああああ――あー」

悲鳴がほとばしる。三嶋の顔が歪んだ。

「いかがした。ここで嬉し叫びをあげるとは、何がめでたいのじゃ、お糸」

「三嶋さま、違います。今のは嬉し叫びではございません。こう、ぼわーんと広がりましたでしょ。ぼわーんと」

おかかが再び両手を広げる。

「ぼわわわーん、ではなかったのか。ぼわわわーん、であろう」

「ああ、そうでした。ぼわわわーん、でございます。お糸どの、なぜにぼわわわーん、なのです。何にそんなに取り乱しておられますか」

「だって、だって、わたくしの小袖が三嶋さまのお尻の下に。つまり、三嶋さまが、わたくしの小袖の上に座ってる。あぁ、もうぐちゃぐちゃになってる」

「なんじゃと。わたしの下とな」

三嶋が慌てて立ち上がった。立ち上がったというより、座った姿勢から、五、六尺（一・五〜二メートル）も後ろに跳び、そこに立ったのだ。信じられない身の軽さだ。

いつもなら、ここで拍手喝采。「さすが三嶋さま。虎みたい」「いや、みたいじゃなくて、ほんとに虎だから」「あ、そうか。さすが虎です。いよっ、三嶋屋」と、本気半分おふざけ半分の声援を送るところだが、そんなゆとりは、今のお糸にはなかった。

「あああ、こんなになっちゃったぁ。あたしの小袖が、こんなになっちゃったぁ」

娘用の小袖だ。稽古用にと安く買い入れた反物だが、薄紅色の地に白い小菊の散った模様は愛らしくて気に入っていた。三月(みつき)近くかけて縫い上げたのだ。おかかの言う通り、針仕事は苦手だ。呉服屋の娘ではあるが、お針とはずっと反りが合わなかった。針に嫌われているのではと本気で悩んだときもあった。『きぬた屋』にいたなら、反りが合わぬまま放っておいたかもしれない。でも、鈴江の江戸屋敷にあがって珠子たちと出逢(であ)い、あれこれ、いろいろ、どたばた、あっちこっち、さまざまな難問やら難事件やら奇妙な出来事やらを乗り越えて、お糸は決めたのだ。

あたしは逃げない。

逃げない。諦めない。誤魔化さない。そして、賢くなる。

何が欲しいのか、何を守りたいのかわかるように、わかるまで考えられるように賢くなる。

そう、決めた。

そうしないと、珠子の侍女は務まらない。珠子の盾(たて)になることも、支えることもできない。

お糸は珠子を守りたいし、支えたいし、力になりたいと本気で思っている。珠子が主だからではない。お糸は町方育ちだ。武家のように主従の契(ちぎ)りとか、忠義一筋とか、忠臣二君に事(つか)えずとか、そんな大義を後生大事(ごしょうだいじ)に抱えているわけではないのだ。

お糸は珠子が好きだった。

奉公を始めたころこそ、領主の正妻とは雲上人、自分とは別の世に住む貴いお方と信じ、お顔を見るのさえ憚られると平伏していた。が、すぐに、たぶん目通りが叶ってすぐに、そんな畏れは吹き飛んだ。大筒の先からドカーンと空に打ち上げられ、消えていった気分だ。

珠子は可愛いのだ。そして、不思議なのだ。

身分にも家柄にも囚われていない。御末であろうが下士であろうが見下したりしない。公方さまや天子さまの前でも縮こまったり、変におもねったりしない……はずだ。珠子は珠子らしく、いつも凜として清々しい。そのくせ、愛嬌があって、屈託がなくて、気性も仕草も本当に可愛らしいのだ。

むろん、短所もたくさんある。筆頭は件のいちゃいちゃでれでれ振りだろう。いつだったか、三嶋が吼えたことが、いや、たまりかねて諫言したことがある。

「珠子さま、いいかげんになされませ。殿とお仲がよろしいのは喜ばしいことながら、あまりに露骨過ぎますぞ。よくよく、お考えめされ。家臣の内には、国元に妻子を残しながら、ご奉公に務めておる者が多々ございます。奥向きの女中だとて、夫、子どもと別れ、屋敷にあがっておる者は多くおるのです。そこに、主たる珠子さまの、いちゃいちゃでれでれ、にゃんにゃん、にゃんにゃんを見せつけられると、心内穏(おだ)やかではございませんでしょう」

「……にゃんにゃん、なんかじゃないもの。長義さまが『珠ちゃ～ん』て呼ぶから『は～い』って答えて、『珠ちゃ～ん、今日はいつにも増して可愛いよぅ』って仰(おっしゃ)るから、『やだぁ、長義さまこそ、いつ見てもかっこよくて、すてきぃ』と本当のことを言っただけだもん」

「それを、にゃんにゃんしていると申すのです。いい加減になさりませ」

「ふーっ、そんにゃにどにゃらないでよ。あ、ほら、舌が回らにゃくなったじゃにゃい」

「それは、珠子さまが狼狽(ろうばい)しておられるからです。思い当たる節(ふし)がおありですね。わたしめの言うこと、納得されておりますでしょう」

「う……確かに、ちょっと浮かれ過ぎたわ。認めます」

　この素直さも珠子の美点だ。

「でも、そんなに怒鳴ることないでしょ。三嶋ったら、すぐに怒るんだから。もう、知らない」

　と、すぐに剝(むく)れるのは短所の一つだ。

煮干しが好き過ぎて、隠れてこっそり、しかも大量に食べる悪癖もある。美点も短所も悪癖も含めて、珠子丸ごと全部、お糸は好きなのだ。珠子と一緒にいるとわくわくする。目の前に新しい風景が開ける気がする。その風景の中をどこまでも走れる気がする。それは、珠子が人ではないから、だろうか。ふっと考えるときが、ある。

そう、珠子は人ではない。

猫だ。

ちゃんと言えば〝猫族なんだけどちょいと不思議な一族〟略して〝ちょいと不思議一族〟さらに略して〝ちょいふし一族〟の姫ぎみなのだ。いや、冗談でも作り話でもない。この事実を珠子から打ち明けられたとき、お糸は驚いた。たいていの人は驚くだろう。驚いた後、「まぁ、何とも珍妙なお話ですねえ」と曖昧に笑うか、「はいはい、おもしろい夢をごらんになったのですね」と適当にあしらうか、「一国の奥方さまが、なにを仰せです。ご身分をお考えあそばして」と真顔で諫めるかは、人それぞれだろう。

お糸は信じた。驚きはしたが、その後、笑いもいなしも諫めもしなかった。珠子がちょいふし一族の姫ぎみだと、一分の揺らぎもなく信じた。信じられた。

どうして、そんな突拍子もない話をあっさり信じられた？　そう問われたら、上手く答えられない。お糸は幼いころから、常人には見えないものが見える性質ではあった。だから珠子の猫耳も猫ヒゲも見えた。でも、それだけが信じた理由ではない。

お糸には伝わってきたのだ。

珠子が真実を語ってくれたことが、お糸を信頼してくれていることが、ちゃんと伝わってきた。そして、何より、珠子に出逢わなかったら、知ることさえなかった世界に触れられる。新しい風景の中に走り出せる。そんな想いが確かなものとして伝わってきた。わくわくするではないか。こんなにも心が躍る。心に釣られて身体まで踊り出しそうだ。何てったって、〝ちょいふし一族〟なのだ。珠子は猫で、生まれたのは平安京、嵯峨天皇の御代なのだ。それが全部、信じるに足る話なのだ。

わくわくする。一日中、踊っていられるぐらいわくわくする。

ともかく、お糸は〝今〟が楽しい。小さな藩の小さなお屋敷の中で過ぎていく日々が楽しくて、愛しくてたまらない。

でも、今の今は楽しくない。悲しい。声の限りに泣いてしまう。

「お糸、落ち着きや。これ、そんな大声で泣くでない」

三嶋が珍しく、慌てている。団扇のような手を左右にぶんぶん振っているのだ。本物の団扇であおぐより遥かに強く、風が起こる。お糸の涙が千切れて飛んで行った。

「だって、だって、小袖がぁ〜〜〜。わたくし、頑張って、強くなろうって……お針は苦手だけどぉぉぉぉ、苦手なことから逃げないで頑張ってぇぇぇぇぇ、強くなってぇぇぇぇぇ。三嶋さま、あおぐのをぉぉぉぉぉぉ、止めてくださいぃぃぃぃぃ。も、物が言えないぃぃぃ」

物が言えないどころか、息が苦しい。涙も洟も吹き飛ばされ、頬がみるみる乾いていく。さすが、三嶋。恐るべきぶんぶん振り、団扇あおぎの威力だ。

三嶋もおかかも、手妻を得意とするおさけも、珠子の侍女たちはみな〝ちょいふし一族〟、つまり猫族だ。珠子は三毛だし、おかかは白黒の二毛、おさけは薄茶色の縞で、三嶋は虎模様の毛で……ではなく、正真正銘の虎だった。つまり、珠子の近くに侍る者の中で、人間はお糸のみなのだ。ただ、他の家臣、奉公人はほとんどが人で、三嶋曰く〝人族なんだけどちっとも不思議じゃない一族〟だった。ちなみにお糸は〝人族なんだけどちょいとおもしろい一族〟であるらしい。他にも〝人族なんだけどまったくおもしろくない一族〟とか、〝猫族なんだけどほんとに猫そのものです一族〟もいるとか。人族も猫族もいろいろなのだ。人だ猫だ犬だ鼠だなどと、勝手に一括りにできないものだと、お糸はつくづく思う。思えば、男女とか身分とか地位や立場とかで、人を容易く分けてしまう習いにも、引っ掛かってしまうのだ。

風が止んだ。三嶋が太い息を吐き出す。

「そなたが取り乱すからではないか。まったく、大騒ぎしおって……とはいえ、わたしも些か粗忽であったの。よもや、小袖を下敷きにしておるとは思うてもおらなんだ。申し訳ない」

三嶋が肩を窄める。

「ううっ、い、いいのです。わたくしも……醜態をお見せしてしまいました。ううっ、もう、平気で……ううっ、うう……」

「いや、ちっとも平気には見えぬが。そうよなあ。不器用なお糸が精一杯がんばって縫い上げたというのに、くしゃくしゃにしてしまうとは……まことに、すまない」

三嶋に謝られると、余計に悲しくなる。嬉し叫びをする前に、小袖をきっちり片付けておけばよかったのだ。三嶋のせいではなく、お糸の手落ちだ。だから、泣けてしまう。自分が情けなくて涙が止まらない。

「くしゃくしゃではございませんよ」

おかかが言った。お糸も三嶋もおかかの丸顔に目をやる。

「ほら、ごらんになって。三嶋さまの下敷きになったおかげで、まるで火熨斗をかけたみたいに皺が伸びて、きれいになっておりますよ」

おかかが広げた小菊模様の小袖は身頃にも衽にも皺ひとつなく、ぴんと張っている。縫い上げたときより、きれいなぐらいだ。

「あらま、どうして」

思わず腰が浮いていた。

「こんなことってあります？　あの、どたばた、どどどど、どんぐちゃっ、の中でどうして、こんなにきれいなんでしょうか」

「お糸、なんじゃ、その、どんぐちゃっ、というのは」

「ですから、三嶋さまが小袖の上に、どんとお座りになって、小袖がぐちゃっとなって……」

「それですわ」

おかかが三嶋に向かって、指を突き出す。その指を右に三回、左に二回、回す。それに釣られて、三嶋の黒目も動いたが、おかかに三嶋の黒目を動かす意図はなかったようだ。つまり、ただ回したいから回したに過ぎない。

「それですわよ、お糸どの。三嶋さまの重さとお熱が火熨斗の役割を果たしたのです。三嶋さまって、かなり重くて、お身体の熱も高うございましょ」

「まあ。では、三嶋さまを布の上に転がせば、火熨斗の代わりになるということでしょうか」

「まさに、それですわ。歩く火熨斗、炭のいらない大火熨斗」

「すてき。今、炭の値が上がっておりますから、助かりますわね。おかかさま」

「炭だけでなく、薪も米も魚も卵も値が上がっております」

「米や魚は無理でも、薪の代わりにはなるんじゃないかしら。火熨斗ができるなら竈もできるかも。きゃっ、炭も薪もいらないとなると、ずい分と倹約になります」

「これ、そなたたち」

「ですわよ、お糸どの。三嶋さまのお腹の上にお釜を置いたら、あら不思議、ぐつぐつと湯が沸いて、なんてことになったら薪は二割がた切り詰められるのではありませんか？」

「二割も！　勘定方が嬉し叫びを上げまくりますね。あっ、薪炭だけでなく、さっきの団扇ばりの風も使えるんじゃありません？　おかかさま」

「と、言われますと？」

「おいこら、二人ともいいかげんにせよ」

「よいかげんに風を送ると、火の点き方もよくなりますでしょ。そうしたら、ここでも薪を倹約できます。あ、今、閃いた。庭の落ち葉を風で一か所に集めるんです。それを焚火にしてお芋を焼いたら、いかがでしょ」

「よろしいわ、よろしいわ。お糸どの、Good idea ですわ」

「まあ、おかかさま、英吉利言葉が、おったまげるほどお上手。いつのまに習練なさったのです。すごいわ」

と両手を肩のあたりまで上げたとき、低い唸り声を聞いた。お糸は手を上げたまま、振り向く。そして「ひえっ」と悲鳴を上げた。

「ひえっ、み、三嶋さま、怖い」

三嶋が睨んでいる。睨みながら唸っている。お糸とおかかは思わず身を寄せた。おかかの震えが伝わってくる。お糸の身体も震えていた。三嶋の怖さには慣れっこのはずなのに、怖い。これはかなり怖い。

「三嶋さまぁ、お許しください。わたくしを食べても美味しくないです。身体、硬いんです。がちがちなんです。このところ、ずっと小袖を縫っていたので、よけいにがちがちで、背中なんか板みたいになってます。それに筋ばっかりで歯に挟まるだけですからぁ」

震えながら訴える。おかかも訴える。

「わ、わたしは柔らかいです。でも、お昼にクサヤの干物をいただきました。に、二枚もいただきました。で、ですから臭いです。ほんと臭いです。食べたら臭いです」

「ああ、おかかさま、お耳が覗いております。ああ、おひげも」

「いけにゃい。怖過ぎて抑えが利かにゃい……あぁ、にゃんとしましょう」

「うるさいっ」

三嶋に一喝され、髷の間から覗いていたおかかの耳が引っ込む。

「いいかげんに黙りゃ。何を好き勝手にほざいておるか。誰が火熨斗じゃと。竈じゃと。丸火鉢じゃと。醤油樽じゃと。無礼にも程があるぞ」

「あ、いえ、丸火鉢と醤油樽は言うておりません。ねえ、おかかさま」

おかかが二度も三度も四度も、首を縦に振る。

「言うておりませぬ。火鉢も樽も大八車もふぐ提灯も、言うておりませぬ」

三嶋は二人を睨んだまま、鼻から息を吐き出した。普通の者なら「フン」と軽い音がするぐらいだろうが、三嶋の場合はお糸が仰け反るぐらいの勢いがあった。

「まあ、よい。小袖がぐしゃぐしゃでなくて、安堵したぞ」

「恐れ入ります。お騒がせいたしました」

頭から齧られる心配はないらしい。お糸も安堵の吐息を漏らす。

「せっかく縫い上げた小袖じゃ。珠子さまにも見ていただくがよかろう。お糸が初めて縫い上げた一枚。珠子さまもお喜びになるのではないか」

「あ、はい。少し恥ずかしゅうございますが」

「恥ずかしがらずともよい。改めてじっくり眺めれば、なかなかの出来ではないか」

「え？　あら、そうですかあ。やだ、三嶋さまったら、お上手なんて」

「そなた相手に、上手など言うものか。こうやって矯めつ眇めつ眺めれば……。うん？　身八口から糸が出ておるぞ。始末ができておらぬのか」

「あら、ほんとだわ。どうしてそんな所から……お恥ずかしい」

「ふふ、まだまだ詰めが甘いのう」

三嶋が糸を引っ張ったのと、おかかが叫んだのはほぼ同時だった。

「あっ、それ、もしかして。ああっ、なりませぬ、三嶋さま」

「うん？　ならぬとは」

と、首を傾げたとき、三嶋の指には引き抜いた糸が摘まれていた。

「きゃあっ」。お糸は叫び、おかかは横を向いて目を瞑り、三嶋は丸く口を開けた。

「そ、袖が取れた。きれいに取れた。さっきまで小袖だったのに、今は片袖と、片袖のない小袖になっちゃった。袖がないから小袖じゃないかも。袖がなかったら、『よしきた、まかせとき』と袖を捲れないし、『さぁ、これからもう一働きだ』と袖を括れないし、『ちょいと兄さん、寄ってきな』と袖を引けないし……終わりです」

「お、お糸どの、落ち着いて、落ち着いてください。大丈夫です。直ります。直りますから」

「終わりです。世の中、終わりです。太平の世もついに終わりを迎えますぅぅぅ。うわーん」

「お糸、そう容易く世の中は変わらぬぞ。泣くでない。おかか、何とかいたせ」

「は、はい。お糸どの、直りますよーっ。ちょいちょいと縫い付ければ、直りますからねーっ。お糸どの、聞こえてますかーっ」

　おかかが口元を手で囲い、呼び掛ける。お糸は泣き伏したまま、〝いやいや〟の仕草で首を振る。おかかにはちょいちょいでも、お糸には一日仕事だ。それより何より、こんなに容易く袖が落ちてしまうなんて、情けなくてたまらない。

「わーん、もう、お終いです。放っておいてください」

「そんな、放っておくなどできようはずがありません。ほら、袖振り合うも多生の縁というではありませんか。道行く人と袖が触れ合うのさえ宿縁によるのです。まして、お糸どのとは共に珠子さまにお仕えする身。深い深いご縁がございます。どうか、わたしを袖にしないでくださいまし」

「うう、おかかさまを袖にするなんて……考えてもおりません。一生、袖を分かつことさえしたくないと思うておりますᅟ」

「でしたら、そのように袖を濡らさず、平常の心を保ちましょう」

「そぅですね。そででは、泣くのを止めます」

「あら、お糸どの。そではちょっと無理がありますわ。そこまで袖に拘らなくとも」

「おかかさまこそ、無理過ぎじゃありません」

「あほ過ぎるわい」

三嶋が唸った。わざとらしく、ため息を吐く。

「まったく、やっておられぬわ。お糸、おかかに助けてもろうて、早うに直すがよい。今度は容易く解れぬよう、しっかりと縫い上げるが……うん？」

三嶋がすっと目を狭めた。細くなった目が強い光を放つ。

「三嶋さま？　どうかなさいましたか」

「しっ」。口の前に指を立て、三嶋は立ち上がった。音もなく足を滑らせ、障子を開ける。風が吹き込んできた。桜が散って間もなくのころだから冷たくなく、火照りも湿り気も含んでいなかった。花の香りを仄(ほの)かに漂わす、心地(ここち)よい風だ。

三嶋は一歩、廊下に出ると、辺りに視線を巡らせた。お糸からは後ろ姿しか見えないが、気配が張り詰めているのはわかる。おそらく、眼光は爛々と輝いているだろう。それまで鳴き交(か)わしていた雀(すずめ)たちもぴたりと嘴(くちばし)を閉じているようで、ピヨともチュンとも聞こえてこなくなった。静まり返っている。

「ふむ……気のせいか。しかし……」

三嶋が障子を閉める。気配はまだ張っている。

「三嶋さま、何か気になることがございましたか」

見上げるお糸の視線を受け止め、三嶋は軽くかぶりを振った。

「いや、ふと人の気を感じたのだが、わたしの迷いであったようだ」

「人の気？　それは、誰かが盗み聞きをしていたということですか」

「うーむ。ではないかと思うたのだが。しかし、誰もおらぬのなら気のせいであったのであろう。些か気持ちが逸(はや)っておるのやもしれぬ」

お糸とおかかは、顔を見合わせていた。

「三嶋さまが気を逸らせるような何事かがあるのですか」

お糸は膝を進めた。

三嶋を問い詰める気はないけれど、急に胸がざわめき始めた。夜の嵐に似て、暗闇の中に不穏な音だけが響く。そんなざわめきが胸裏を浸す。

「ない。あったとしても、そなたたちの与り知らぬことじゃ」

もう一度、おかかと顔を見合わせていた。

三嶋は、ないと言い切った後、あったとしても、と続けた。

「これは、『ない』より『あった』の方が見込みは高いですよね、おかかさま」

「はい。三嶋さまは、嘘や誤魔化しがお下手ですから、ついつい本音を漏らされます。本音というのは、往々にして後出しになるものですわ、お糸どの」

「では、何事かがあったと？」

「そういえば、珠子さま、昨日、御広敷で矢部さまとお会いしていたらしいです」

「矢部さまって、あの、江戸家老の矢部さまですか」

「はい」

江戸家老は江戸屋敷の表向き一切を受け持つ。鈴江のような小国であっても何十にも及ぶ屋敷内の役職を束ね、留守居役と共に公儀、他藩との折衝に臨む。

江戸家老、矢部彦左衛門宣親は国家老、石井萬之丈と共に、聡明、忠義を謳われる家臣でもあった。つまり、なかなかの遣り手でありながら、領主長義に真を尽くす心構えの人物なのだ。

　お糸は言葉を交わしたことはもちろん、顔を合わせたことさえない。ただ、矢部家老が毎朝、「今日も殿のためにがんばるぞー。奥方さまのためにがんばるぞー。鈴江のためにがんばるぞー。おーっ」と、天に向けてこぶしを突き出すという噂は耳に入っていた。

「矢部さまが、なぜ、珠子さまに？」

「わかりません。でも、奥向きに関わるお話があったってことですわよね。しかも、御家老自らがお出向きになって。あ、そのとき、三嶋さまを除いてお人払いをされたとか」

　おかかが囁く。

「まあ、それはよほどのこと。密談ではありませんか。おかかさま、お心当たりは？」

　お糸が囁き返したとき、むんずと衿を摑まれた。

「何をこそこそ話をしておる。そなたたち、それぞれの為すべきことがあろう。早うせい」

「あ、はい。わ、わかりました。三嶋さま、放して……あっ、きゃあ。三嶋さま、小袖を踏んでるーっ！」

「なにっ。ああ、いけない。わわっ」

「三嶋さま、落ち着いて。お糸どのも落ち着いて。片方の袖も破けにゃう。ああ、どうしましょ。また耳が出ちゃった」

「おかか、そなた、気が緩み過ぎておるぞ。何じゃ、その耳は」

「おかかさまの耳より三嶋さまの御足です。踏んでますって、三嶋さま」

賑（にぎ）やかな声が廊下まで流れ出てくる。

その床下から黒い影がもぞりと這（は）い出してきた。暫（しばら）く部屋の騒ぎに耳を澄まし、僅（わず）かな物音も立てず庭の茂みに消えた。

「まあ、そうであったか。お糸が小袖を仕立てるとはのう。たいしたものじゃ」

珠子が鷹揚（おうよう）に頷（うなず）いた。

桜色の地に白い玉が散った小袖、流水文様（りゅうすいもんよう）の打掛という出立（いでたち）だ。珠子は着道楽ではない。というより、ほとんど頓着（とんちゃく）しない風だ。お糸の知っている限りでは、打掛は四枚ほどしか持っていない。小袖や帯も簞笥（たんす）一棹（ひとさお）に納まるほどではないだろうか。むろん、大名の奥方なので、身分、家格に相応（ふさわ）しい形（なり）はしている。しかし、伝え聞く他国領主の奥方たちのように、江戸の名高い呉服商人を呼びつけ、季節ごとに幾つも打掛を拵えるとか、大広間にずらりと反物を並べさせるとか、衣装の豪華さをそれとなく競い合うとか、衣装代のために年貢をさらに課すよう進言するとか、そんなあこぎな真似はしない。

　お糸の実家『きぬた屋』は、音に聞こえた大店の呉服屋だ。珠子にその気があれば、上質の反物を献上させることもできただろう。しかし、珠子がそんな無理を通そうとしたことは一度もなかった。あえてしないのではなく、端から気がないのだ。

「纏う物で身を飾ろうとするは人だけじゃ。他の生き物は己の毛や羽を誇っても、着飾ったりはすまい。いっそ、人より清々しいとも思うがのう」

　そう言ったこともある。

「だって、猫だもの。猫は毛の手入れさえしてれば満足なの」

と、片目を瞑り笑ったこともある。

　珠子の毛並みは美しい。艶があって滑らかで柔らかくて、いい匂いがする。毛の中に顔を埋めてみれば、日向の匂いがして、花の香りがして、どんなときも〝あー、幸せだなあ〟という気分になれる。すっきり晴れた空の下で、和草の原に寝転び、思いっきり両手両足を伸ばした、そんな快さに包まれる。いい音もする。ごろごろごろという優しい響きが聞こえてきて、「よく、がんばったねえ」とか、「もう大丈夫だよ」とか「ゆっくり休んでね」とか、労われた心持ちになり、身も心もほわんと解れていくのだ。憂いも迷いもあるけれど、明日を信じて生きていけると思えるのだ。

畏れ多いことながらと、お糸は考える。

殿さまが人であろうと猫であろうと気に掛けず、珠子さまと、いちゃいちゃでれでれ、にゃんにゃんなのは、誰より珠子さまの美点をご存じだからなのだわ、きっと。

考えて、一人にんまりしてしまう。

そう、珠子は美しい。あの美しい毛並みには、どんな打掛も及ばないだろう。

「ほんに、よう、できておるではないか。見事であるぞ」

珠子が褒めてくれる。珠子の居室の隅には、お糸の小袖が衣桁に掛けられていた。

袖は、もちろん、きっちり縫い直した。多少は、おかかに助けてもらったけれど、お糸が縫い直した。だから、ほぼ、ほぼ、九割六分ぐらいは、お糸一人で仕上げた一枚だ。胸を張ってそう言い切れる。その一枚を珠子に褒められた。嘘でなく認めてもらえた。

嬉しい。ついつい、口元が綻んでしまう。

「何とも愛らしい小袖じゃ」

「ありがとうございます」

「着てみたいのう」

「はい、どうぞ、どうぞ。物は試しと申しますから、一度試みない限り、事の成否はわからないと……えええっ」

「お糸、急に大声を出すでない。あぁ、耳がつんつんする」

三嶋が露骨に顔を顰め、耳の穴に指を突っ込んだ。

「だって、だって、た、珠子さま、今、何と仰いました」

「この小袖を着てみたいと申したのじゃ。あまりに愛らしい故、心が動いた。駄目か？」

「だ、駄目であるわけがございません。珠子さまに着ていただけるなど夢にも考えておりませんでした。あまりにもったいないお言葉かと存じます。で、でも、あの、この小袖は、あの、わたくしめが縫いましたもので……」

「わかっておる。だから、余計に着てみたいのじゃ」

「は、いや、でも。あの……」

主の願いだ。否と言えるはずがない。珠子に袖を通してもらえるなら、それ以上の誉れはないとも思う。

しかし、何といっても縫子（ぬいこ）はお糸なのだ。この前まで、襷一本、ろくに縫えなかった。母のお稲（いね）が「おまえとお針の相性って、どれだけ悪いんだよ。お互いを親の仇（かたき）とでも思ってんのかい」と嘆き、匙（さじ）を投げたほどの有り様だった。おかかを師と仰（あお）ぎ、稽古に励み、夢の中に針山のお化けが出てきては何度も追いかけ回され、それでも諦めず、何とか縫い上げた。その奮闘には、自分で自分を褒めてもいいと思う。けれど、それは飽（あ）くまで自分の内だけの話だ。傍から見れば自分の小袖を自分で縫った。それだけのことに過ぎない。しかも、安く仕入れた古い反物を使っている。どう見ても、横から見ても縦から見てもひっくり返しても裏返しても、領主の正室、我が主に差し出せるような代物（しろもの）ではない。あまりにお粗末過ぎる。

「あの、珠子さま、やはり駄目です。駄目、駄目、駄目です。下手をしたら、どこかが解れるやもしれません。下手をしなくても、その見込みはありまして、あの、ですから……」

「お糸どの」

おかかが後ろから声を掛けてきた。

「珠子さまにお手を通していただいて、よろしいのではないですか」

「え、そんな。おかかさま」

「大丈夫です。お糸どののお縫いになった小袖、珠子さまに献上なされませ」

お糸の目を見詰め、おかかが頷く。

「おかかさま……」

「献上するに相応しい一枚かと存じます」

おかかは言い切り、もう一度、深く頷いた。

お糸も頷き返す。それから、珠子に向けて一礼をした。

「珠子さま、畏れ多いことながら、この小袖、お納めくださるのならば、これに勝る誉れはございません。まことに、ありがたきことと存じます」

「ありがたいのはこちらじゃ。お糸、礼を言うぞ。遠慮のう受け取らせてもらう。早速、袖を通してみようかのう。おかか、おさけ、着替えに参るぞ」

「畏まりましてございます」

おかかとおさけが、素早く立ち上がる。二人を従えて、珠子が隣室に消えた。その寸前、珠子が三嶋に目配せしたようだ。襖が閉まる。三嶋は暫く閉まった襖を見詰めていた。松の枝で昼寝をしている猫が描かれている。短い息を吐き出し、三嶋は振り向くと廊下に控えていた番方に命じた。

「そなたたちは、もう下がってよいぞ。これから、珠子さまは少しお休みになられる。よって、わたしがよいと言うまで何人（なんぴと）も近づけぬよう、手配いたせ」

「心得ました」

「よいな。誰一人、通してはならぬぞ」

白い鉢巻きをきりりと締めた番方二人は頭を下げ、足早に去っていった。

「三嶋さま、人払いでございますか」

「うむ。これから、ちと他の者には聞かせとうない話をせねばならぬ。いや、珠子さま御（おん）自らお話しされるであろう」

三嶋の眉間（みけん）に皺が寄った。文字通りの渋面（じゅうめん）が現れる。三嶋の渋面は正真正銘、これぞ渋面としか言いようのない渋面だ。この顔で「話がある」と告げられれば、たいていの者は恐ろしさに髪が逆立ち、身体が震え、念仏を唱え、己の最期（さいご）を覚悟するだろう。お糸は顎を引き、肩を窄めただけだった。何度も言うが、慣れているのだ。唸り声まで付くとさすがに怖（お）じるが、渋面だけならちょっぴり身を縮める程度ですむ。

恐ろしさよりも懸念が湧（わ）いてくる。

珠子自ら、側近のみに伝える何かがあるのだ。その何かが決して楽しいものでも、喜ばしいものでもないのは、三嶋の顔様（かおよう）から十分に察せられる。

昨日、珠子は江戸家老と密談していたという。そのことと繋（つな）がっているのか？

お糸は胸を押さえた。手のひらに鼓動が伝わってくる。いつもより、速い。かなり、速い。唾を呑み込み、気息を整える。

何事かが起こったのだ。あるいは、起ころうとしているのだ。

「三嶋さま、さっき三嶋さまがお気を逸らせられたことと関わりがあるのですか」

お糸が三嶋ににじり寄ったとき、襖が開いた。おかかとおさけが出てきて左右に分かれる。

「トトトトトーン、トトトトトトーン、それ、トトトントトトトントトトーントン」

「はい。トン、トン、タタタタ。ピッピ、ピーヒャラリ」

おかかとおさけの口囃子はぴたりと重なり、活きのいい曲を奏でる。

「ではでは、みなさま、珠子さまのお出ましでございまーす」

「いよっ。それそれそれそれそーれそれ」

おかかが声を張り上げ、おさけが手拍子で盛り上げる。

え？　いや、ここまでしなくとも。お二人ともやり過ぎですって。これじゃ、珠子さまがお出ましになりたくても、出られないじゃないですか。

お糸は諫めようと、腰を浮かせた。

「はーい、お待たせ。みなさん、いかがでしょ」

珠子が、ぴょんと現れた。本当に〝ぴょん〟だ。珠子は両足を揃えてぴょんと跳んで、まったく音をさせずに降り立った。

お糸の小袖を着ている。

薄紅色の地に白い小菊文様。そこに、菊の花色に合わせたのだろう白っぽい帯を巻いていた。

可愛い。

むちゃくちゃ、可愛い。蓮華畑の中から、ちょこんと顔を出した子猫みたいだ。

「おやまぁ」と、三嶋が目を瞬かせた。

「これはこれは、よう似合うておられますな」

「でしょ、でしょ。すっごく、可愛いでしょ。それに着心地もいいの。ね、似合ってるよね」

「五月の空と鯉のぼりのようにお似合いです」

と、おかかが手を打ち鳴らす。おさけも手拍子を始めた。

「はいはい、はいはい。珠子さまにお糸どのの小袖、よく似合う。よく似合う、に・あ・う、にゃうにゃうにゃう。にゃうにゃにゃん。とってもすてきな、にゃうにゃうにゃう、にゃんにゃんにゃんにゃんにゃーんにゃん」

妙な節回しで、おさけが手拍子を打つたびに、白い小菊が宙に散る。おさけも〝ちょいふし一族〟ではあるが、そことは関わりなく手妻の名手なのだ。何もない（と思われる）ところから小菊を取り出すなど、朝飯前の芸当だった。

「やだ、そんなに似合ってる？　うふふ、どう、お糸ちゃん。あれ……」

袖をひるがえし、くるくる回っていた珠子がぴたりと止まった。おかかもおさけも固まったように、動かなくなる。作り物の小菊がぽたぽたと落ちて、ただの塵になってしまう。

「お糸ちゃん、どうしたの、どうして泣いてるの」

お糸は袖で顔を覆い、嗚咽をこらえていた。

「え？　え？　あ、この小袖、着ちゃあいけなかった？　あ、あ、ごめんなさい。そうだよね。お糸ちゃんがせっかく縫い上げたんだもの。なのに、あたしったら勝手に着たいなんて言っちゃって。ごめんね、ごめん。すぐ脱ぐからね。泣かないで」

「うう、違います。珠子さま、これは……う、嬉し泣きでございます」

「嬉し泣き？　嬉し叫びなら知ってるけど」

「はあ？　珠子さま、そりゃあ逆じゃありませぬか。嬉し叫びなど、わたしは聞いたことがございませんでしたが」

三嶋が口を挟んできたが、主の耳には届かなかったようだ。珠子は些か狼狽しているらしく、「ごめんね」と詫び言葉を繰り返す。お糸はかぶりを振り、顔を上げた。口の中まで涙が染みてくる。しょっぱい。

「珠子さま、わたくし、嬉しくて泣いております。泣くほど嬉しいのです。わたくしの仕立てた物を珠子さまが着てくださった。それだけでも、十分に嬉しくて、鶏の鳴き真似が三十回はできそうなのに、さらに、こんなにお可愛らしくて、とってもお似合いで、ついつい涙がこみ上げてきて、こらえきれず……醜態をお見せして申し訳ありません」

「お糸、そなたは嬉しいと鶏の鳴き真似をするのか」

再び三嶋が口を挟むが、再び聞き流された。

「まあ、お糸ちゃん。そこまで言ってくれるの。ありがとう。あたし、何て幸せなんでしょ。こんなすてきな仲間に恵まれて、日の本一の幸せ猫よ」

「珠子さま、わたくしこそ珠子さまのお側に侍れて、みなさまに囲まれて、日の本一の幸せ者でございます」

珠子がお糸を抱き締める。人間の形をしていても、日向と花の匂いがした。

「珠子さま、お糸どの、わたしたちもお仲間に、ぜひ」

おかかとおさけが進み出る。珠子が両手を広げた。

「もちろんよ。みんな仲間なんだからね。心は一つ、想いも一つ。さあ、肩を組んで、気勢を上げていきましょう」

四人は肩を組み、円陣を作る。

「よし、行くわよ。これからも、みんなで力を合わせて、どんな敵にも負けないぞ」

「負けないぞ」

「この幸せを守ってみせるぞ。えいえいおう」

「えいえいおう」

四人は鬨の声を上げた直後、風にあおられてひっくり返りそうになった。小柄なおかかなどは二、三歩よろめいて、あわや転倒するところだった。三嶋が大きな大きなため息を吐き出したのだ。

「三嶋、危ないじゃない。あなたの鼻息やため息は並じゃないんだから気をつけて」

「珠子さま！」

三嶋の手が畳を激しく叩いた。バンッと、叩き方に釣り合う激しい音が響く。

「いいかげんになされませ。そのように浮かれておる場合ではありますまい」

「う、浮かれてなんかいません。みんなで輪になって気分を高めて……」

「浮かれているようにしか見えませぬ。お糸、おかか、おさけ」

「はい」

「にゃい」

「おさけさま、『にゃい』じゃなくて『はい』です。慌てないでくださいまし」

お糸は顔の前で手を横に振った。おさけが口を押さえる。

「おまえたちは、己の役目がわかっておるのか。珠子さまに仕える身であるぞ。何が仲間じゃ。何が『えいえいおう』じゃ。何が鶏の鳴き真似三十回じゃ。馬鹿者」

おさけが身を縮めながらも、弱々しく言い返す。

「いえ、あの、鶏の鳴き真似はお糸どのの隠し芸でして。え、隠し芸？　隠し芸と申してもよかったでしょうか、お糸どの」

「隠し芸ではなく、嬉しいときにとっさにやってしまう癖です。おさけさまの手妻の半分でも優れておりましたら、芸の一つにもなるのですが」

「芸でも癖でも、どうでもよいわ。ここで鶏の鳴き真似などしてみろ。頭から丸齧りにしてくれるぞ。覚悟せよ」

三嶋が、ぐわりと口を開ける。一瞬だが、白く光る牙が見えた。一瞬だが、見間違いではなかった。まさに「コケコケコー」と鳴いてみるつもりだったお糸は固く口を結んだ。

「よく聞け。我が鈴江三万石は今、存亡の機に立たされておるやもしれぬのじゃぞ」

「存亡の機？」

お糸とおかかとおさけは顔を見合わせる。このごろでは、込み入ったものでなければ目配せだけで話が通じるようになっていた。

——存亡の機とは、どういうことです？（お糸）

——残るか滅びるかの瀬戸際にあるということですわよね。（おかか）

——え？　それって……鈴江が滅びるかもしれぬということですか。（おさけ）

「ええええっ」

三人が同時に声を上げ仰け反る。仰け反り過ぎて、おさけが尻もちをついた。

「み、三嶋さま、それは大事、まさに鈴江三万石存亡の機ではございませぬか」

お糸は三嶋に向かって叫んでいた。血の気が引く思いがする。

「だから、そう申しておるではないか。おまえら、他人の話をちゃんと聞け。それから、『存亡の機？』から『ええええっ』までに間が空き過ぎる。もそっと、ぱっぱっと応じよ」

「そ、そうは言われましても。あまりのことに驚き桃の木山椒の木。おったまげたのは下駄の穴。鼻緒をすげなきゃただの穴。下駄と焼き味噌、見た目は似てても別の物。というぐらい、驚いてしまって、何とも言葉が出て参りませぬ」

「……十分出ておるぞ。無駄な口上が多過ぎる気はするがの。さて、珠子さま」

三嶋が珠子の方に向き直る。

「うむ。みなのもの、今日、ここに集まってもろうたのは、まさに三嶋の言うた通り、鈴江にとって一大事が持ち上がるやもしれぬからじゃ」

珠子が上座に座る。おかかとおさけが打掛を着せかけた。

三嶋が素早く立ち上がると、廊下に出た。周りを確かめ、鼻をひくつかせる。部屋に戻り、後ろ手に戸を閉めると、「よろしかろう」と低い声で告げた。

間者はいないという意味だろうか。つまり、間者を用心しなければならない事情があるということなのか。お糸は唾を呑み込んだ。

三嶋さまは先刻「与り知らぬこと」と仰った。しかし、今、珠子さまは〝鈴江の一大事〟についてお話しされようとしている。その間に、何かがあった？

もう一度、唾を呑み込む。微かな苦味を感じた。

「みなのもの、苦しゅうない。もそっと近う、近う」

珠子が手招きする。お糸たちは、珠子を囲むように膝行する。

「いい、ぶっちゃけて話すけど、おったまげないでね」

「お糸、おったまげたのは下駄の穴などと茶化すでないぞ」

「三嶋さま、わたくしは茶化したりなどいたしませぬ。珠子さまのお話、かなりの覚悟をしてお聞きせねばと気を引き締めております」

「ならば、よい。珠子さま」

「ええ、ぶっちゃけ、このお屋敷に公儀の間者が潜り込んでるみたいなの」

「ええっ、ご公儀の……ま、真でございますか」

「本当のことよ。下駄の穴に拘ってる場合じゃないのよ、お糸ちゃん」

「珠子さま、わたくしは下駄の穴などに拘ってはおりません。それより、どうしてご公儀が鈴江の江戸屋敷に間者を放つのですか。信じ難うございますが」

お糸の言葉に、おかかとおさけが首肯する。

鈴江は石高こそさほどではないが、温暖な気候に恵まれ災害も少なく、豊かではないが困窮しているわけでもなかった。確かに、昨今の物の値上がりがこたえ、財政は潤っているとまでは言えない。しかし、他の国には財政難に苦慮極まり、万策尽きたと自害する執政もいると聞いた。そこまで追い詰められてはいないはずだ。

さらに長義の代になり、河川改修や黒豆栽培の奨励、新たな産業の育成などなど、地道に取り組んできたものが芽吹き、伸び、小さいながら花を咲かせようとしている。むろん、公儀に疑念を持たれるどのような動きも、ない。長義の人柄も政も誠実で、優しく、謀略とか謀反などとは縁遠いところにある。そんな小国に公儀が目を付けるとは考えられない。ないない尽くしなのだ。

よほどの天変地異、異変が起こらない限り鈴江三万石は安泰だと、お糸は思い込んでいた。お糸だけでなく、おかかもおさけも思い込んでいたのだろう。二人とも呆気にとられた顔つきで、珠子の話に耳を傾けている。

「でしょ。長義さまは善政としか言いようのない善政を布いておられるし、家臣も民も長義さまを慕っているの。つまり、鈴江の内は今、不穏な気配など一分もないのよ。かといって、外が険悪かといえば、それもないのよねえ。長義さまは常々、『太平の世があってこそ、人は幸せになれる』と仰っていて、さらに長義さまは『この日の本を治め、戦のない世を守り通し、民に日々の暮らしを約束するのがご公儀の役目』とも仰ってたのよ。その長義さまが世を乱すような真似をなさるわけがないわ。だいたい長義さまは戦が黒豆ガガコよりお嫌いなのよ。戦をするぐらいなら、黒豆ガガコを百匹食べた方がマシと、長義さまはお考えだわ。だから長義さまはね長義さまの長義さまによる長義さ……」

三嶋が空咳の音を響かせた。

「ごほっ、ごほっ、ごほっ。珠子さま、長義さまの御名が些か多過ぎませぬか。畏れながらもそっと減らしても、話は通じますぞ。お糸の言うように、鈴江には公儀から疑われるどんな理由も動きもない、ということでございますね」

「そうよ。なのに間者が潜んでいるらしいの」

「なぜでございます」

お糸は身を乗り出していた。おかかもおさけもかなり前のめりになっている。

「ここからは矢部の話、飽くまで推察ということらしいのだけどね……」

珠子の声が、すうっと低く小さくなる。

「鈴江を狙っているやつがいるのよ」

お糸は屈めていた身体を起こし、こぶしを握った。

「また、あの妖し狐の眷属が跋扈しておるのですか。狐族の艶耶子御前が裏で糸を引き、鈴江を我が物としようとしているというわけですね」

かの昔、海の彼方から渡ってきたという狐族は鈴江の地をいたく気に入り、その地が〝ちょいふし一族〟、つまり猫のものであることを僻み、悔しがり、あげく〝ちょいふし一族〟を追い払い、自分たちのものにしようと、数々の奸計を仕掛けてきたのだった。艶耶子は、本人は九尾と言い張るが、実は二尾で、後は付け尾ではないかとの疑惑がある狐族の姫だ。三嶋と互角に戦える強者でもあった。

「狐族とは違うの。人よ、人」

「人？　え？　人とは」

「鈴江の北に、横入という国があるの。三嶋、地図を」

「はっ」

三嶋がお糸たちの前に地図を広げる。

「ここが江戸で、ここが大坂、京、でずーっと行ってここが鈴江ね。可愛いでしょ」

可愛いというより、小さい。目を凝らさなければ、見つけられないほどだ。

「あ、でも、鈴江って猫のお顔の形をしておりますね」

少し横長の地に二つのでっぱり、つまり耳が付いている。猫に見えなくもない。

「そうなの。もう、猫のためにあるみたいな所なの。あ、でも、犬も猿も雉も熊も狸も人もみんな、それなりに暮らしてるのよ。鈴江って山も海も川も平地も温泉もあるでしょ。だから、いろんな生き物が争わなくてもちゃんと生きていけるのよ。これも長義さまの徳というものだと、しみじみ思っちゃうわ」

「いや、これは地形の話であって長義さまの徳とは……」

関わりないでしょうとの一言を、お糸は呑み込んだ。鈴江の北に横入という文字を見つけたのだ。こちらは、大きい。鈴江の倍はある。

「珠子さま、これは」

「ええ、ここが横入十万石よ。領主は六条但馬守宗次。そいつが鈴江を狙ってるみたいなの」

「狙っているとは？」

「鈴江の地を半分召し上げて、横入のものにしようとしているの。いえ、あわよくば、全て没収して横入十三万石にと望んでいるのよ」

「まっ、そのようなことが罷り通るはずがございません」

国替というのなら、まだ耳にしたことはある。

国替。転封または移封ともいうが、公儀が大名の領地を移し替えることだ。三代将軍家光公のころまでは、さかんに行われていたと聞く。要は、大名の配置替えをすることで公儀の統制を強めることが狙いだ。

……と、お糸は、わらちゃんから教わった。

わらちゃんは藁人形だ。が、ただの藁人形ではない。見た目はただの藁人形だけど、中身はただの藁人形ではないのだ。しゃべれるし、ぎくしゃくしているけど動けもする。それより何より、賢い。とっても賢い。お糸に国替とか改易とかについて講義してくれるほど賢い。もっとも、お糸はわらちゃんの講義の中身が半分くらいしか解せなかった。だいたい、江戸の町で育ったお糸にとって、大名の所領がどうなろうが「知ったこっちゃないわ。それより、明日の天気の方がずっと気になるのよ」だった。自分とは縁もゆかりもないと思っていた。でも、珠子に仕え、わらちゃんに教えられ、このごろ知ったこっちゃないことはないと考えるようになった。縁もゆかりもあるのだ。

領民にとって、領主がどういう人物なのかは重大だ。大げさでなく、生きるか死ぬかにまで繋がる。民の暮らしのための政ができるかどうかは、領主しだいなのだ。領民たちが自ら選ぶことのできない雲上人が、自分たちの日々を左右する。民とすれば、善政までは望まなくても、非情ではない、惨くもない政をひたすら祈るしかなかった。そういう人々に自分も繋がっているとお糸は感じる。領主が公方さまに代わっただけで、政がお糸たちの手の届かない所で回っていることに変わりはない。だから……だから、どうだろう？　やはり祈るしかないのだろうと思う。どうか良い政が為されますように、と。

誰からとは伏せておくが、外つ国の中には、民が自分たちで公方さまを選ぶ国もあると聞いた。信じられない。教えてくれたのが些か胡乱で、どうしようもない調子乗りで、出たとこ勝負の一発屋で、かなり突拍子もない相手だけに、さらに信じられない。でも、信じたい気はする。政の主を自分たちが選ぶなんて、夢みたいだ。盆と正月と祭りとその他ありとあらゆる祝い事が束になってやってきたほど、すごい夢だ。

「国の形って、時と共に変わるっぺ。それが、歴史っちゅうものだでよ。いつか、お糸っぺが夢見るような世が来るかもしれないっぺな」

わらちゃんは笑みながら、言った。もしそうなら、夢が現になるならすてきだ。そんな世をこの目で見てみたい。そう告げると、「それは、難しいっぺ。でも、お糸っぺなら、根性あるからできるかもな」と、わらちゃんはまた、笑った。話がずれるが、わらちゃんの〝わら〟は藁ではない。笑うの〝わら〟だ。名前のない藁人形だったわらちゃんに、お糸が名付けたのだ。みんなが幸せに笑えるようにと。その甲斐あってか、わらちゃんとお糸は今のところ、仲良く笑って暮らしている。

わらちゃんは、たいていはお糸の袖の中に潜り込んで一緒に動き回っていた。どこへ行くのにも付いて来る。珠子たちより他の者は、わらちゃんはただの藁人形としか見えないらしく、お女中らの間では、お糸は〝藁人形をお守りみたいに持ち歩く、ちょっと変わった娘〟と噂されているらしい。こそこそ内緒話をして、ちらりと盗み見する。そんな場面に何度も出くわした。それはそれで構わない。実家にいたときも、〝ちょっと変わった『きぬた屋』のおじょうさん〟だった。周りからの眼差しや陰口など気にしてもしかたない。それくらいの割り切りはできた。それに、お糸は新参でありながら、さらに町方の出でありながら、御正室の覚えめでたく近くに侍っている。妬む者がいても不思議ではない。立場が逆なら、お糸だって妬心を抱いたかもと考える。考えて、己を律しようと決意する。

妬心を抱くのは仕方ない。でも、それを恥とする意気だけは忘れまい。

胸の内で自分に言い聞かせ、自分に誓うのだ。

それに、誰がどう言おうと、わらちゃんはお糸の愉快な仲間の一人だ。大切な友達だ。そこは何があっても揺らがない。

しかし、このところ、わらちゃんの藁がとみに古くなり、折れたり腐ったりし始めた。ぼろぼろ抜け落ちて、わらちゃんは日に日にみすぼらしくなっていった。このままでは、わらちゃんが崩れてしまう。ということで、三日ほど前に思い切って新しい藁に換えた。おかかやおさけにも手伝ってもらって、一本一本、藁を差し換えた。

「ほーい」（古い藁を抜く）、「ほい」（新しい藁を渡す）、「ほ～い」（新しい藁を差し込む）。この調子を保ちつつ、作業を続けること、一刻（約二時間）余り。おかかもおさけもめちゃくちゃ手先が器用なので、わらちゃんはぴかぴかのきれいな藁人形になった。おかかがつい、「これなら、今すぐにでも丑の刻参りに使えますね」と口を滑らせたほどの出来だ。もちろん、わらちゃんを丑の刻参りに使う者は、屋敷内にはいない。おかかは、ひたすら失言を詫びていた。

「いいっぺよ。こんなにきれいにしてもらって、おら、嬉しいばっかりだ。ありがてえよ」

わらちゃんは楽しげに笑った。こんな笑い方をする藁人形を呪いの儀式に使えるはずがない。ただ、わらちゃん曰く、「藁を新しくすると、おら、暫くは眠ってなきゃならないっぺ。だから、暫くはお糸っぺとは遊べねえ。淋しいっぺ」だそうだ。

なので、今、新しい藁のわらちゃんは、お糸の箪笥の上で夜具に包まって眠っている。おかかの手作りで、わらちゃんの寸法に合わせた小さな夜具だ。しかも、枕付きなのだから念が入っている。

わらちゃんは眠っているけれど、講義の中身は半分程度のうろ覚えながら、お糸の頭の中に残っている。それによると、国替とは、飽くまで公儀の大名支配の一環であるはずだ。所領召し上げ、没収となると、公儀といえどもそう容易く断行できるものではない。命にも等しい所領を勝手に取り上げられれば、大名たちが黙っているはずがないのだ。下手をすれば、公儀の基に罅を入れかねない。

「横入がどれほどの国かは存じませぬが、他国の領土を勝手に好きにするなど、許されようはずがございません。許せば、ご公儀の威信に大きな傷が付きます」

お糸の言葉に、珠子と三嶋が頷き、口々に語りだした。

「そう、横入が勝手に動いたりしたら、それは明らかな謀反、公儀に弓を引くのと同じよ。さすがに、そんなこともわからないほどの馬鹿じゃないのよ、但馬守宗次も。ま、首の上に頭が乗ってるなら、誰でもわかることだけどね」

「確かに馬鹿ではございませんな。むしろ、ずる賢い、狡猾な輩かと存じますぞ」

「そのうえ、欲深いわね」

「まさに、他人の物を何でも欲しがる、ない物ねだりの何でもちょうだい野郎です」

「おまけに下品よ。品位の欠片もないわ。きっと、好色で意地汚い男だわね」

「さようさよう。奢侈を慎めなどと家臣、領民には触れを出しながら、自分は贅沢の限りを尽くす、そういうやつでございますよ。そういえば、宗次は江戸にも国元にも、両手の指の数を超える側室を抱えておるとか」

「まあ、やっぱり好き者なのね。いやらしい」

「放蕩が過ぎて、藩庫が底をついたのではありませぬか。それで、内情豊かな鈴江に目を付けたという顚末ではなかろうかと、わたしは推察いたしますが」

「ええ、それに近いかも。何て腹黒いのかしら。真っ黒黒じゃない」

「真っ黒黒でございますな。スルメの墨もかくやと思われます」

「三嶋、スルメは墨を吐かないから。吐くの、イカだから」

「蛸も吐きまする。宗次めは蛸頭でござりましょうな」

珠子と三嶋のやりとりをまとめると、横入十万石の領主六条但馬守宗次は、狡猾で欲深く下品で好色、おまけに蛸頭であるらしい。

あまりに悪過ぎて、三、四尋（約六、七メートル）は引きそうな気分になる。

「ですが、その但馬守さまがどれほどの悪党であっても、ご公儀には刃向かえませんでしょう。鈴江は安泰なのではございませんか」

「それがねえ」

珠子の表情が曇る。

「そうでもないのよ。宗次のやつ、ちゃんと手を回してるの」

「と、申されますと？」

「宗次の妹ってのが評判の佳人でね。ええ、たいそうな美貌を謳われた方なのよ。

煌々たる満月でさえも、その方の美しさの前には霞んでしまうと言われているほど。

えっと、確か名前が……何だったっけ、三嶋」

「確か、桜とか百合とか、花の名ではありませんでしたか」

「ああ、そうだわね。そうそう松子よ、松子」

いや、松は木ですから。花じゃありませんから。

お糸は口を挟もうとして止めた。花でも木でも草でもかまわない。その松子姫がどう絡んでくるのか。そこが肝要だ。

「そんな美しい妹を蛸頭の宗次が放っておくわけないじゃない。あの手この手を使って、大奥に上げたのよ」

「大奥！」

大奥。言わずと知れた徳川将軍家の夫人の居住区だ。部屋は、主要なものだけで六十余間あり、一間は二から五部屋でできているというから、とんでもない広さだ。さらに、そこでは数千人の女たちが暮らしているというから……いうから、どんな世界なのだろうか。お糸にはどうにも思い及ばない。

「それで、その松子姫は……」

「ええ、首尾よく公方さまに見初められ、御側室になったらしいの。お子はいないのだけれど、大名家の血筋ということでお部屋を与えられ、松子の方と呼ばれているんですって。それはいいんだけど、宗次はこの松子の方を使って、公方さま、ひいては公儀を動かし……」

「鈴江を乗っ取ろうとしている！」

思わず叫んでいた。引きつった掠(かす)れ声になったが、それを恥じる余裕はなかった。

「そうよ、まさに、それ。とんでもないやつでしょ。蛸頭の考えそうなことよ」

「珠子さま。よくよく考えれば、蛸はなかなかに利口で味もよろしゅうございます」

三嶋が舌舐りする。

「そうね。蛸に申し訳なかったわ。蛸さん、ごめんなさい」

蛸に詫びてから、珠子はため息を吐き出した。

「鈴江の国内は、今、とっても平穏なの。いろいろ、ごたごたしたけど……あの折は、お糸ちゃんも大活躍してくれてありがたかったわ」

「あ、いえ、活躍などと、とんでもないことでございます。でも、確かにお家騒動が収まってから平穏でございますよね」

「そうなのよ。なのに、まさか外から災難がやってくるとはね。まったく、とんでもないやつって、どこにでもいるのね」

珠子の頬が引き締まった。奥歯を嚙み締めたのだ。

「では、では、ご公儀が鈴江を潰そうとしている、横入に譲り渡そうとしていると、そういうことなのですか」

「その動きがあると、矢部は言うのよ。ただ、いくら公儀とはいえ、何の落ち度もない鈴江に無理にいちゃもんつけるわけにはいかないでしょ。そんなことしたら、公儀が悪役、鈴江が哀れな犠牲者になっちゃう。さすがに悪役は不味(まず)いわよねえ。人心が離れちゃうと、政って上手くいかなくなるものだし」

「なるほど、では安心でございますね」

お糸は安堵の息を吐くことができた。胸が少し軽くなる。

「それがそうでもないの」

珠子の表情は晴れない。曇ったままだ。

「えっ、でも、鈴江の国内にも長義さまにも、何の落ち度もございませんでしょう」

「あるわけがないわ。でもね、火のない所に煙を立てるのが公儀のやり方なの。無理やり火元を作っちゃうのよ。で、黒豆を大岩ぐらいに、黒豆ガガコを鳶(とんび)ぐらいに膨らませるわけ。つまり、改易、転封、減封(げんぽう)の口実をでっちあげるの」

「そんな……」

啞然とする。怖くもある。

畏れ多くもご公儀、幕府である。諸大名を統べ、日の本を治める政権ではないか。そこが、人の欲望に操られ、罪もない一国を滅ぼさんとする。

そんな恐ろしいまでの愚行を為すとは、信じられない。考えられない。あり得ないと笑い飛ばしたい。しかし、珠子がお糸を騙すわけがない。珠子と公儀を天秤にかければ、珠子への信が重いに決まっている。

「臭いがした」

不意に三嶋が吼えた。いや、普通にしゃべった。

「お糸の部屋の床下じゃ。気になってじっくり調べたら、微かだが嫌な臭いがしたのじゃ」

「え？　え、そんな、わたくし何にもしてませんよ。おねしょした夜具を隠すとか、汚れた衣を洗濯が面倒で丸めて突っ込んだとか、そんな真似してませんから」

「そなたは五つのガキか。違う。そういう臭いではなく、どうやら、曲者が潜んでいたようなのじゃ。すぐには気付かなんだのは、わたしの不覚。くそっ、犬族ほど鼻が利いておれば嗅ぎ当てられたものを」

「ええっ。ではやはり、屋敷内で間者が暗躍しているのですか」

「そのようじゃ。そなたたちをここに集め、珠子さまより全てを打ち明けていただいたのも、我らが考えている以上に事は危うい方向に進んでおると思われたからじゃ」

そうか、もう与り知らぬことでは済まされないところまできているのだ。

お糸は息を呑み込み、逸る鼓動を鎮めようとした。

「それにね」。珠子の口調が暗みを深めた。お糸が思わず表情を窺ったほどの暗さだ。

「鈴江を潰す口実……その種がね、少なくとも二つはあるの」

「二つ？　それは何でございますか」

「一つはね、長義さまが千代田城に登城された折、控えの間で、他の大名方とお話をなさったの。そのさい、物の値がのきなみ上がり続けていることを憂えられたんだって。『このままでは早晩、民の暮らしが立ち行かなくなるのではないか』って」

「でも、それは真実ではありませぬか。米も魚も蔬菜も、材木も紙も布もみな値が上がり、下々の暮らしは苦しくなる一方です」

「ええ、それが現よね。長義さまは、その現を嘆かれ、何とかしたいと思われたの。でも、公儀の無策を詰ったとも受け取られかねない一言だったのよ。あ、もちろん、長義さまは大丈夫よ。さすがに、呟き一つで一国の主をどうこうできる時代じゃないものね。やっちゃんや秀ちゃんのころなら、ともかくねえ」

〝やっちゃん〟とは徳川幕府の開祖、家康公のことだ。珠子は隠居した家康公に暫く飼われていたらしい。そのときは、猫の姿であったとか。駿府の城は居心地がよかったし、煮干しがたいそう美味しかったそうだ。〝秀ちゃん〟の方は、二代将軍秀忠公だろう。たぶん。

「で二つ目が、お世継よ」

少し蓮っ葉な口調になって、珠子は告げた。

「あたしと長義さまの間には、美由布姫しかいないでしょう。つまり、継嗣となる男の子がいないの。一つ目より、こっちの方が取り潰しの口実にはなりやすいかもね」

「珠子さま」

「世継断絶、幕法違反は改易の主な理由になるものねえ。もちろん養子って手もあるけど、それも公儀の許しがいるわけだしね」

「ふざけんな」

お糸は立ち上がった。こぶしを握る。

「何を好き勝手なことほざいてんのさ。はぁ、口実だって？　理由だって？　笑わすんじゃないわよ。面皰じゃあるまいし、好きに潰されてたまるもんですか。潰し潰され、振り振られ。あたしゃ十五で潰しの島田。あんた二十歳で潰し餡。いっそ二人で円円肥えよか」

「お、お糸ちゃん、落ち着いて、落ち着いて」

「これが落ち着いていられますか。まったく腹が立って、立って。立っているのはどの娘じゃ。あれは下田の菓子屋の三女。今年十六、娘の盛り、むぶうっ」

顔面に衝撃が来た。硬いのではなく柔らかいのでもなく、草と土と花とスルメが混じった匂いのする何かが顔に当たってきたのだ。

お糸は後ろに転がり、おかかとおさけに助け起こされた。

「馬鹿者。珠子さまが落ち着けと仰せられているのが、わからぬか」

三嶋が怒鳴る。

あ、今の、三嶋さまの肉球だ。

以前、珠子が「三嶋の肉球打ちは癖になるわよ」と言っていたが、本当だ。痛いけれど気持ちがいい。この痛気持ち良さ、最高だ。しかし、もう一発くらったら、顔が腫れあがるかもしれない。前歯の二、三本は折れて飛び散るかもしれない。

「み、三嶋さま、す、すみませぬ。腹が立ち過ぎてつい……。だって、だってあんまりじゃないですか。美由布姫さまがおられるのに、お世継がいないなんて。そんな無礼な話、あたし、許せません。ほんとに悔しい」

「ふむ。そなたの言うことはもっともじゃ。まったく、姫さまを何と心得るか。公儀の執政どもめ、片っ端から罷ってくれようぞ」

「あ、三嶋さま、駄目ですよ、駄目。どうか、落ち着きあそばして」

歯を鳴らす三嶋をお糸は必死に諫めた。三嶋に罷られたら、老中だろうが御三家だろうが、首から上がきれいに無くなってしまう。

「静かにしや！」

珠子の一喝に、三嶋もお糸もその場に平伏した。

「壁に耳あり障子に目ありと申す。誰が聞いておるやも、見ておるやも知れぬのじゃ。平心を保ち、余計な物言いを慎まねばならぬ」

「はは、仰せの通りにございます。三嶋、浅慮でございました」

「わたくしめも……お許しください」

くすっ。珠子が笑った。

「いいのよ、二人とも。美由布姫やあたしのために、本気で怒ってくれてありがとう。でもね、これから先は自分を抑えて。あたしたちを陥れようとしている者に隙を見せちゃ駄目。付け入る隙なんか、与えてやらないの。そうやって刻を稼いでいる間に、あたしが策を練るわ。公儀からも宗次からも、鈴江を守り通す策を、ね。何てったってあたしは」

珠子は顎を上げ、胸を張った。

「長義さまの妻であり、〝猫族なんだけどちょいと不思議な一族〟の姫よ。負けやしないわ」

お糸は僅かに目を狭めた。

珠子が眩しい。凜としてかっこいい。

そうだ、負けるものか。

あたしたちは誰にも負けない。力を振りかざして威嚇してくる輩などに、負けるはずがない。

珠子と視線を絡ませる。

お糸も背筋を伸ばし、胸を張った。

その二　お糸、小毬（こまり）に驚く

それから、十日余りが何事もなく過ぎ去った。

何事もなくとは言ったが、それは屋敷内、ひいては鈴江国内を揺るがすような大事件は起こっていないという意味だ。十日余りの前半、五日目あたりまで、お糸はかなり気を張り詰めていた。何てったって間者だ。何てったって公儀隠密（こうぎおんみつ）だ。何てったって御庭番（おにわばん）だ。何てったって伊賀者（いがもの）だ。何てったって服部半蔵（はっとりはんぞう）が頭目（とうもく）なのだ。そういう怪しい輩が屋敷内に潜り込んでいる。奉公人の誰か、家臣の誰か、奥女中の誰かに化けているかもしれない。そう易々（やすやす）と気を抜けるわけがない。この前も、ちょっとした騒動があった。

おかかと二人、廊下を歩いていたときだ。落ち着かない様子で立っている女中が目に入った。廊下の奥を窺い、妙にそわそわしている。

「おかかさま、あのお女中、動きが些か怪しくはございませんか」

「どれどれ……。あら、ほんと、あんなところで何を窺っているのでしょう。落ち着かない様子ですねえ」

「怪しいですよね」

「怪しいですとも」

「あれは、表使のお女中ですね」

「はいはい。お糸どの、表使なら外に出て行く用も多々ございます」

「つまり、屋敷の外で服部半蔵と接する機会があるわけですか」

「いきなり、服部半蔵は出てこないと思いますが、その下の下の下ぐらいなら……」

屋敷から一歩出れば誰と会ったか、何を語ったか、お糸たちには摑めない。

「おかかさま、参りましょう」

「参りましょう」

おかかと顔を見合わせ、頷き合うと、お糸は足早にその女中に近づいて行った。

「これ、何をしておる」

声を掛けると女中は息を吞み、その場に膝をついた。心なし、顔色が青い。

「おかかさま、明らかに慌てております」

「ええ、ますます怪しゅうございますね。これ、そなた、名は?」

「は、はい。こ、こまりと申します」

おかかが、一瞬、息を詰めた。

「ま、こまりとな。まさか小さな毬と書くのではあるまいな」

「あ、はい。その小毬でございます」

「困りごとよろず相談の〝困り〟ではなく、玩具の愛らしい〝小毬〟であるか」

「はぁ、まさに……」

おかかが念を押すのに、小毬が僅かに首を傾げる。お糸も同じ仕草をしていた。

小毬の名に拘る理由がわからない。

「はっ、おかかさま。もしかしたら間者の名をご存じなのですか。それが小毬とか？」

「へ？　違います、違います。そうじゃなくて」

おかかが首と右手を同時に左右に振る。その隙を衝くように、小毬が勢いよく立ち上がった。そのまま、駆け去ろうとする。

「あ、これ、待ちや」

お糸が手首を摑むと、小毬は小さな叫び声を上げた。

「お許しください。どうか、お見逃しを」

「見逃せとは、何を見逃すのじゃ。そなた、ここで何をしておった」

間者だったらただじゃおかないからね。三嶋さまに、とことん取り調べをしてもらって、ついでに虎舌で顔中舐め回してもらうんだからね。覚悟しなさいよ。

「か、厠の番を待っておりました」

「は？　厠の番？」

「どうしてか、今日は厠がいっぱいで。わ、わたし、もう何と申しますか、もう、もう、ももーなのでございます」

「え、牛の鳴き真似？……なわけないわね。わっ、漏れそうなの？　大変！　がんばって。片足を前に出して、股をぎゅっと閉じて、ぎゅっと」

「あ、はい。ぎゅっ、でございますね。あ、空いたみたいです」

廊下の向こうで、若い女中が〝おいで、おいで〟の仕草で手を振っている。

「し、失礼して構いませぬでしょうか」

「構わぬ。疑ってすまなかった。漏れぬように気をつけて」

小毬はお糸の詫びなど聞いていなかった。裾をまくり上げ、厠に突進していく。

「おかかさま、どうやら間者とは違ったみたいですねえ」

「ええ、気の毒なことをしました。漏らしてなきゃいいけど。それにしても小毬だなんて……」

「小毬の名前がどうかいたしました？」

「えっ、お糸どの、ご存じないのですか」

おかかが、瞬（まばた）きを三回繰り返した。

「はあ？　ですから、何のことですか。わたくし、さっぱりですけれど。え？」

おかかがすっと寄ってくると、お糸の耳元で囁いた。

「お糸どの、決して大声を立てないでくださいませ」

「はい。ご安心ください。珠子さまの許（もと）で日々鍛えられております。ちょっとやそっとのことでは驚きはいたしません」

本心だ。何と言っても奥方さまは猫なのだ。しかも、とびきり可愛らしくて、おもしろい。殿さまは人だし、可愛くはないがおもしろい。そういう主に仕えていれば、たいていのことは平心で受け止められる。自分で言うのもなんだが、胆力が半端なく育っているのだ。

「頼もしいですわ、お糸どの。実はね、ごにょごにょごにょ」

「はぁ、ごにょごにょご……えええっ」

「きゃっ、お糸どの、駄目、駄目です。そんな声、出さないで。静かに、しーっ」

「だだだだ、だって、おかかさま、今なんて仰いました？　え、あたし、耳がおかしくなっちゃって聞き間違えた？　そうだわ、絶対に空耳だったんだわ。ああ、あたしの耳、どうしちゃったんだろう、昨夜、穿り過ぎたかしら。わたくし、実は耳掃除が大好きなんです。やり過ぎちゃ駄目だって、おっかさんによく叱られてたのに……」

「お糸どの、落ち着いて。平心ですよ、平心。今のは空耳なんかじゃありません」

「だって、だって、おかかさま。そんなこと、信じられます？　三嶋さまのご本名が小毬だなんて、そんなこと、あり得ません」

「お気持ちはわかります。わたしも初めて知ったときはびっくり仰天、おったまげでした。でも、本当なんです。三嶋さま、小毬ってお名前なんですよ。でも、他にも別の御名が……」

「えっ、他にもお名前があるんですか。あ、きっと、そちらは虎太郎とか虎佐衛門とか仰るのでしょうね。その方が、しっくりきますもの」

おかかは、真顔でかぶりを振った。

「いいえ、そんなごついものじゃなくて……えっと、確か、イランゴーミとかイランガーミとか何とか、難しい御名だった気がしますが……」

「いらん塵ですか。何だか変てこな名前ですね。塵箱に捨てちゃいそうになります」

「イランゴーミですわ。三嶋さまは、もともとは天竺のお生まれだそうですから」

「ええっ、**天竺？**」

「**ですから、声が大き過ぎますって。静かに！**」

「ひえっ。いや、おかかさまの声の方がかなり大きいですから。お静かに」

「あ、はしたない真似をいたしました」

おかかが両手で口を押さえる。お糸は声を潜め、

「おかかさま、天竺って、あの天竺でございますか。〝唐過ぎる〟をもじって〝辛過ぎる〟の意味に使う、あの天竺なのですか。天竺味噌とかわたくし、苦手なんですけど。あ、でも天竺豆は大好物です。茹でると幾らでも食べられます」

「健駄羅だったかも……」

「はい？　がんだーら？　そんな豆がありましたっけ」

「豆ではなくて、三嶋さまのお生まれの地です。天竺じゃなくて、健駄羅だったかも。すみません。記憶が曖昧で」

「健駄羅って、どこにあるお国なのです？」

「知りません。天竺の近くなのではないかしら。天竺がどこにあるのか存じませんが。日の本でないことだけは確かですわ」

そうか。よくよく考えれば、日の本に虎はいない。猫はいても虎はいないのだ。猿も狐も狼も熊もいるけれど虎はいないのだ。

「まあ、でも、すごい。もし天竺生まれだったとしたら……天竺といえば、お釈迦さまのお国でございましょう。なんて尊い。はっ、まさか、三嶋さま、お釈迦さまとお知り合いだとか」

　珠子は家康公とは共に煮干しを齧った仲だ。鎌倉幕府初代将軍、源頼朝公とも親しくしていた（もっぱら、愚痴っぽい頼朝公の嘆きを聞く役だったらしい）。とすれば、三嶋が釈迦牟尼に教えを乞うていたとしても不思議ではない……かどうかはわからないけれど、あり得る気もする。しかし、おかかは首を横に振った。

「さすがの三嶋さまも、お釈迦さまのころにはまだ生まれてはおられませんよ。でも、三蔵法師の一行とは天山南路ですれ違ったとか仰っておられました」

「ままっ、あの『通俗西遊記』の三蔵法師さまですか。やだっ、わたくし、あの本、大好きなんです。妖怪も人間ぽくって、孫悟空の暴れるのが小気味よくて、猪八戒や沙悟浄も楽しくて夢中で読みました。わあ、いいなあ。孫悟空たちに会ったことがあるなんて羨まし過ぎます。あ、でも、まさか、三嶋さま、猪八戒や沙悟浄を丸齧りとかしてないですよね」

「お糸どの、あれはお話ですから。三嶋さまは天竺に向かう法師の一行を見ただけですよ。法師は痩せて、筋張っていて、しかも顔色はとっても悪くて、舐めただけで病に罹りそうだったとか。他の連れも似たり寄ったりで、みるからに不味そうで、三嶋さま、夕食のおかずにするのを諦めたのですって」

ということは、玄奘三蔵の肉付きと血色がよかったら、三嶋の夕食になり、天竺から経典を持ち帰ることはできなかったということになる。人間、何が幸いするかわからないものだ。

お糸は我知らず、息を吐き出していた。

こうやって、あたし、人生の機微を知っていくのね。ほんと、学ぶことがいっぱいあって、まさに人生の道場だわ……と考えたところで、お糸は我に返った。

いけない、人生の道場も三蔵法師さまも、三嶋さまの本名も今は拘っているときじゃない。三嶋さまの本名には拘りたいけど、ここは我慢よ。ああ、でも、小毬にイランゴーミだなんて、あまりにおもしろ過ぎる。小毬、イランゴーミ、小毬、イランゴーミ……。

「お糸どの」

おかかがお糸の袖を引っ張った。

「あの女、怪しゅうございますよ。あんなところで何をしているのか」

手拭（てぬぐ）いを被（かぶ）り、前掛けを締めた老女が植え込みの陰から現れ、裏手に去って行く。

「え、どこに？　ああ、あれは、菜売りのお種婆（たねばあ）さまです。怪しくないですよ。お種さん、お年のせいか台所口がわからなくなることが時々あって、その度にうろうろするんです」

「でも、その、うろうろが怪しくありません？　うろうろしていても怪しまれない人の方が怪しまれずにうろうろできるわけでしょう。間者にはうってつけですわ」

「でも、お種さん、耳は遠いし、目はしょぼしょぼしているし、言ったことはすぐ忘れるしで、間者なんてできないと思いますよ。腰も曲がってるから、床下に忍び込んだりなんて、絶対に無理ですから。はっ、それより、おかかさま。あちらのお女中、怪しいです。厠の近くでもないのにそわそわして。お座敷の中を覗いたりしてますよ。顔半分、袖で隠したりして、ほんと、怪しい」

おかかがため息を吐いた。

「お糸どの、よくごらんになって。あれ、おさけどのですよ」

「え……あら、ほんとだ。でも、おさけさま、顔を隠してまで何をしてらっしゃるのでしょう」

「たぶん、間者を探っているんじゃありません？　わたしたちと同じように」

　お糸も、ため息を漏らす。

「おかかさま、わたくしたちの力では、間者を見つけるのって難しいですわねえ」

「ええ、本当に。公儀隠密を相手にするには、未熟過ぎますわ」

　そこで、二人してもう一度、長い長い息を吐き出した。

　その後も気を張り、油断しないよう己を戒めながらの日々が過ぎていったが、さすがに五日目あたりから徒労を感じるようになり、十日経った今は、ふっと気が緩むときが日に何度もあった。

　まったく気配のない相手に用心し続けるのは、なかなかに難儀なのだ。鈴江三万石江戸屋敷は、いつも賑やかで楽しくて、陰謀とか謀略とか、そんなおぞましい詞とは無縁に感じられる。

　何かの間違いではないのだろうか。だいたい、戦国の世ならいざ知らず、他国の領土を無理やり奪うなんて狼藉が、この太平の世で罷り通るとは考え難い。

　間違いではないか。間違いであってほしい。

　周りを探り、他人を疑うのは本当に疲れる。同じ風景、同じ人々なのに、疑いの目を向けるか、信じて見詰めるかで、様相は大きく変わるのだ。笑み一つであっても、それを冷笑と受け取るか朗笑と捉えるかで、まったく別の物になる。お糸は、朗笑だと思いたかった。この屋敷には、明るく屈託のない笑い声が何より似合っているのだから。

「何だかこのごろ、我が身、我が心が穢れたような気さえいたします」

珠子の前でつい愚痴ってしまったのは、あれやこれやの疲れが溜まっていたからだろう。いつものように、珠子の部屋で昼八つ（午後二時頃）のお茶をしていたときだ。

「みんな、ここは長丁場だから、そんなに気を張り詰めないでね。ただ、相手はあることないこと、イチャモンつけるのが得意だから、そこのところだけ気をつけていれば大丈夫よ」

珠子が煮干しを齧りながら、にっと笑った。これは混ざりものなし、正真正銘の心地よい笑顔だ。ちょっと元気が出てくる。

「でも、相手は公儀隠密でございましょう？　その後ろには服部半蔵が控えているわけですし」

おかかが三嶋からもらったスルメの足を舐めながら、不安げに眉を寄せる。

「ああ、服部ちゃんね。今、何代目よ。やっちゃんに仕えていた服部ちゃんは、わりに気遣いのできる男だったけどねえ。でも、すごいケチなの。お金を貯めるのが好きで好きで、あたしを撫(な)でながら『たまちゃーん、おれね、今度の戦で手柄立てたから、いっぱいご褒美(ほうび)もらっちゃった』なんて猫なで声で言うの。猫を撫でながら猫なで声を出す忍びって、どうよ」

　お糸は思わず、膝を乗り出していた。

「まあまあまあ、服部半蔵は気遣いのできるケチで、お金を貯めるのが大好きだったのですか」

「そうそう。手先も器用でね、手裏剣とか短刀とか投げるのは下手なんだけど、作るのは上手いのよ。そりゃあもう、腕のいい職人そのものよ。『よく飛び、曲がらず、深く刺さる。そういう手裏剣を作り上げたい』なんて言うところも職人っぽいでしょ。そっちの方が向いてたのよね、服部ちゃん。確か正成(まさなり)とかって名前だったな。今の服部ちゃんはどんな人か知らないわねえ。やっぱり、蓄財が好きなのかしらねえ。器用なとこが似てるといいけどね」

「はあ、なるほど、なるほど」

　お糸は、大福を頬張(ほおば)りながら相槌(あいづち)を打つ。

　服部半蔵といえば大権現(だいごんげん)家康公に仕え、伊賀者を統べて数々の戦功をあげた武将だ。武勇の誉れも高く、鬼半蔵の異名で敵方に恐れられたと聞く。とくに、天正十年本能寺の変の折、堺に滞在していた家康公を護衛して伊賀の加太峠を越え、無事三河に帰還させた功名は語り継がれていた。確か、徳川幕府開闢の数年前に亡くなったはずだから、二百年以上昔の人物ということになる。その男に昨日会ったかのような珠子の話しぶりだが、お糸は別段、驚きはしない。いまさら、服部半蔵ごときではびくともしないのだ。何といっても、嵯峨天皇の御代に生まれ、源の頼ちゃんの愚痴を聞いてやり、一休和尚から教えを受け、この前聞いた話では、癇癪を起こした紫式部（珠子曰く「あの人、普段は控え目で人見知りなくせに、筆が止まっちゃってどうにも書けなくなったら、とんでもない癇癪持ちに変わっちゃうのよ。いつ、癇癪玉が破裂するかわかんないから、厄介でね」だそうだ）と喧嘩になって、鼻の頭を引っ掻いてやったそうだ。

　そういう話を日々、大福やら干菓子やら干し柿やらを食べながら聞いていると、「服部半蔵？　若い、若い。まだひよっこじゃないの」という気分になる。その上、三嶋の〝三蔵法師、不味そうなので食べなかった〟逸話を知ってしまったので、ますます、服部半蔵がちゃちに思えるのだ。もはや洟垂れ小僧の類でしかない。鬼半蔵が職人気質だったとは、些か意外ではあったが、紫式部が癇癪持ちだったり、家康公が煮干し好きだったりする話の前では色褪(いろあ)せてしまう。やはり、洟垂れ小僧の類でしかない。

「今の服部半蔵は、なかなかの切れ者にして欲深く、蓄財にも漁色(ぎょしょく)にも余念がない。つまり、金と女が大好き男と聞き及びまするぞ」

小毬、いや、三嶋がずいと膝を前に出した。

「まあ、お金好きで女好きですって」

珠子が顔を顰める。翳(かげ)りがくっきりと面(おもて)に刻まれた。

「はい。しかも、かなりの派手好きで、配下の伊賀者の装束を紅(くれない)、金、緑の三色で染め分けようと言い出して、さすがに周りから諫められたとの噂がございます」

「え？　忍びの者の装束が三色分けですか。いや、それは無茶苦茶でしょう。三色(さんしょく)丼(どん)じゃあるまいし、伊賀の方々がかわいそうです、そんな派手派手衣装。わたくしなら、断じて拒みますが。ああ、この大福、美味しい。もう一つ、いただきます」

お糸はたっぷり餡の詰まった餅(もち)菓子に手を伸ばした。

「そうですねえ。わたしも嫌です。でも、手妻のときは、どんと派手な衣装の方がよろしいんですの。ほら、目眩(めくら)ましの役目をするでしょう」

おさけが袂(たもと)をひらひらと振った。手には鯵(あじ)の干物を持っている。

「なるほど。派手な衣装に目を奪われて、手許まで気が行きませんものね。あっ」

大福が指から落ちた。

え、どうしたの？　指先が……。

指先が震えている。鼓動も速くなる。腋の下に汗が滲んできた。

やだ、あたし、どうしちゃったの。何だか胸騒ぎがする。どうして、どうして。

「お糸ちゃん、しっかりして」

珠子がお糸の腕を摑んだ。

「た、珠子さま、わたくし、どうしたのでしょう。急に胸がざわざわして、震えが……。もしかしたら、ちゅ、中風かもしれませぬ」

「お金好き、女好き、派手好き。これだけ揃えば震えもくるわ。お糸ちゃんの勘が危険を告げているのよ。中風なんかじゃないわ」

「勘、でございますか。ああ、どうしましょう。さ、寒気までして参りました」

背筋を冷たい汗が流れていく。身体の温もりが失われていく。

「珠子さま、先刻からの不穏な気配。これは……」

三嶋が立ち上がる。両眼が爛々と光り、全身が一回り膨れ上がったかのようだ。これはこれで、怖い。慣れたとはいえ怖い。小毬とはほど遠い迫力に、お糸はさらに震えた。

珠子の凜とした声が響く。

「みな、用心せい。来るぞ。気を引き締めよ」

「おのれ、この困難の折にさらに災いを呼び込むとは。むむむ」

「三嶋さまぁっ」

おかかとおさけが三嶋に縋りつく。二人とも猫耳と猫尾が覗いている。お糸は珠子の許に駆け寄り、懐剣を握り締めた。

この不穏、この異様な気配、何事かが起こる。

何が起こっても、珠子さまをお守りする。それが、あたしの役目だ。

「みな、落ち着きや。まやかしじゃ、騙されるでない！」

珠子が叫び終わらないうちに、突然、上座に立てていた屏風が金色に輝き出した。眩しい。

その光の中に白いふさふさとした尾が見えた気がした。

はっ、もしかして艶耶子御前が現れたか。

艶耶子は二尾を九尾と言い張るほど見栄っ張りなうえに執念深い。狡猾で意地悪で策略家でもある。鈴江を乗っ取ろうとして敗れた、その怨みを晴らす機会を虎視眈々と、いや、狐視眈々と狙っていたのではないか。

「珠子さま、お下がりください。危のうございます」

「いえ、たぶん……そんなに危なくはないわ」

「はい？」

「とーっても厄介でうんざりするけど、危なくはないかも」

珠子が金色の光から目を背け、長息した。切なげな吐息だ。

「え？　あ、えっ、まさか。艶耶子御前ではなく、あっちなのですか」

「あっちなのよ。どうしようもないけど、あっちなの」

パーンと派手な音がした。赤、緑、黄、金、銀、青、紺、橙。派手なうえにも派手な色とりどりの細かい紙が舞い上がり、ひらひらと落ちてくる。まさに吹雪に襲われた如くだ。その紙吹雪が二発、三発と打ち上げられ、頭上から降り注いできた。

「いえぃ、れでぃす、あんどぅ、じぇんとるぅまぁん。いや、じぇんとるぅまぁんはおらぬが、まあ、いいことにして。みなのもの、元気だったか。へーい、ろんぐうたいむ、のぅ、しぃ。久しぶり、久しぶり。まっこと、ぶらぼぉ」

金色の光が消えると、金色の鍔付きの被り物に、金色の裾を絞った奇妙な袴（？）に、金色の袖を絞った奇妙な小袖（？）に、金色の袖なし羽織にしては丈がやけに短い（腋の下までしかない）けれど、袖なし羽織としか言いようのない袖なし羽織という出立の男が現れた。先刻、お糸が艶耶子御前の尻尾と見間違えたのは、被り物に付いている一丈（約三メートル）はあろうかと思われる白い飾りだった。

「どうした、みんな。やけに辛気臭い顔をして。おぅ、のぅ。ばぁっど。よくないよ、よくないよ。辛気臭いの、よくないよ。この世は楽しんだ者勝ちですよぅ。へぇい、陽気にいこうぜ。それ、みゅぅじっくぅ、すたぁと」

　金色男が指を鳴らすと、軽やかな音曲が流れてきた。雅楽とも端唄とも違う。聴いたこともない速い調子だ。

「へい。歌え、サンバ、踊れ、サンバ。この世は全て祭りで、サンバ。秋はサンマ、地獄はエンマ、踊らぬやつはトンマのにいちゃん。それ、歌え、サンバ、踊れ、サンバ、今宵は楽しいかぁにばるぅ……うん？　どうした、みんな。相変わらず、ノリが悪いのう」

「だでぃー」

　珠子が口に入った紙を摘まみ出しながら、男を呼んだ。低く、ドスの利いた声だ。

「もう、いいかげんにして。本気で怒るわよ。どうして、毎回、毎回、こんなアホの極みの現れ方をするの。もう少し、おとなしく、まともに出てきてちょうだい」

「おいおいおい、珠子。久しぶりに、たぶん二百年ぶりぐらいじゃろうが、それくらい久しぶりに会った父親に、アホの極みはなかろうよ」

「この前、たっぷり会いました。だでぃーのせいで艶耶子と一悶着あったんだからね。忘れたとは言わせないわよ」

「おいおいおいおいのおいおい。なんちゅうことを言うのやら。つーやんは鈴江好きが高じて、独り占めしたくなっただけだぞ。『こんなに好きなんだもの。あたしのものにしちゃっても、いいわよね。そうしようっと』と、こんな感じよ。女心とは、つくづく身勝手なものよのう。て、ことだから、わしとは関係ないの、なっしんぐぅ、じゃぞ。まあ、つーやんも、三嶋とお糸にしこたまやられて、当分はおとなしくしておるはずだ。うん？　そういえば、お糸と三嶋はどうした？　三嶋はどうでもよいが、お糸には会いたいのう」

「……わたくし、ここにおります」

お糸は、顔中に張り付いた色紙を払い落としながら、何とか答えた。鼻の孔にも口の中にも紙が入り込んで、危うく息が詰まって昇天するところだった。

「おお、お糸、久しいのう。息災であったか」

「今の今までは、very good でございました。ほんのさっきまでは、権太郎さま」

「ひえっ、何という見事な、いんぐりっしゅうじゃ。しばらく会わなかったうちに、さらに上達したではないか。ぼくちゃん、負けたかも」

このきんきらきんの金色男こそ、珠子の父、つまり、〝猫族なんだけどちょいと不思議な一族〟の長である権太郎だった。もっとも、本人（本猫）にすれば、自分の本名が相当に気に食わないらしく、「権太郎さま」と呼んでも返事をしないときがままある。返事をしない程度なら、べつにどうということもないが、権太郎はまさに、金（色）好き、女好き、派手好きの三拍子がしゃんしゃんしゃんと揃った、厄介でうんざりするけれど、危なくはない相手なのだ。危なくないなら、まーいいかなどと気楽に考えてはならない。権太郎の厄介具合は、そりゃあもう並外れているのだ。

お糸が、舌の裏側に張り付いた金色の紙を吐き捨てるわけにもいかないから、しかたなく呑み込み、権太郎を一睨みし、

――ほんのさっきまでは元気でも、今は危うく息が詰まりかけました。

と、告げようとしたとき、おかかが悲鳴を上げた。

「あれーっ、三嶋さま、三嶋さま、しっかりあそばして」

振り向くと、おかかとおさけが必死に色紙の山を掻き分けている。

「えええっ。三嶋さま、埋まっちゃったんですか」

「はい。なぜか、三嶋さまの上だけ紙吹雪ではなく、紙雪崩（かみなだれ）のように落ちてきて、あっという間に埋まってしまわれたのです。三嶋さま、わたしたちを雪崩の外に突き飛ばして……」

おさけが涙声で言う。おかかも半泣きになっていた。

「そうなのです。わたしたちを助けるために、ご自分を犠牲にされたのですわ。三嶋さま、申し訳ございません。ああ、どうか、どうか、ご無事で。うううっ」

お糸は打掛を脱ぎ捨てると、素早く袖を括った。

「泣いている暇などございませぬ。雪崩に埋まったときは、一刻も早く助け出さねばなりませぬ。みんなで力を合わせて、三嶋さまをお助けしなければ」

「あたしも手伝うわ。ああ、三嶋、死なないで。指の先が潰れても掘り進むからね」

珠子も打掛を脱ぐと、お糸の傍（かたわ）らに膝をついた。

「は？　あ、いや、ちょっと待て。おまえら、それは幾らなんでも、おぅばぁではないか」

権太郎がきんきらきんの衣装のまま、手を左右に振る。その度に、衣装から金色のきらめきが散った。

「ああ、指が凍（こご）えて、思うように動きませぬ」

「ほんとうに冷たい。それに爪が剝がれそうです」

「おかかさま、おさけさま、がんばってくださいませ。誰よりも三嶋さまが一番お辛いのです。ここは、力の限りに掘らねばなりませんよ」

「そうよ。三嶋、聞こえる？　何があっても、おまえを死なせたりしない。あたしの命を懸けて救い出してみせる」

「きゃあ、珠子さま、すてき。凜々し過ぎて、雪も溶けますする」

「え、そう？　えへへ、ありがとう、お糸ちゃん」

「いやいや、ちょっと待ってってば。おかしいだろう。それ、紙だよ、紙。ただの色紙。何で指が凍えるんだ。何で爪が剝がれるんだよ。雪とか、どこにもないから。おいおいおい」

　権太郎が今度は両手を振る。きらきらきらきら、眩しい。

「あ、動いた」

　おかかが叫ぶ。紙の山がもこもこと動いたのだ。

「三嶋さま」

「三嶋」

「うおうっ」

咆哮が響き渡る。地を揺るがし、身体の芯まで震わすような激声だ。おかかもおさけもお糸も横倒しになった。権太郎はといえば、座敷の隅まで二回転半で転がっていった。さすがに、珠子だけはとっさに耳を押さえただけで横倒しにもならなかったし、転がりもしなかった。しかし、これは怖い。掛け値なしに怖い。〝慣れている〟の範疇に収まらない。

「ひえええええっ、三嶋さま、食べないで、食べないで。あたし、美味しくないです。何度も言いますが筋ばっかりです。お糸じゃなくてお筋と呼ばれても、返事します」

「わ、わたし、今日もクサヤの干物を食べました。三嶋さま、お許しください」

「わ、わ、わたしも、おかかさまに半分もらって食べましたぁ。らっきょうの酢漬けも、こっそり食べちゃいました。ほんとに臭いです、臭いですから」

立ち上がった三嶋は、髷の上に五寸（約十五センチ）ほども色紙を積もらせていた。それを一振りで払い落とすと、座敷の隅で丸くなっている権太郎を睨みつける。

「権太郎さまあ！」

「ひえっ、ごめん、許して、あいむぅそぉりぃ。ちょっと調子に乗り過ぎた。みんなにサンバのノリを教えたくて、ついつい。ほんと、ごめんなさい」

「ごめんなさいで済むなら、目付も奉行所もいりませぬぞ。何という狼藉をなさいますか。この三嶋、危うく雪に埋もれて凍え死ぬところだったのですぞ」

「いや、凍えて死んだりしないから。ほんま、これ、紙でんねん。雪とちゃいますがな。あんさん、江戸屋敷の奥でどうやって凍え死にますねん。ほんま、アホ言わんといてや」

「……権太郎さま、上方の黒猫のお方さまのところにおられたのですね」

「へ？　のぅのぅ。わしは伯刺西爾という国にずっと逗留しておったんだぞ。いや、ほんま、お黒と逢うたりしてへんで。変な疑い、かけんといてほしいわ」

「上方弁が抜けてない。怪しいわね」

　珠子が、すっと目を細めた。

「母さんに言い付けちゃおうかな。父さん、また、ふらふらしてるわようって。母さん、今、富士のお山で修業中なんだけど、愛想をつかして帰ってこなくなるかもね」

「桜子は富士におったのか。道理で、伯刺西爾じゅう捜しても見つからんはずだ。いやいや、わしは、桜子にらぁぶを捧げておるのじゃ。妻は桜子唯一人でごわす。一生添い遂げると約束ばしもうした。あれは、本心からの誓いに間違いなかと」

「おやまっ、権太郎さま、薩摩の山猫の御側室とも逢っていたのですね」

「ま、まさか。そんなことあるわけなかろう。おまえたちは疑いが過ぎる。あっ、そうだ。みんなにお土産があるのだ。ふふふ、驚くなよ。すごいぞ」

　ふんと、三嶋が鼻を鳴らした。

「どこの土産か知りませぬが、そんなもので誤魔化されはいたしません……あらっ」

　三嶋の双眸が見開かれた。権太郎が、物すごく大きなスルメを取り出したのだ。大きい、大きい、物すごくの上にもう一つ物すごくをくっつけてもいいほどだ。ゆうに畳一畳分はある。

　こんなもの、どこに隠していたわけ？

　お糸は面喰らったが、痩せても枯れても権太郎は〝ちょいふし一族〟の長だ。伊賀者で言えば服部半蔵みたいなものだ。ちょっと不思議なことぐらい、できて当たり前かもしれない。

「まままま、権太郎さま、それは……」

「そ♪そ♪そ♬、そうですよう。江戸湊の沖でとれた、大イカのスルメですよう。限定品だよ。これしかないよ。さ、持ってけ、泥棒。来ないで、空き巣。炙ってよし、このまま齧ってもよし。ちょっとお目にかかれない珍品だよ。珍品中の珍品だよ。さあさっ、これを三嶋ちゃんにあげちゃいまーす。だでぃーからの贈り物でーす」

「まあ、これは何と……」

三嶋の口から、これまた大きな舌が覗いた。お糸の足の裏くらいはありそうだ。びちゃびちゃと舌舐りの音が響く。

「まああ、権太郎さま。このような土産をいただけるとはありがたい……はっ」

三嶋が出しかけていた手を引っ込める。

「うん？　いかがした、三嶋。そなたのために手に入れた大スルメじゃぞ」

「そこが怪しゅうございます。今まで亜米利加だろうが英吉利だろうが、土産などくださったことは一度もございませんでしたぞ。なのに、今回に限って大好物のスルメとは……。はっ、まさか、このスルメ、元は毒イカではありますまいな」

「違う、違う。正真正銘、大イカの腸を抜いて、天日干ししたものじゃぞ。だいたい、毒イカなんて聞いたこともねえや。いいかい、姐さん、よく聞きな。スルメ、スルメと一口に言っても、ピンからキリまでずらりとござる。ケンサキ、アオリにヤリ、モンゴウ。さあさあ、皆の衆、このスルメをよくよくごろうじろ。一番スルメ、いやいや、一番磨きスルメ、いやいやいや、磨き上々番にも引けを取らない名スルメ。味も香りも歯応えも、天下一品、国士無双、食べなきゃ損する名スルメ。あ、ちなみに」

と、ここで権太郎は被り物を脱ぎ、眼鏡をかけた。明らかに外つ国の物らしく、赤と青の小さな石が周りにずらりと付いている。

「こほん。ちなみに一番磨きスルメとは一番スルメの中でも、とりわけ上等の物のことである。磨き上々番とはさらに上等、極め付きの品質の物のみに与えられる等級であります。なので」

「だでぃー！」

珠子が権太郎を遮る。

「さては、江戸湊のどこかにも側室の屋敷があるのですね」

「ぎくっ」

「しかも、その方、三嶋同様、大のスルメ好き。そこで、なんやかんやスルメについて知恵を付けてきたのね。しかも、土産に大スルメまでもらって」

「ぎくっ、ぎくっ。おまえ、いつの間にそんなに鋭くなった。服部半蔵に雇ってもらえるぐらい鋭いぞ。鈴江三万石正室でありながら、裏の顔は公儀御庭番。かっこいい～。ぶらぼぉ」

権太郎は片目を瞑り、指を鳴らした。なかなかにいい音がする。

権太郎はおもしろい。言ってることもやっていることも支離滅裂だが、そこがおもしろい。海の向こうの国についても、いろんなことを知っている。どこまでが本当か疑わしくはあるけれど、聞いていてわくわくしてしまう。今も、伯剌西爾なんて、お糸がこれまで一度も耳にしたことのない国の名前をさらりと口にした。伯剌西爾って、どこにある、どんな国なのだろうか。サンバとやらとサンマは関わりがあるのか。こんな話が聞けるのが楽しみでならない。

権太郎がいると厄介事や面倒事がやたら持ち上がる。それは事実だ。今も、この雪の山……じゃなくて、紙の山の掃除をどうするつもりなのかと、叱りつけたくなる。しかし、その話がとびきり愉快で楽しく、ついつい前のめりになってしまうのも、また事実だった。政を担う執政たちを、民が選ぶ国があると教えてくれたのも権太郎だ。この世は、信じられないほど広いのだとも教えてくれた。だから、お糸は大きな声では言えないが、権太郎が嫌いではなかった。むしろ、好きかもしれない。

ただ、正直、首を傾げることはある。

——これで〝ちょいふし一族〟の長なんて務まるのかしら。

と、考え込んでしまうのだ。かりにも長だ。統領だ。お頭だ。こんな、いいかげんのちゃらんぽらん、金（色）好き、女好き、派手好きで大丈夫なのかと心配になる。おそらく、おそらくだが、一族を統べているのは富士で修業中だという珠子の母、桜子なのだろう。そして、ありがたいことに、珠子は母親に似たしっかり者だ。

「誤魔化さないで。都合が悪くなると、そうやって、あやふやにしようとするの、だでぃーのたくさんある悪癖の一つだわ。直せるものなら直しなさいよ」

しっかり者の娘は支離滅裂、ちゃらんぽらんな父親をしょっちゅう叱っている。

「また、そんな厳しいことをずばずば言いおって。おまえ、どんどん母親に似てくるのう。あ、そうだ、そうだ、僧だ、坊主(ぼうず)だ、尼(あま)さんだ」

「なに、わけのわかんないこと言ってんの」

「いや、だからね。土産があるのは三嶋だけじゃないぞ。ほら、みんなにもちゃんと持ってきたからな。ほい、これが、珠子。これが、おかかの分じゃ」

「あ……ど、どうも。畏れ入りまする」

「これが、おさけ」

「えっ……あ、はい、ありがたく存じます」

「で、これが、お糸な」

「うわっ、ちっとも、ありがたくないわ。なによ、これ。ただのでっかい鳥の羽根じゃない。まったく欲しくない。邪魔にしかならない代物だわ」

「……お糸、心の内がだだ漏れになっておるぞ」

「あっ、いけない。も、申し訳ございませぬ。権太郎さまのお土産、謹(つつし)んでいただきまする」

「いや、いらないでしょう、こんなの」

珠子は真っ白な鳥の羽根を両手で掴んでいる。おかかは紫、おさけは群青色（ぐんじょういろ）、お糸は濃い桃色だ。どれも、五尺（約一・五メートル）はあろうかと思われる。

――伯刺西爾という国には、こんな色の羽を持つ怪鳥がいるのかしら。

紫や桃色の大きな鳥が天空を舞う。その様子を思い描いただけで、心が浮き立つ。

「これ、作り物でしょ」

珠子が白い羽根をゆさゆさと動かす。

「え、作り物なのでございますか」

「そうだよん。これ、かぁにばるぅのときに付けて踊るやつ。歌えサンバ、踊れサンバ、秋はサンマ、冬はコタツ、春はハナミでぱらだいすぅ。ささ、みんな、これを帯に挿（さ）して踊るのじゃ。こう、腰を振って、思いっきり身体を動かして。それ、歌えサンバ、踊れサンバ」

「はい、秋はサンマ、冬はコタツ、春はハナミで」

「だでぃー！　いい加減にして、お糸ちゃん！　調子を合わせないの」

「あ、も、申し訳ありません。つい……」

帯から羽根を抜き、お糸は平伏した。

この羽根が偽物だとはがっかりだ。でも、こんな飾りを付けて思いっきり動き回るなんて、もしかしたら、とても心地よいのではと心が誘われてしまった。

「だでぃー、よく聞いて。今、鈴江はたいへんなことになってるのよ。かぁにばるぅとか、ぱらだいすぅとか浮かれている場合じゃないの。陽気なのはいいけど、ちょっとは真剣に物事を考えてほしいものだわ。ねえ、三嶋」

「はい？　あ、まあしかし、そこが権太郎さまの良いところでございますからね。権太郎さまが深く物事をお考えになったりしたら、世の中がくらーくなります。この、明るい調子がよろしいのではありませぬか。かぁにばるぅ、が何かは存じませぬが、楽しげではありますし」

「三嶋」

「はい」

「おまえ、意外に袖の下に弱いのね」

「は？　袖の下がどうかいたしましたか？」

三嶋が打掛の袖をぱたぱたと振る。山吹色（やまぶきいろ）の地に黒い棒縞模様（ぼうじまもよう）だが、三嶋が着ると虎縞としか見えない。ちなみに小袖には鹿と鶏と牛とスルメの絵が散らばっている。

これは、生き物柄というより、三嶋の好物柄と呼んだ方がいいだろう。

「とぼけないの。大スルメもらったとたん、だでぃーに甘くなっちゃって。スルメを抱っこしてにやにやするの、止めなさい。口の端から涎が垂れてるし、ほんとにもう情けない。もうちょっと、ぴしっとして、ぴしっと」

珠子が頰を膨らませる。怒っているのだ。三嶋が慌てて、スルメを隠そうとしたが、いかんせん畳一畳分の大スルメである。どこかに仕舞い込めるわけもなく、結局、足を紐の代わりにして負ぶうしかなかった。

スルメを背負っている三嶋。

なかなかの図だ。絵師を呼んで描き遺させたいと、ほんの一瞬だが、お糸は本気で考えてしまった。ほんの一瞬で、すぐに我に返ったが。外つ国に思いを馳せるのは楽しいけれど、今はそんな悠長な場合ではないのだ。珠子が、三嶋の緩んだ気配に苛立つのもわかる。三嶋も十分に察したらしく、大スルメを背負ったまま、珍しくうなだれていた。だから、ちょっと見、背後から大スルメに襲われているようでもある。むろん、明日の朝までには、スルメは足先も残さず消え去っているだろうが。

「おやあ、珠子。どうした、どうした。やけに機嫌が悪いではないか。さては、あの正月頭の婿と喧嘩でもしたか」

「正月頭って、長義さまのこと？」

「そうだ、あいつだ。年中めでたい正月頭のまんまる長義じゃ。うん？　ほんとにどうした？　あっ。あいつ、もしかして、側室とか作っちゃったのか。そうなのか。そうなんだな。うわぁ、何てことしてくれたんだ。わしのかわいい娘を泣かせおって。おのれ、長義、成敗してくれるわ。首を洗って待っておれ」

権太郎が見栄を切る。歌舞伎ならここで「よっ、〇〇屋」「待ってました」と掛け声が飛んでくるところだが、ここは鈴江三万石江戸屋敷であって、歌舞伎小屋ではない。なので、珠子が一人、「あのね、だでぃー」と、ため息交じりに父親を呼んだだけだ。

「いいや、珠子、正月頭を庇うことなど無用ぞ。あいつ、おまえと夫婦になるとき、どう言ったと思う。『珠子一人を終生、慈しみ続ける所存でございます』とか何とかぬかしおったのだぞ。それを側室とは、何たる二心か。誠意の欠片もない。これを許しておけるものかぁ」

「どの口が言うのよ。だでぃーにだけは、絶対に言われたくない台詞だわ。それにね、長義さまは側室などお作りじゃないわ。今は国元に帰っておいでだけど、毎日のようにお文が届くのよ。もちろん、あたしも毎日、お返事を書いているの。長義さまったら、お文の最後に必ず〝愛しい愛しい珠子どのへ〟って書いてくださるのね。あたしはね、〝珠子が心よりお慕いしております長義さまへ〟って書くの。ふふ、あたしたち、遠く離れていても心は繋がっているの。ああ、長義さま。一日も早くお目にかかりたいわ。参勤交代なんて、ほんとむかつく。みっつのやつが『武家諸法度』を改訂なんかしたからよ」

「みっつとは、三代家光公のことでしょうか」

お糸は、となりのおさけに尋ねてみた。

「そうです。珠子さま、家光公とは反りが合わなかったみたいで、千代田のお城を出られてしまったのです。春日局とは、わりに仲良くなさってておいでのようでしたが」

「はぁ、春日局でございますか」

嵯峨帝の御代からすれば、家光公の治世はかなり近い。飽くまで比べれば、の話だが。

「ふーん、ああ、そうですか。そうですか。想い想われ、好き好かれってやつですか。はいはい、よろしいこってすな。ふん、親の前で臆面もなく惚気おって」

権太郎は口を尖らせて座り込んだ。愛娘が、婿とはいえ男にでれでれなのがおもしろくないのだろう。いかにも不機嫌な顔つきになっている。

「それでえ、側室云々じゃないとしたら、なんで、そんなにツンケンしておる」

「ツンケンなんてしてません。いろいろ考えてるのよ」

「そんな難しい顔をして考えねばならんことが、できたのか。尻に吹き出物ができたのなら、いい温泉を知っておるが」

「お尻には何にもできてません。ときどき、尻尾が覗くだけよ。もう、そんなんじゃないの。そんなちゃちなことじゃないのよ。ほんとにほんとに大事(おおごと)なんだから。下手をしたら、鈴江が呑み込まれるかもしれないのよ、だでぃー」

「呑み込まれる？　誰にだ？　三嶋にか？」

「いくら三嶋だって、鈴江領を丸呑みなんかできないわよ。そうじゃなくて」

珠子が声を潜め、権太郎にこれまでの経緯(いきさつ)を語った。

「……なるほど、横入の一件か」

全てを聞き終えて、権太郎が重々しく頷いた。眉を寄せ、口元を引き締める。そうすると、僅かではあるが威厳が漂う。さすが、〝ちょいふし一族〟の長、と思わせる威厳だ。

「まあ、確かにやつらは厄介だな。尻の吹き出物より厄介かもしれん」

「だでぃー、吹き出物に拘らないで。それともお尻に拘ってるの」

「珠子、尻の吹き出物を侮るでない。あれは痛いぞ。座ろうとすると、びりっと来て、満足に座りも寝転びもできなくなる。それで、ずっと立っておらねばならなくなって、じわじわと身体が弱っていくのだ。尻の吹き出物ほど怖いものは、疣痔、切れ痔の他にはないぞ」

「まあ、権太郎さま、痔疾がおありなのですか。お気の毒に」

「そうなのだ、お糸。わし、実は百年来、疣痔に悩まされておって、今度、草津にでも温泉治療に行こうかと……馬鹿者、何を言わせるか」

権太郎の威厳は、寸の間で掻き消えていた。真冬の汁物みたいなものだ。すぐに冷めてしまう。威厳に満ちた権太郎の方がいいのかと問われれば、お糸としては返事に窮するのだが。

「だでぃーが言い出したんでしょ。鈴江の存亡がかかっているというのに吹き出物や疣痔の話しかできないの？　三嶋、スルメの足を舐めるのは止めなさい」

珠子が一喝する。うなだれた振りをしながら、密かにスルメの足を舐めていた三嶋が身を竦める。ただ一声で三嶋を竦ませられるのは珠子だけだ。

「おぅ、のぅ。珠子、それは違う。わしは、横入を吹き出物に譬えたのだ」

「え、どういう意味？」

「横入の厄介さは、縁側から転がり落ちて骨が折れただの、くしゃみが止まらず息ができないだの、塵の穴に落っこちて茄子頭になっただのとは違う。そんな、わかりやすいものとは一線を画するのだ」

「茄子頭は違う気がするけど、この際どうでもいいわ。わかり難い厄介さって、どういうことなの、だでぃー」

珠子が身を乗り出す。お糸もおかかもおさけも、同じ姿勢になった。三嶋もスルメを背負ったまま、前に出てくる。当然だが、スルメ臭い。

「力に任せて襲ってくる相手なら、こちらも力の限り受けて立てばよい。しかし、横入の場合、尻の吹き出物なのじゃ。しかも、痛みはない。痛みがないから普段は忘れておる。それで、つい座ろうとして、飛び上がるほどの痛みを覚えるわけだ。しかも、この吹き出物、そう容易くは潰れぬ。一旦、吹き出物ができると座りも寝転びもできず……」

「じわじわと弱っていく」

珠子が、ごくりと息を呑み込んだ。

「そう、そこじゃ。横入のやり方はいつも、それよ。相手をじわじわと追い詰め、じわじわと弱らせ、息の根を止める。しかも、そのじわじわのやり方が陰険極まりない。賄賂、色仕掛け、ごますり、間者を放って相手の弱みを探り出し、あることないこと言いふらし、ときに強請り紛いの手を使ってでも、欲しい物を手に入れる。そういう輩なのじゃ」

「まぁ、何という……」

珠子が絶句した。お糸も何も言えない。ただ、不安は膨れ上がり、心の臓を圧し潰しそうだ。これまで、ただの欲深い悪党ぐらいにしか思っていなかったが、そんな柔な相手ではないようだ。酷薄で、狡猾で、手段を選ばない男。恐ろしいではないか。

「そういえば、宗次は大奥に妹君を送り込んでいるのですね」

お糸は不安を無理やり抑え込み、口を開いた。

「うむ。松子の方な。これがまた、かわいそうな話でな。松子姫は器量もよければ性質も穏やかで、兄に似ても似つかぬまっとうな女人であるのだ。おお、そうじゃ。この姫については、珠子、そなたにも浅からぬ縁があるんじゃぞ。さあ、ここでくえすちょぉんじゃ。松子姫と珠子との関わりとはなんでしょうかぁ。はい、おかか」

「えええっ、そ、そんな。わ、わかるわけありません。えっと、あの、どちらも佳人であらせられるとか、でしょうか」

「ぶっぶー。外れ。松子姫は整った人形っぽい美人なんじゃ。珠子は、どっちかというと愛くるしい、きゅぅとぉな感じでしょ。違いまーす。はい、おさけ」

「えっと、あの、どちらも煮干しが大好物……とか？」

「ぶっぶー。松子姫の好物は数の子の松前漬けでした。ざんねーん。はい、次はお糸だぞ」

「Give it a rest! いいかげんになさいまし、権太郎さま」

権太郎を睨みつけ、お糸は怒鳴った。

「わわわわわ、お、お糸。相変わらずの発音の良さにびっくり仰天、寒天、心太。そなた、どうして、いんぐりっしゅうがそんなに上手いのだ。もう、べらべらではないか。すげえー！」

「知りませんよ。Question も cute も知りません」

「い、いやいや、めっちゃ発音すごいよ。本場並みよ」

「そうでございますか？ 権太郎さまといると、どうしてか、English が出て参りますの。やだ、わたくし天才かも……。いえ、そんなことはどうでもよろしゅうございます。それより、真面目にお答えください。松子姫と珠子さまとは、いかような縁があると申されるのです。ささっ、余計な question など挟まず、ささっとお話しなされませ。ささっ、ささっ、ささささささ」

「ささっ、ささっ、ささささ」

「ささっ、ささっ、ささささ」

お糸、おかか、おさけが同時に詰め寄る。

「わかった、わかったから、そんなに怖い顔で寄ってくるな。ほんと、ごめんなさい。素直に謝ります。そぉりぃ、そぉりぃ」

権太郎は真顔で手を合わせ、何度も頭を下げた。珠子が横を向いて、袖で口元を隠している。笑いを堪えているのだ。三嶋はひたすらスルメの足を眺めていた。

「つまりだな、宗次は、この松子姫を正月頭と妻せようと企んでいたのだ」

「ええっ」

珠子の顔が引きつった。三嶋もスルメの足から視線を外す。

「そう、正月頭と松子姫を夫婦にすれば、横入と鈴江の縁は固まる。宗次のやつ、正月頭を与しやすしと軽んじたのだな。固まった縁を使って鈴江の内に食い込み、ゆくゆくは自分の思い通りに動かす。そういう企てであったのよ」

「まあ……そんな話、初めて聞いたわ」

「まあ、あえて話すほどのものでもないからのう。正月頭とすれば話す、話さないではなく、そんなこと、きれいさっぱり忘れておるのではないか。そのころ正月頭と珠子は既に、にゃんにゃんであったから、あいつ、『あ、すんません。もう嫁さん決まっちまってるんで。ごめんねー。悪く思わないでね』と、あっさり断ったようであるからの」

「長義さまは、そんな軽々な物言いはなさいません」

きっぱりと言い切りながら、珠子はほんのりと頬を染めていた。

「はっ。もしかしたら宗次めは、その折のことを未だに根に持って、鈴江を狙うておるのでしょうか。勝手に長義さまに遺恨を抱いているとかでは」

三嶋もずずっと膝行する。スルメ臭い。

「うーむ。まあ、それもまったく無いとは言い切れん。一時的にしろ、面目を潰されたのだから怨んではいるかもな。なにしろ、執念深いやつだからな。けど、まあ、わしとしては、そっちはさほどのことはないと思うのよ。なにしろ、松子姫は大奥に入り、御側室となったわけだから、宗次としては正月頭に嫁がせなくてよかったぁってのが本音ではないか。松子姫の大奥入りが決まったとき、『損して得取れとは、このことだな。むふふふふ』『まさに、その通り。果報は寝て待て。棚から牡丹餅、でございますなあ。むひひひひ』と、側近の原桑南山と笑い合っていたというからの」

「まっ、何という暴言、妄言でありましょう。側近も〝腹黒なんだ〟とは、悪党に似つかわしい名前ではありませぬか」

「はらくわなんざん、だ。お糸、勝手に聞き間違えるな。こやつ、なかなかの切れ者ながら、確かに腹の中は相当に黒いようだがの」

主が主なら臣下も臣下だ。横入の城内にはこんなにも真っ黒々、闇夜の鴉みたいな輩しかいないのだろうか。

「松子姫どのが、気の毒よねえ」

珠子が、すっと目を伏せる。

「まるで、兄上の道具のように扱われてるじゃない。大奥入りだって、きっと、ご本人が望んだことじゃないわよねえ」

「うむうむ。松子姫は虫や草木が大好きでのう。学者になりたいと心密かに望んでおったようじゃぞ。確か黒豆について調べておったのう。横入も黒豆の産地であるから、黒豆ガガコを寄せ付けない、かつ、病にも強い新しい黒豆苗を作り出せないか、日夜研尋に励んでおったとか。ほれ、毎年、横入の方が鈴江より黒豆ガガコの害が甚大であろう。それは何故なのか突き止めたいというのが口癖であったそうな。松子姫が黒豆ガガコに負けない新しい苗を作り出せたとしたら、大奥に入れるよりずっと横入のためになった気がするが。長い目で見れば、な」

「ほんと、そうだわ。何てもったいない。宗次って目の前のことしか考えられない、ちんちくりん頭なのね」

珠子の眼差しが、ここにはいない六条但馬守宗次を睨みつけるかのように尖った。

「ちんちくりんのからっぽ頭ですわ」

お糸は指を握り込んだ。

「女を何だと思っているのです。己の道具としてしか考えていないわけですね。とんでもない男ではございませんか。〝損して得取れ〟だの、〝むふふふふ〟だの、よくも口にできますこと。実の妹を己の野心の犠牲にして何とも感じないのでしょうか」

「あ……そぉりぃ。〝むふふふふ〟は、わしが勝手にくっ付けたんじゃ。ただ、松子姫も武家の、しかも大名家の女じゃ。自分の心のままに生きられるとは、ゆめゆめ考えてはいなかったであろうのう。何だかんだ言うても、宗次は領主じゃ。その命(めい)に逆らうことはできまい」

「命を拒む道はないと仰るのですか」

「そうだな。拒み通そうとするなら、髪を下ろすか自害するしかあるまい」

「まっ……」

今度はお糸が言葉に詰まる。

お糸だって、武家と町方の生き方が違うと、それくらいは心得ている。町方でも名家、旧家、豪商といった家格を誇る家は、嫁入りも嫁取りもその格に合わせて行う。人ではなく、飽くまで家が釣り合うかどうか、家にどれだけの利があるかが肝要となるのだ。しかし、幸せなことに『きぬた屋』の主人夫婦、お糸の両親は、そういう考えを娘に押し付けなかった。お糸が周りから一風変わった娘として見られていたこと（珠子曰く〝見える娘(こ)〟なのだそうだ）も一因だろうが、なにより父と母が好き合って一緒になった仲だということが大きいと、お糸は気付いている。まったくの余談だが、母のお稲は深川の料亭の娘だった。中堅どころの、それなりに名の通った店ではあったが、『きぬた屋』と釣り合うほどの大店ではなかった。そのお稲が三味線の稽古に遅れそうになり必死に走っていたとき、『きぬた屋』の前で下駄が脱げ、すっ転んでしまったのだ。それを、たまたま店先にいた若旦那(わかだんな)、今の、きぬた屋芳佐衛門(よしざえもん)が助け起こした。

で、芳佐衛門は、くりくりした目で丸顔で、額(ひたい)に擦(す)り傷を作った娘に一目惚(ひとめぼ)れしてしまった。お稲はお稲で、でかい図体にもかかわらず、優しげな目元の若者に一目惚れではないが、ちょっとだけ胸がときめいた。長くなるので後は端折(はしょ)るが、多少のすったもんだはありながら二人はめでたく夫婦に収まり、今に至るのだ。

そういう経緯があるからか、お稲も芳佐衛門もお糸に無理やり縁談を押し付けようとはしない。そんな両親の寛容さに、ずい分と助けられている。

お糸だって、心が動く相手はいる。珠子ほどではないが、三日に一度は文が届くし返事も書く。でも、その相手と夫婦になり、添い遂げて……とまでは考えられないのだ。婿を取らねばならないとか身分がどうとかではない。お糸は、珠子の側で働きたいのだ。己の甲斐性で己を養い、己らしく生きたいのだ。珠子と一緒に、さらに愉快な、さらにわくわくする日々を過ごしていきたいのだ。

そう伝えれば、母は衝撃のあまり寝込むだろうし、父は頭を抱えて座り込むだろう。思い直してくれと懇願もしてくるだろう。それでもともかく、お糸は告げる。自分の想いを伝える。嫌なものは嫌だと拒み、やりたいことはこれだと言葉を尽くす。

松子姫は、それを許されなかった。俗世を捨てるか命と引き換えにしか道は残されていなかった。とすれば、武家の女とは、何と哀れな、何とままならぬ生き方を強いられる者なのか。六条但馬守宗次への怒りが萎んだわけではないけれど、あまりに理不尽なことへの憤りは、宗次一人を責めて収まる気がしない。

お糸は唇を噛んだ。この情動を誰に、どうぶつければいいのか見当が付かない。

「ただな、松子姫、今の松子の方も従順なだけの姫ぎみではなかったようでの」

権太郎が口元を緩めた。

「聞くところによると、大奥の部屋に、黒豆と黒豆ガガコそのものや数々の書物、自分で纏めた文籍などを国元から運び込み、日夜、研尋に励んでおるらしいぞ。腐っても将軍家じゃ。横入におるときより、書物にたっぷり金が使えると喜んでおるとか。なかなかに、したたかな女人ではないかの」

「まあ、それは天晴れな……あら、でも、少し違和を覚えますが」

「お糸ちゃんも？　あたしもなのよ」

「はい、権太郎さまのお話を伺っていると、松子姫はたいそう聡明な方かと思われます。聡明で虫や草木が好きで、宗次とは違い、悪巧みとは無縁のお人柄とも感じられるのですが」

「まっ、その通りだな。母親が違うというのもあるのかないのか、顔立ちも気性も、あの兄妹はまるっきり似てないのだ。松子姫からすれば、似てなくてよかっただろうがな」

権太郎が何を思ったのか、懐から付け髭を取り出し鼻の下にくっ付けた。やはりきんきらだ。先がピンと跳ね上がったきんきら髭だ。ここで、きんきら髭をくっ付ける意味がわからない。おそらく、意味などないのだろう。

「でも、そんなお方が宗次の意のまま、公方さまに鈴江の悪口など吹き込みますでしょうか」

「そうよねえ。そのあたり、ちょっと変な感じもするわよねえ」

「うむ。まあな。正直、わしも松子姫が兄の手先になって、あることないことやないことないことを公方に讒言するとは、ちょっと信じ難くもあるのだ」

髭の先を指先で整えながら、権太郎が頷く。

「それにしても、権太郎さま。なぜにそんなにお詳しいのですか」

「わぁっと？　わしが女心に詳しい理由か。それは、まあ、場数の問題かのう。むふふふ。女心を解せずして、らぁぶぅは成り立たぬからのう。むふふふふ。畏れ入ったか」

権太郎が胸を反らす。何に畏れ入るのかわからなかったが、気にならない。お糸は続けた。

「松子姫についてです。それに、宗次とハラグロのやりとりまで、ご存じなんですもの。それこそ、間者を横入のお城に忍び込ませたようではありませぬか」

「むふふふふ。ぴんぽーん、お糸ちゃん大当たり。その通り、間者を使ったのだ」

「ええっ」

お糸は、仰け反ってしまった。

「まあっ」

珠子も目を見開く。

「あらま」「なんと」。おかかとおさけが同時に両手を広げた。三嶋は背中のスルメを「よいしょ」とゆすり上げ、「間者」と呟いた。

「むふふふふ。嘘だよーん。間者じゃないよーん。みんな、騙された、騙された」

権太郎が拍手する。お糸は息を吸い込んだ。

「Give it a rest! Don't clap!　いい加減になさりませ。拍手、禁止です」

「どっへぇ。そなた怒ると、いんぐりっしゅうがさらに上手くなるのう」

「ほんとだわ、どうしてかしら?　いえ、今はEnglishは横に置いて。権太郎さまは、横入城に間者を放ってはいないのですね」

「は、はい。まったくもって、そんなことしてません」

「Really?　では、どうして横入城内のことが手に取るようにわかるのです」

「いやあ、手に取るとか言われると足を出したくなっちゃうけど。あ、はい、真面目に答えます。実はな、松子姫は生き物全般が好きで、一番好きなのは虫の類だが、次が猫なのよ。そうそう、結構な猫好きなんだよね」

「まあ、猫を。では、どう転んでも悪い方ではないわ」

珠子の面が、ぱっと明るくなる。

「うむ。丸(まる)ちゃんによると慈悲深い、よい女子(おなご)のようじゃぞ」

「丸ちゃん？　どなたです、その方は」

「松子姫の飼い猫じゃ。白黒の二毛猫で、どこでもすぐ丸くなって寝てしまうので、丸ちゃん。松子姫の命名らしい。城奥の縁の下で生まれたが、やっと乳離(ちばな)れしたかしないかのころ、母猫が毒団子(だんご)で殺され、兄弟姉妹ともども路頭に迷うはめになったのじゃ」

「ど、毒団子ですって」

珠子の面が引きつる。

「そうそう、魚とイカのすり身に毒を混ぜて団子にしたものだ。普段なら、用心深い母親が食べるわけがない。よほど、お腹が空いておったのだろうと、丸ちゃんは涙ぐんでおった」

「ま、まあ……何と哀れな……」

「哀れなのはここからでのう。子猫たちはひもじくてどうしようもなく、このままでは飢(う)え死にするしかない。生き延びるために餌(えさ)を探しながら、鈴江に行こうと話し合ったのじゃと。母親から生前、鈴江では猫が大切にされるそうだから、みんなで引っ越そうと言われておったとか。それを遺言として、みんなで鈴江の猫になろうと誓い合い、出発したのじゃ。しかし、まだよちよちの子猫ばかり、途中で鴉や狐に襲われ、飢えに倒れ、知らぬ間にはぐれ、とうとう丸ちゃん一匹だけになってしもうた」

「ま、まあ、そんな惨い……」

　珠子が両手で顔を覆う。おかかもおさけも、袖を目元に押し当てていた。三嶋さえ、目を潤（うる）ませている。

「丸ちゃんも力尽き、草むらに倒れ、あわや鴉の餌食になろうかというところまで追い詰められた。丸ちゃんは、もはやここまでかと覚悟を決め、それでも『お母さん、お母さん』と声を振り絞って、母親を呼んでいた。来るはずもない母親を必死に『おかーさーん、おかーさーん。会いたいよう』と呼ぶ声も、鴉の声に掻き消され……」

　権太郎が声を詰まらせる。珠子は嗚咽（おえつ）を漏らし、おかかとおさけは畳に突っ伏し、三嶋は泣くまいとこぶしを握り、身体を震わせていた。スルメも震えている。

「でも、丸ちゃんは助かったんですよね。あっ、もしかして、松子姫に拾われたんですか？」

　お糸が尋ねると、権太郎は音高く舌打ちした。

「お糸、どうして、ここでサラッとそういうこと言っちゃうかなあ。盛り上がるところだろ。こう、ぐぐっと話が盛り上がるとこだろ。主人公、丸ちゃんが生き延びるのか、儚(はかな)く命を失うのか、固唾(かたず)を呑んで見守るとこなの。ちょっとは忖度(そんたく)してほしいねえ。ったくよ、今どきの若い子は空気読めなくて困るわぁ」

チッチッチッ、舌打ちが続く。

「でも、丸ちゃんは松子姫に飼われていたのだから、どう考えても死んではいないですよね」

「う……まぁ、そうだが」

「なるほど、ふむふむ。松子姫は猫好き、草木好き、虫好き。そして、丸ちゃんは草むらの中に倒れていた。なるほど、この謎(なぞ)、全て解けた」

権太郎に向かって、お糸は指を突き出す。権太郎は後ろに反り返り、二、三歩、後ろによろめいた。

「おそらく、松子姫は草木や虫を集めるため、城の外に出ていたのですね。たぶん、お忍びで。そのとき、不穏な鴉の鳴き声を聞いた。生き物に詳しい松子姫は鴉が何かを狙っているとすぐに気付き、助けに走った。そしてそして、丸ちゃんを無事に救出。丸ちゃんの可愛さに心奪われた猫好き松子姫は丸ちゃんを城に連れ帰り、自分の飼い猫として可愛がった。これが、真実だ。そうだろう、権太郎くん」

「うっ、く……」

権太郎が膝からくずおれる。

「ここまで見事に言い当てられるとは。わしの……負けだ」

「いや、なかなかに込み入った謎だった。さすがのわたしも危うく騙され、きゃっ」

三嶋に襟の後ろを摑まれ、お糸は危うく、騙されるのではなく転がされそうになった。

「すると、何ですか。権太郎さまは丸ちゃんといい仲になり、その伝手で横入の城内の様子を聞き知ったと、そういうことでございますか」

三嶋はそう言った後、両手を背中に回し、スルメをしっかりと押さえた。

「三嶋っ。スルメの恩も忘れて、なんちゅうことを言うんじゃ。丸ちゃんとは、ただの友だちじゃ。気のいいやつで、いつかは野良猫の子どもたちのために、お救い小屋を作りたいという夢を語ってくれた。わしも及ばずながら力になると誓い合った、そういう仲じゃ」

「はいはい、では、その丸ちゃんは、まだ生きておるのですね」

「ぴんぴんしとる。今でも、鼠捕りの技なら天下一品じゃ」

「では、丸ちゃんから、この先も横入城内の様子を聞き出せるのですね」

三嶋が、ぎらりと目を光らせる。

「いや、それは無理。丸ちゃん、今、大奥だからね」

「大奥！　では、松子姫と共に？」

「そうそう、そうそう。松子姫も丸ちゃんがいたら心強いんだろうな。故郷から遠く離れた江戸の地で暮らさねばならんのだ。気苦労も多かろう。丸ちゃんが側にいてくれるだけで癒やされるのではないか」

「なるほど。では、城内の他の猫と通じることはできまするか」

「できんな」

「まあ、口が上手くて、調子が良くて、女を口説くのが三度の飯より好きで、普段はちゃらんぽらんなのに女絡みとなると、とたんマメになる権太郎さまでも、できないと仰せですか」

「三嶋、スルメを返せ。まったく、無礼者めが。あのな、できないってのは城内に猫が一匹もいないから、なんでーす」

「猫がいない？　城内に一匹もでございますか」

「そうじゃ。ちなみに、横入の江戸屋敷にもおらぬ。宗次が猫飼い禁止令を出しておるからじゃ。あやつ、無類の猫嫌いでの。何でも幼いころ、飼い猫に引っ掻かれて、それから猫を疎むようになったらしいぞ。にゃーという声を聞くだけで、苛々するらしい。丸ちゃんは、松子姫の愛猫であったから目を瞑っておったが、松子姫も丸ちゃんもいなくなったとたん、城内、屋敷内から猫を追い出してしもうたのよ。丸ちゃんの母親の命を奪った毒団子、あれを庭にばらまいたのも宗次の仕業ではないかと、わしは睨んでおる。なにしろ、城内、屋敷内に猫捕りの罠を仕掛けて、猫を捕まえては川に捨てていると聞く。非道、非情なやつだ」

「ま、まあ、それは、あまりの仕打ち。人の心があるとは思えないわ」

珠子が血の気の引いた顔を左右に振る。怒りのためか、目尻が吊り上がっている。

「まったくじゃ。しかし、そういうわけで、横入の領民にも猫を可愛がるな、飼うなどもっての外と触れを出して、そのせいで領民たちは猫が飼えず、猫がいないから鼠が増えて、いろいろ害が出ておるとか。横入も鈴江も養蚕が盛んではあるが、横入では守り主の猫がいないものだから、お蚕さんを鼠に食べられ、そーとー大変らしいぞ。農民の中には隠れ猫を飼ってお蚕さんを守ろうとして、あらあら気の毒に、役人にとっ捕まった者もそーとーいるとかじゃ。江戸屋敷も同じらしく、蔵の米を鼠たちにそーとーやられたらしいぞ」

「猫を蔑(ないがし)ろにするから罰(ばち)が当たったのよ。それにしても、猫嫌いな上に策略好きで、農民の苦労には無頓着(むとんちゃく)、さらに鈴江の地を狙っているなんて、ほんと、どうしようもない悪党ね」

珠子の声音(こわね)は低く、語尾が震えていた。相当、怒っているのだ。

「その宗次じゃが、間もなく江戸屋敷に入るらしいとの噂を耳にした」

権太郎が、すっと声を潜める。

「え、参勤交代でもない、このときに？　何でそんな好き勝手なことしてんのよ。そんなの公儀が許していいわけ？　いいわけないわよね」

珠子が眉を八の字に寄せた。宗次については何を聞いても腹が立つらしい。

「松子の方が体調を崩して寝込んでおると。その見舞いを口実に出府(しゅっぷ)の許しを得たらしいぞ。むろん、そんなのは建前に過ぎん。原桑も同行しておるらしいから、鈴江乗っ取りの働きかけを公儀にするつもりではないかと、わしは見ておる」

「そんなこと、させるもんですか」

珠子が立ち上がる。色紙が煽(あお)られ、舞い上がったほどの勢いだ。

「悪巧み、絶対に止めてみせる。無念の死を遂げた猫たちに代わって成敗してやるわ。おのれ、宗次、許すまじ」

「よっ、さすが珠子、かっこいいよ」

権太郎が手を打ち鳴らす。

「みなのもの、わたしと共に戦うておくれ。憎き六条但馬守宗次、必ずや討ち取ってみせる」

「珠子さま、頼もしゅうございます。ここからは戦の心構えでございますね」

「わたしたちは、どこまでも珠子さまとご一緒でございます」

おかかとおさけが、珠子の前に平伏した。

お糸は座ったまま、奥歯を嚙み締める。

これは違う。珠子さまは、間違っている。

そんな想いが胸の奥から衝き上げてくる。

珠子の怒りはわかる。何の罪もない猫たちを捕らえ、惨殺するなんて明らかに人の道を外れている。農民の苦労を一顧だにしないのも、国を治める者として大外れだ。隣国の地を策略尽くで我が物にしようとする野望も嫌らしい。嫌らし過ぎて鳥肌が立つ。宗次の非道、陰謀を何があっても許してはならない。許せるわけがないとも思う。でも……。

見たくない。

珠子が眦(まなじり)を決し、相手を憎み、討ち取るとまで口にする。そんな姿を見たくない。見たくないし、間違っている。

憎み合い、罵(のの)り合い、戦う。それで、どんな決着がつくのだろう。誰が幸せになるだろう。勝者も敗者も傷つくだけではないのか。大切なのは、憎むことでも戦うことでもない。知恵をもって、宗次の野望を止めることだ。

お糸は顔を上げ、まっすぐに珠子を見据(みす)えた。

「なりませぬ、珠子さま」

声を絞り出し、告げる。珠子が頤(おとがい)を上げた。

「ならぬとは、何がならぬのじゃ」

「お怒りはわかります。しかし、怒りのままに戦を仕掛けてはなりませぬ」

「まっ、お糸どの、何を言うのです」

おかかが声を引きつらせた。おさけは声だけでなく、表情も引きつっていた。

「そうです。宗次の数々の悪行(あくぎょう)、お聞きになったでしょう？　あやつは、あらゆる猫の敵でございますぞ。戦わずして、どういたします」

「その戦い方が肝要なのです。珠子さま、宗次を討ち取ると仰せになりましたが、よもや首を取る、命を狙うとの謂(いい)ではございますまいな」

「そうだと言うたらいかがいたす。あやつは、罪もない猫を無残に葬(ほうむ)ったのじゃ。その罪に相応しい咎めを受けねばならぬ。そうであろう、お糸」

いいえ、とお糸はかぶりを振った。

「珠子さま、猫の命も人の命も、同じく尊いものにございますぞ。悪人とはいえ命は命。それを奪うことなど、何人(なんぴと)たりとも許されてはおりませぬ。許されているのは裁きを受けさせ、罪を償(つぐな)わせる、それだけでございます。誰であろうと、その者の血を流すような振る舞いは控えねばなりませぬ。でなければ、珠子さまも宗次と同じ愚(ぐ)を犯すことになりまする」

「お糸どの」

おさけが引きつった顔のまま、お糸を遮る。

「お控えなされ。珠子さまに何という無礼な。やはりあなたは、人族でしかないのですね」

「なんですって」

「人に猫の気持ちはわかりませぬ。人であるからこそ、宗次を庇おうとするのです」

「違います。そうではありませぬ」

「では、なぜ、珠子さまの御心(みこころ)に背こうとなさるのです」

「そんなの、珠子さまが好きだからに決まってるでしょ」

叫んでいた。一度叫んでしまえば、箍がぽーんと外れた気がする。

「あたしはね、珠子さまが好きなの。優しくて、可愛くて、ほんわかしていて、気紛れで、おきゃんなところもあって、でも上品で凛々しい珠子さまが好きなの。それが、悪いですか。え、悪いですか。悪いなら悪い、どこが悪いって、はっきりすっきり言ってください」

「……あ、いえ、わ、悪くはありませぬが、でも……」

たじろぐおさけの袖を、おかかが引っ張った。おさけがその場に座り込む。

「あたし、珠子さまには誰かを憎んだり、苦しめたりしてほしくないんです。宗次ってやつ、あたしだって腹が立ちます。人として恥ずかしいって思います。だからこそ、珠子さまには宗次とは違う、猫としての矜持を見せていただきたいんです。頭を冷やしてください。命を取り合う戦ですよ。この世で一番、しょーもない悪手じゃないですか。戦なんて、戦なんて、そんなの珠子さまに、全然似合わないじゃないですか」

珠子には、憎しみも怨みも似合わない。

珠子は黙っていた。腰を下ろし、無言のままお糸を見詰めている。

やっちゃったかもしれない。いや、完全にやっちゃったわ。

主に向かって言いたい放題、言ってしまった。頭を冷やせとまで言い放った。これはもう諫言の域を超えて、完全にやっちゃったの範疇に入ってしまう。

屋敷から追い出されても文句は言えない。荷物ごと裏口から蹴り出され、とぼとぼ『きぬた屋』に戻る、そんな自分の後ろ姿が見えるようだ。

「お糸の言う通りでございますな」

太く落ち着いた声が聞こえた。三嶋だ。

「戦だ、仇討ちだとすぐにいきり立つのは、アホな男どもに任せておけばよいのではございませぬか。珠子さまは珠子さまらしく、宗次を成敗するのではなく懲らしめてやればよろしいのです。それに、今、我らが心せねばならぬのは、宗次が本気で鈴江に手を出そうとしておるのか、おるのであれば、どのような手を使おうとしているのか、急ぎ探り出すことでございましょう。それを知った上で、最も効果のある動き方を考える。これぞ、真の猫知恵であると存じまするが」

珠子が長い長い息を吐き出した。

「ほんとだわ。あたし、すっかり頭に血が上ってしまって……。お糸ちゃん、三嶋、ありがとう。あたし、とんでもない間違いを犯すとこだったわ。横入と悶着を起こしたら、鈴江にも、大層な災いをもたらすことになるものね。そこまで思案が及ばなかった。あぁあ、あたし、まだまだ未熟ねえ。世間知らずの娘っ子だわ」

やだ、珠子さま。一千歳なのに世間知らずの娘っ子は、さすがにないですよ。

とは突っ込めなかった。珠子が頭を下げたからだ。

「あたしの目を覚まさせてくれて、本当にありがとう。お礼を言います」

「きゃっ、珠子さま、お止めください。そんな、こ、困ります」

お糸は右手と首を同時に左右に振った。横を見ると、三嶋も同じ仕草をしている。こちらは、手のしなりがお糸より格段にいい。三嶋が手を振るたびに風が起こり、色紙が舞い立つ。

「でも、でも、珠子さま。ごほっごほっ」

おさけが進み出る。咳(せ)き込んだのは、色紙を呑み込んだからだ。

「わ、わたしは悔しゅうございます。〝ちょいふし一族〟ではないとはいえ、猫が、ごほっごほっ、無残に殺され、虐(しいた)げられているなど、ごほっごほほ、あまりに悔しゅうてなりません。ごほほっ」

おさけが涙ぐんでいる。それが悔しさのためなのか、咳き込んだからなのか、お糸には判じられない。

咳の止まらないおさけに代わり、おかかが訴えた。

「珠子さま、横入の猫たちを救ってくださいまし。このまま見捨てては、あまりに、あまりに不憫でございます。罠で捕らえ、川に捨てるなど酷い、酷過ぎます」

「そうね。そこは一刻も早く何とかしなければ……」

珠子が唇を噛む。

「そのことでございますが、権太郎さま」

三嶋が権太郎に顔を向ける。

権太郎が「へい、合点だ」と答えた。何を合点しているのか、お糸にはわからない。おそらく、何も合点していないだろうとは察せられる。

「よもや話を盛ってはおられますまいな」

「はい？　話を盛るって、なんのこっちゃ。お話丼、大盛りよ、味噌汁と漬物はおかわりどうぞってやつか。おお、この大福、美味いではないか」

「話を大げさに盛り上げることでございます。横入の猫の話、全て真でございますか。勝手にあれこれ尾鰭を付けてはおられませぬな」

「わおっ、三嶋、わしを疑うておるのか。ひどいぞ。ぷんぷん」

権太郎がすねてみせた。言うまでもないが、珠子のぷんぷんとは違って、ちっとも可愛くない。むしろ、頬を膨らませた金色妖怪のようで不気味だ。

「宗次が猫嫌いなのは確かです。猫が嫌いというより、犬が大好きなのです。城内にも江戸屋敷内にも数匹の犬を飼っておりまして、自ら面倒をみているようですから。ただ、領内で猫を飼うのを全て禁止しておるとか、罠で捕まえて殺すとか、そういう噂はわたしの耳には入っておりませぬ。城に住み着いた野良猫を捕らえ、鈴江との国境の山に捨てたという事実はございますが」

「え、川でなく山に捨てたの」

　珠子が丸く口を開ける。

「はい。しかも忍びを使いまして」

「忍び？　ここでも服部半蔵が出てくるのね」

「いえいえ、さすがに服部半蔵は登場いたしません。伊賀の下っ端忍者を日当、一両二分で雇ったそうです。これが中忍ですと、三両六分に跳ね上がるそうで、ほんま、何でも金の世の中やさかい、やっとられまへんわ」

「三嶋、話を戻して。それと、へんてこな上方弁を使わない！　その一両二分の忍者は何をしたわけ？　まさか、鈴江領内に忍び込んだわけじゃないでしょうね」

「その、まさかです」

「ままっ、宗次は、やはり忍びを放っていたのね」

「いえいえ、忍びといっても下っ端ですから、ほとんど役に立ちません。この忍び、鈴江の人里近くに猫を捨てるのが役目だったそうです。国境の山には狐や狸、狼もおりますので猫がうろうろしていたら食われるやもしれません。その点、鈴江領内なら猫好きが揃っておりますから生き延びられもしようとの心遣い、気配りのようです」

「えっ」と、珠子が声を上げた。「まっ」とさけんだのはおかかとおさけだ。お糸は、

「そんなこと信じられます？　心遣い？　気配り？　ええっ、宗次がですか。そんなのおかしくないですか。血も涙もない非情な男なんでしょ。それが、心遣い？　気配り？　おかしくないですか。おかしいですよね。権太郎さまのお話と矛盾してます」

と、ついつい捲し立ててしまった。驚くと、やたら舌の滑りがよくなるのだ。

「しかし、わしはこれを赤飯ちゃんから直に聞いたのだ。あ、赤飯ちゃんは鈴江領内に捨てられた猫の名じゃ。めでたく庄屋の家で飼われることになって、今や鼠捕り名人もとい、名猫の赤飯ちゃんと呼ばれ、可愛がられておる」

「だでぃー」

「権太郎さま」

珠子とお糸に両側から睨まれ、権太郎は身を縮めた。

「あたしたちを騙したの？」

「権太郎さま、何という情けない真似をなさいます。嘘つきは泥棒の始まりですよ」

「いや、ち、違う、違います。そりゃまあ確かに、微妙に事実と違ったところもあったかもしれん。ほら、わしって、日の本のしぇいくすぴぁか鈴江の馬琴（ばきん）かと言われるほど、想像力、すごいじゃん？　だから、ついつい、物語風に盛り上げちゃうわけ」

三嶋が鼻から息を吐き出した。

「ふふん。やっぱり、話を盛りましたな、権太郎さま」

「違う、違うって。三嶋の話は四、五年も昔の話じゃろ。わしのは、松子姫が大奥入りしてから後のことだぞ。宗次のやつ、松子姫がおったころは、ただの猫嫌いに過ぎんかったが、このところは度を越えて残酷になっている気がするのだ」

「でも、権太郎さま。宗次が毒団子をまいて丸ちゃんのお母さんを殺したって言ったじゃないですか。あれは、まだ、松子姫がおられたときでしょ」

お糸の追及に、権太郎はさらに身を縮めた。

「ぎくっ。は、はい。すみません。そこのところは盛りました。毒団子をまいた張本人、誰かわかってません。宗次じゃないかなーって勝手に思っただけです。ごめんなさい。あ、でもね、でもでも、宗次が鈴江を狙ってあれこれ画策してるのも、江戸屋敷に入ったのも本当だよ。で、この屋敷に間者が忍び込んでるのも確かなんだろ。だからね、鈴江が危機に陥っているってのは、揺るがないんじゃないの。だから、早いとこ対策を練らなきゃねえ」

「だでぃー、話題を変えようと必死になるんじゃないの。でも、確かにそうだわ。公儀の動きも横入の動きも気になる。何とかしないとね」

「まずは真実を知らねばなりませんな」

三嶋が横目で権太郎を見やる。

「権太郎さまの話、どこまで信じていいやら判じられませぬ。この上は、我々の手で真実を突き止め、宗次がどこまで本気で鈴江を狙うておるのか、狙うならどういう手を打ってくるのか確かめねばなりません。何分、権太郎さまの話、どこまで信じていいやら判じられませぬゆえに」

「……三嶋、どうして、二度も同じことを言うんじゃ。せっかく、大スルメの土産を買うてきてやったのに、恩知らずめが」

権太郎が不満げに口元を歪めた。

「不味うございます」

「うん？」

「このスルメ、大味で旨みもなく、とっても不味うございます」

「え？　やはり、そうか」

「やはり？　さては、江戸湊であがった大イカをスルメにしたものの、あまりの不味さに誰も食べなかった。その余り物を土産と偽ったのですな、権太郎さま」

「あ、いや、うん。だって、三嶋なら食べるかなぁって思ったんだもの。てへっ」

「可愛い振りをしても駄目です。ちっとも可愛くありませぬぞ」

「いいさ、いいさ。そんなに言うなら返してくれ。わしが全部、食ってやる。あれ？　三嶋、背負っていたスルメはどうした？」

「げっぷ」

　権太郎が言い終わらないうちに、三嶋がおくびを漏らした。スルメ臭い。

「あれは権太郎さまが、だらだらお話をされている間に平らげました」

「食ったんかい。不味い不味いと文句言いながら、食ったんかい」

「食ったから美味い不味いがわかるのです。やはり、自ら確かめることが――」

　三嶋が珠子に向き直る。

「それこそが肝要かと存じますぞ、珠子さま」

　珠子が息を詰める。

「こちらも間者を放てと言ってるの？　三嶋」

「まさに。しかも、○太郎さまのようにいい加減な者でなく、信の置ける者、役目をきちんと果たせる者でなければなりません」

「わかっているわ。だ○ぃーみたいに適当じゃなくて、己の任務をしっかり弁え、かつ鈴江を大切に思ってくれ、さらに頭脳明晰で決断と判断の力に富んだ者、ね」

「えー、いやあ、ちょっと待て。遠回しでなく、ずばりと言えばよかろう。わかった、わかった、引き受けてやる。しかしな、珠子も三嶋もいくら優れ者とはいえ、わしばかりを頼りにするなよ。本当に困ったやつらだな。はははは」

権太郎が大笑する。珠子と三嶋は顔を見合わせ、肩を竦めた。

「もう、いいわ。だでぃーは黙っていて。あ、いえ、ちょっと待って、黙らなくていいわ。ね、さっき、宗次は松子姫の見舞いを口実に出府してきたと言ったわね。だとしたら、松子姫は横入の江戸屋敷に宿下がりをしていることになるでしょ。いくら兄とはいえ、大奥に出入りできるわけがないんだから」

「言われてみればそうだな」

権太郎が腕組みして、頷く。

「じゃあ、丸ちゃんも一緒に宿下がりしてるわね。だでぃー、丸ちゃんから宗次のこと聞き出せない？　屋敷内で誰に会っていたかとか、どんな話をしていたかとか」

「うーん、それは難しいかもしれんな。言うた通り、横入の江戸屋敷には犬がたんと飼われておる。そういうところで、丸ちゃんも、うろうろはできまい。松子姫の部屋は奥にあるし、宗次が密談、謀議をするとしたら自分の居室を使うだろうしな。そもそも、松子姫が犬のいる屋敷に丸ちゃんを連れて来ているかどうか。大奥に置いてきたんじゃないかのう」

「そうか、駄目かあ。だとしたら、やっぱり、間者を送り込むしか手はないわね。あ、だでぃーに頼んでないから。だでぃー以外の誰かに頼むから」

「なんじゃ、その言い方。なんとなく傷付くわぁ。けどな、珠子。鈴江には忍びの者はおらぬだろうが。伊賀か甲賀（こうか）の忍びを雇うつもりか？　とはいえ、江戸屋敷に潜り込むとなると、中忍以上でないと無理だぞ。伊賀も甲賀も日当で三両六分。もちろん一人分じゃ。甲賀は三日間だけ、お試し割引が利くそうじゃがな」

「そんなお金、ないわよ。それに、雇った忍びを信用していいものかどうか。横入に寝返る心配が無きにしも非ずでしょ。駄目よ。本気で鈴江のことを考えてくれる者じゃないと」

「わたしに行かせてくださいませ」

おさけが手をついた。

「わたしが参ります。猫の姿でも人の姿でも、屋敷内に潜り込んでみせます」

「では、わたしも参りましょう」

おかかが胸を張る。

「今、どこの屋敷も下働きの女中が人手不足と聞いております。女であれば、下働きとして雇われ、屋敷内にはすんなり入れるやもしれません」

「いや、そりゃあ無理だな」

権太郎があっさり否（いな）んだ。

「おまえら、先刻からのわしの話、聞いておらなんだのか」

「権太郎さまの話？　あ、はい。丸ちゃんと松子姫さまが出会うあたりまでは、おもしろく聞いておりましたが……えっと、権太郎さまのお話って、半分水を混ぜたお酒みたいなもので、すぐ抜けてしまうのです。申し訳ございません」

「わたしも何にも残っておりません。不思議なほど何も残らないお話でございました。お話を聞いたことさえ曖昧な気がいたします」

おかかとおさけが真顔で答える。権太郎の髭がひくついた。

「ふん、勝手にほざけ。いいか、横入の屋敷には犬がいるの。でっかいのから、ちっこいのまで、何匹もいるの。犬には表も奥もないからな。庭をうろうろしてるかもしれんぞ。おまえら、すぐに猫だと見破られて、わんわん、ぎゃんぎゃん吠えまくられるぞ。それでも正体を隠し通せるのか。耳ぴょこん、尻尾ぴょこん、なんてことになったら大変よ。化け猫扱いされて……さてさて、どうなるでしょうか」

おかかとおさけが青くなる。三嶋がため息を吐いた。スルメ臭い。

「しかたあるまい、わたしが参りましょう」

「無理無理無理、それこそ無理。いんぽっしぶるぅじゃ。三嶋みたいに人目を引くやつが乗り込んだら、それだけで大騒ぎじゃないか。ちっこい犬なんて、三嶋を見ただけでぽっくり逝っちゃうよ。でっかい犬は三嶋のおやつになっちゃうよ。あぁ、こわ。それに、こそこそ調べ回るには図体がでか過ぎるぞ。間者なんて目立たなくてナンボなんじゃからな」

「まぁ確かに、わたしは間者向きではありませぬな。おかか駄目、おさけ駄目、わたし駄目。権太郎さまは論外。とすれば残ったのは……」

珠子、三嶋、権太郎、おかか、おさけ、五人が一斉にお糸に視線を向ける。

「ええっ、あたし⁉」

大福を持ったまま、お糸はあんぐりと口を開けた。大福を食べるためではなく、思わぬ成り行きに顎が緩んだのだ。
あたしが間者になる?
大福を握り、口を開け、お糸は暫く動けなかった。

その三　お糸、踏ん張る、がんばる

「そこ、曲がっておりますぞ。気を抜いてはなりませぬ」

叱咤の声とともに竹の物差しが唸った。お糸の膝すれすれに振り下ろされ、バシッと畳を叩く。いかにも痛そうな音だ。同じ調子で膝など叩かれようものなら、間違いなく痣ができる。しかも、薄れて消えるまでに十日は掛かるだろう。下手をすると腫れ上がるかもしれない。

あな、おそろしや、おそろしや。

「指が動いておりませぬ。気合を入れて」

バシッ。再び物差しが音を立てた。

「ひええっ、おかかさま、怖いですぅ。こ、怖過ぎて指が震えますぅ」

お糸は半泣きになる。口元が勝手にへの字に曲がってしまう。

「泣き言を言うてはなりません。日数がないのです。何としても、日の本一の御物師と呼ばれるに相応しい針の腕を身につけねば。ささっ、お糸どの、今日中にその小袖を縫い上げるのです。明日からは、打掛に移りますよ」

「おかかさまぁ。わたくしに打掛なんて縫えるのでしょうか。とてもそうは思えません。打掛なんて、うう……」

「縫えなければ縫えるようにするのです。そのために、こうして稽古をしておるのですよ。よろしいですか、お糸どの。我が鈴江三万石の命運はお糸どのの双肩にかかっていると申しても過言ではないのです。おわかりですね」

「はい、それはわかっておりますが……」

「ならば、ここで踏ん張らずしてどういたしますか。お糸どの、今こそが、踏ん張りどころ、がんばりどころでございますよ」

「は、はい。仰る通りです。おかかさま、わたくしが甘えておりました。あれほど強く誓ったのに、もう音を上げているなんて、我ながら情けのうございます。お許しくださいい」

頭を下げる。おかかが声を詰まらせた。

「お糸どの……わたしを怨んでくださいませ」

「え？　おかかさまを怨む？　なぜです。こうやってお針を教えていただいて、ありがたく思いこそすれ、怨むことなど一つもございませんのに」

「お糸どの」

おかかの両目から涙が溢れる。

「そのように健気なことを仰らないでくださいまし。鬼のようだと自分でもわかっておるのです。はい、心を鬼にして、ここに座っておりますの。物差しで脅したりして……。お糸どのが懸命にお稽古しているとよくわかっておりながら、無礼なことを申し上げて」

おかかが肩を窄め、切なげな吐息を漏らした。それから、洟をすすり上げる。

「そんな、そんな、無礼だなんて思うわけがございません。おかかさまの言う通り、ここが踏ん張りどころ、がんばりどころだと心得ております。なにしろ、わたくし間者になるのです。そして、ここでお針の腕を上げておかないと、横入の江戸屋敷には潜り込めません。ええ、よくわかっておりますとも」

お糸は涙の溜まったおかかの目を見詰め、深く頷いた。

そうよ、あたし、間者になるの。横入の秘密を全て摑んでやるんだから。

鈴江領乗っ取りを企む悪の権化、横入領主六条但馬守宗次。その悪巧みを打ち砕くためにも、この使命を果たさなければならない。

気持ちが昂る。お糸は強く指を握り込んだ。

「きゃああっ、い、痛い」

「えっ？　えっ？　お糸どの、どうなされました」

「ゆ、指を握ったら針が、指に、指に刺さっちゃいましたぁ。いたっ、痛たたた」

「ええっ、まあ、どうして、針を持ったまま指を握ったりするんですか。お糸どの、じっとなさって。手を広げて、手を。手ですってば、鼻の穴を広げてどうするんです。百面相をしてるんじゃないんですから」

「ご、ごめんなさい。でも、痛過ぎて手と鼻の穴の区別がつかなくなっちゃって」

「そんな馬鹿な。ほら、抜きますよ。えいっ」

「にゃん！　いたっ」

「あら、お糸どのったら、にゃん！　ですって」

おかかが笑顔になる。頬に涙の跡が残っているので、泣き笑いしているみたいだ。

「あら、つい、叫んでしまいました」

「ふふ、お糸どのは、ほんとに〝ちょいふし一族〟のようで、いえ、もう〝ちょいふし一族〟そのものですわ。鈴江のために、ここまで尽くしてくださるのですもの。人でありながら〝ちょいふし一族〟におなりなのだわ、きっと」

「まぁ、おかかさま。なんと嬉しいお言葉でしょう。嬉し叫びを上げたくなります。あ、でも、浮かれている場合ではございませんね。おかかさま、日数がございません。お針のお稽古、厳しくお願いいたします」

「今以上に厳しくともよろしいのですね」

「はい。先刻はつい、弱音を吐いてしまいました。恥ずかしゅうございます。心を入れ替え、さらに励みまする。打掛だろうが半纏だろうが綿入れだろうが、ちょいちょいと縫えるように精進いたします。ご指南、お願いいたします」

「お糸どののお覚悟、確と受け止めました。わたしも余計な遠慮は捨てまする」

おかかが物差しを振った。風を切る音が響く。さすがにお針の神才、針道の鬼と呼ばれたおかかだ。物差しの使い方まで、並の者とは違う。物差しの使い方としては邪道のような気もするが、そんなことに拘ってはいられない。お針の神才だの針道の鬼だの、誰が呼んでいるのかはっきりしないが、そこに拘るゆとりもない。なにしろ、あと十日足らずで、お糸は針の腕を格段に上げなければならないのだ。少なくとも、おかかの足元には及ぶかも、ぐらいには上げなければならない。その事実を突きつけられたとき、お糸は頭がくらくらして、その場に突っ伏しそうになった。

ほとんど無理。神異でも起こらない限り無理。神さまと仏さまが手を携えて助けてくれない限り無理。何があっても無理。この世では無理。そう思った。全ての望みが絶たれた気もした。他の者も同様だったに違いない。みんな、血の気を失っていた。おさけなど狼狽のあまり、手妻用の鳩を袂から二羽も取り出して、飛ばしてしまった。三嶋でさえ、青い顔で絶句したほどだ。

三日前。お糸たちは、珠子の部屋で評議の真っ最中だった。議題はもちろん、『横入十万石江戸屋敷潜入――その手立てと潜入後の動きについて』だ。

「ではでは、わたくしは下働きの女中として、屋敷に入り込めばよろしいのですね」

念を押したお糸に向かって、珠子が頷く。

「ええ、三嶋の調べだと、横入の江戸屋敷では数人の年季奉公の女中を探しているみたいなのね。横入が使っている口入屋はわかっているから、そちらに上手く手を回せば何とかなるんじゃないかしら。ね、三嶋」

「さようでございますな。ただ、横入が探しているのが下働きかどうかは、まだ、はっきりとはしておりません」

「まっ」珠子の表情が強張った。

「まさか、宗次が好みの女を漁るために、なんてことはないでしょうね」

「その見込みがまったくないとは言い切れませぬ。しかし、お糸の場合は心配無用かと存じます」

「まあ、どうして言い切れるの。お糸ちゃん、黙って座っていればお人形みたいに可愛らしいし、宗次がその気にならないとも限らないでしょう。いえ、その気になる見込みはかなり高いかも。だとしたら、幾らなんでも危な過ぎるわね」

珠子が眉を曇らせる。

「珠子さま、黙って座っていれば、のところが多少気にはなりますが、お褒めくださってありがとう存じます。でも、大丈夫です。ご懸念には及びません。この糸にお任せください。わたくし、伊達に三嶋さまから小太刀や体術を習うてはおりませんから。いざとなれば、宗次など投げ飛ばして逃げて参ります」

お糸は胸を張る。小太刀も体術もこのところ、めきめき上達している。「お糸どの。このままなら、免許皆伝も間近ではありませんか」「まさか、まだまだですわ」「そうですかあ？ 小太刀も体術もお見事ですよ。大の男をえいやっと投げ飛ばせますわねえ」「あ、それぐらいなら容易いと思います。ここだけの話、権太郎さまぐらいなら、塀の外に投げ飛ばせますわ」「まあ、いいお話だわ。我らの長ながら、『どっかに飛んでけ～』と投げ飛ばしたくなること、時々ありますものねえ」「しょっちゅうありますわねえ」というやりとりを、おかかやおさけとしたばかりだった。宗次がどのような男か知らないが、力士並みの巨漢でなければ、「どっかに飛んでけ〜」と投げ飛ばす自信はあった。

「お糸ちゃん、頼もしいわ。でも、本当に何かあったら、すぐに逃げてくるのよ」

「はい。決して、無茶はいたしません。ただ、宗次を投げ飛ばしてしまったら間者の役目が果たせなくはなりますが……」

「いいのよ、いいの。間者といっても秘密の巻物を盗み出すとか、天井裏に潜(ひそ)んで密談を盗み聞きするとか、そんな忍者紛(まが)いの真似(まね)はしなくていいんだから。ただ、横入の江戸屋敷がどんな様子なのか、領主の宗次がどんな人物なのか、それを感じてきてほしいの」

「探るのではなく、感じる、でございますか」

「そう。感じるの。お糸ちゃんの得意とするところでしょ。というか、お糸ちゃんしかできないことよね。うん、そうよ。相手の本当の姿を感じ取るのって、他の誰にもできない。だから、探ったり調べたり、危ない真似はしないで。ただ、見て、感じてきて。それで、ちょっとでも厄介事(やっかいごと)に巻き込まれそうになったり、宗次がちょっかいを出してきたりしたら『どっかに飛んでけ〜』でいいから、ともかく逃げ出すの。わかったわね」

「はい。確と心得ました。でも、宗次のちょっかいを躱すのなど造作もございません。珠子さま、ご安心ください」

お糸は少し高揚していた。珠子の言葉が胸の底にすとんと落ちたのだ。それは、仄かな温もりを放っていた。確かに、お糸は〝感じる〟ことができる。昔からだ。人の隠したい想い、妬心だったり悪意だったりを何となく感じることができた。お年寄りの余命とか、大店のお内儀の悔いだとか憎しみだとかも感じ取れた。逆に、ならず者と呼ばれ、周りから忌み嫌われている男の哀しみや切なさも、やはり何となく悟れるのだ。子どものころは、感じたこと、わかったことをそのまま口にしていた。「おっかさん、あのご隠居さま、もうすぐ死んじゃうんだね」とか、「味噌屋のおばさん、おじさんのこと大嫌いなんだね」とか。その度に母親のお稲は顔を歪め、娘の口を塞いだ。ときに「お黙り。余計なことを言うんじゃないよ」と叱られた。普段は大らかで優しい母の歪んだ形相や険しい物言いが怖くて、大泣きした記憶もある。そんな中で、お糸は自分の感じる力、悟る力を負のもの、決して他人に知られてはならないものだと思い込んできた。自分の内に、他の者とは違う何かが潜んでいる。それは、隠し通さねばならない悪なのだとまで考えるようになっていた。

鈴江三万石江戸屋敷。ここに奉公し、珠子に仕えるようになって、その思案は一変した。自分の力を恥じなくていい。恐れなくていい。むしろ、誇っていいのだと気が付いた。この力があったから、珠子と巡り会えた。側に侍ることができた。そして、役に立てる。

お糸ちゃんしかできない。

珠子の嘘でない一言を嚙み締める。

すごいわ、糸。あんた、すごいわよ。

自分で自分を称えられる。ちゃんと。大きく、深く、胸いっぱいに息を吸い込める気がした。目の前が、どこまでも開けていく気がした。

「うむ。ご心配には及びますまい」

三嶋が口を挟む。

「ですよねえ。三嶋さまは小太刀や体術の師範でございます。そして、わたくしの上達ぶりを良しとしてくださいましたものね。三嶋さまのお墨付きです。宗次なんかが手を出してきても、ちょちょいのちょいですわ」

弾んだ気持ちのまま、弾んだ調子で言う。三嶋はにこりともしなかった。

「だから、心配せずともよいのだ。宗次がお糸に手を出すことは、十中八九、あり得ぬ」

「あら、三嶋、やけに自信ありげね。お糸ちゃんを守る秘策でもあるの?」

「いえ、秘策などありませぬが、入り用でもありますまい」

「というと?」

「はあ、調べましたところ、宗次の女人好きは確かなれど、好みがわりに偏っておりまして、何と申しますか、こう、大人の色香をたっぷりと具えた美女しか眼中にないようでありまして……」

「あら、それでは、お糸どのは大丈夫ですね」

おさけが、よかったぁと手を打ち鳴らす。おかかが慌てて、その袖を引っ張った。

「……おさけさま、それ、どういう意味でしょうか」

お糸は目を眇め、おさけを見やる。おさけは、しどろもどろで言い訳を始めた。

「え? あ、いえ、あの……けっ、決して、お糸どのが色香に乏しいとか、そういう意味で言ったのでは……あの、わたしとしては、お糸どのが色香に乏しいと思ったことなど……その、ないことはないかもしれませんが、あるとは言い切れないので、やはりないかと」

「ま、確かに、お糸は色気とは縁がないからのう」

かかかと、三嶋が大笑する。

「間違っても、宗次が手を出すことはあるまい。その点は安心じゃ。かかかかか」

「三嶋さまにだけは、色気がないなんて言われたくありません」

「ふん、色気とか艶とか、いらぬいらぬ。持っていても何の腹の足しにもならぬではないか。まだ、不味い大スルメの方がマシというものじゃ」

三嶋はやにわに懐からスルメの束を取り出すと、口の中に放り込んだ。むろん普通の寸法だが、五枚一括りになっている。

「お糸ちゃんは大人の色香があるというより、清々しくて愛らしいって感じだものね。宗次の好みがそっちでなくて、よかったわ。でないと危な過ぎて、とても横入の江戸屋敷に送り込んだりできないもの」

珠子がほっと息を吐く。清々しくて愛らしい。珠子にそう言われると、悪い気はしない。むしろ、嬉しくて笑みが零れる。

色香がある。清々しい。愛らしい。凛々しい。可愛い。しっかりしている。頼りがいがある。優しげだ。清楚で美しい。容姿や気性を褒め称える言葉は千も万もあるけれど、ちゃんと心に届くものと、上辺を滑っていくだけのものとに分かれてしまう。それは、きっと誰がどんな想いで口にしたかに因るのだ。信じられる相手の本気の一言は、どんなに短くても、ありきたりであっても迷うことなく届いてくる。そんな気持ちのいい言葉たちを、お糸はこの屋敷でたっぷりと受け取った。

幸せなことだ。

だから、守る。鈴江の地もこの江戸屋敷も珠子も、守り切ってみせる。

「では、口入屋への手配が済み次第、わたくし、行ってまいります」

「お糸ちゃん、何度も言うけど無理しちゃ駄目よ。逸(はや)っても駄目」

「心得ました」

「おかかさま、いつでも逃げられる心構えだけはお忘れなきように」

「お糸どの、さっきのことはお忘れくださいね。口が滑りました」

「おさけさま、忘れはいたしません」

「ひええっ、何とぞお忘れを。後で手妻の技を二つ三つ、お教えいたしますから」

「じゃ、忘れます」

「お糸、くれぐれも頼んだぞ。奥女中の仕事もそつなく熟(こな)し、怪しまれぬよう動け」

「三嶋さま、お任せください。わたくし、こう見えても掃除、洗濯、器(うつわ)洗い、肩もみ、塵(ごみ)の穴掘りから茄子(なす)のヘタ取りまで、何でもできますから」

お糸が胸を張ったとき、

「それがぁ～できぬのじゃ～」

頭の上から被さるように不気味な声が響いた。誰もが腰を上げ、天井に目をやる。

「できぬのじゃ～、できぬのじゃ～」

陰にこもり、重く、暗く、怨嗟さえ含んでいるようだ。

「おのれ、何者じゃ」

三嶋が片膝立ちになり、打掛を脱ぎ捨てる。お糸も倣い、素早く袖を括ると懐剣を握った。おかかとおさけは震えながらも珠子を守ろうと、前に立つ。

「もう、ここまでじゃ～。われら、やぶれたり～。おぅまいごっどぉ～」

うん？　このヘンテコな英吉利言葉は？　もしや？

珠子と視線が合う。珠子の眉間には皺が刻まれていた。

「だでぃー？　だでぃーなの？　どうしたのよ。鬱陶しい声でごちゃごちゃ言ってないで出てきなさい」

珠子が窺うように、辺りを見回す。

「権太郎さま？　この声が？　だとしたら何かを企んでいるとしか思えませんぞ。珠子さま、お気を付けください。お糸、おかか、おさけ、油断するでないぞ」

三嶋が吼えた。

「承知いたしました」

お糸は懐剣の柄を握り締めた。

この声が権太郎のものだとは、ちょっと信じられない。権太郎はいいかげんで、出たとこ勝負の一発屋っぽくて、賑やかで、やかましくて、図々しいうえにいいかげんだ。〝いいかげん〟を二度も三度も使いたくなるほど、いいかげんだ。しかし、陰気ではない。断じて、陰気ではない。陰気とは百里も離れた気性だ。正直、陽気過ぎてうるさいくらいだ。

「でも、権太郎さまが、このような暗――い声を出しますか」

お糸は珠子に囁いた。

「そうね。あたしもだでぃーのものとは思えないんだけど、さっきの英吉利言葉は……」

「はい。確かにあの下手くそな発音は、権太郎さまのものです」

「もし、だでぃーなら、これからが大変よ。お糸ちゃん」

「はい。この前は紙吹雪でしたが、今度は張子の達磨ぐらいは降ってくるかもしれません」

「あたしは、栗とか柿とかの気がするわ。だでぃー、食べ物の類がわりに好きなの」

「とすれば魚かもしれませんわ。ぴちぴちの活きのいい鯵とか鯖とか」

「えーっ、そんなの困るわ。お部屋が魚臭くなっちゃう。でも、ぴちぴちの鯵も鯖も大好物よ。美味しいもの」

珠子がごくりと喉を鳴らした。

「わたしは魚より生肉がようございますな。狸は不味くて食えませぬが、鹿肉、鴨肉、熊でも猪でもたいそう美味にて、いくらでも食せます」

三嶋が舌舐りをした。そのすぐ後、俄に部屋が暗くなる。

来る！　はたして、達磨か栗か柿か魚か生肉か。

その場にいる誰もが生唾を呑み込み、身構えた。

ぼわぁん。ちょっと間の抜けた音がして、鼠色の煙がひょろひょろと上がった。

ほんとに、ひょろひょろだ。しくじった煙幕か、しくじった狼煙みたいに見えなくもない。その煙が消えると権太郎がしゃがみ込んでいた。煙と同じ鼠色の小袖に、黒地に鼠柄の袴という出立だ。権太郎らしく風情はまるでないが、権太郎らしくなく、やけに地味だ。

派手な音曲も、色とりどりの衣装も、頭上から降り注ぐ何物もない。地味な身形の権太郎が膝を抱えて、座っているだけだ。

珠子がお糸、三嶋、おかか、おさけの順に視線を移した。表情には、珍しく戸惑いが浮かんでいる。お糸も首を傾げるしかなかった。

「だでぃー、どうかしたの」

珠子がそろりと近寄る。その背中に、三嶋が声を掛けた。

「珠子さま、お気を付けくださいませ。権太郎さまのことです。突然、ぱっぱらぱーとか叫んで踊り出すやもしれませぬぞ」

踊り出すぐらいなら別に、危険はないだろうと思ったけれど、お糸は口を閉じていた。地味で、元気がなくて、陰気な権太郎は確かに剣呑な気配がする……ような、しないような。

「だでぃー、あのね、あたしがわかる？　珠子よ。娘の珠子。長義さまに嫁いで、長義さまと毎日、お文のやりとりをして、長義さまったらいつも『珠ちゃん、いつまでも大好きだよ』なんて堂々と書いてくださるものだから、あたしも毎回『生涯、お慕い申し上げます』なんて返書している珠子よ。ねえ、わかる？」

「三嶋さま、今、長義さまとのやりとり云々が関わりありましょうか」

お糸は三嶋にそっと耳打ちした。三嶋は肩を竦め、

「あるわけなかろう。しかし、口を挟むのも阿呆らしく……いや、憚られて黙っておる」

「駄目だぁ！」

突然、権太郎が立ち上がった。頭上を仰ぎ、もう一声、叫ぶ。

「駄目じゃぁあ。この目論見、ご破算じゃぁあ」

珠子が後退りしたほどの大声だった。

「ひえっ、おったまげた。だでぃー、ほんとにどうしたのよ。何がご破算なの」

権太郎の唇の端がひくひくと震えた。

「聞きたいかぁ〜、珠子ぉ〜」

「き、聞きたいけど。だでぃー、もうちょっと普通に話せない？　そんな怨みがましげな言い方しなくても話はできるでしょ」

「今の〜わしの心境としては〜落ち込み過ぎて〜、怨み〜が〜……うむ、この物言いもわりに疲れるな。はい、元に戻します。しかし、物言いを変えても、我々の目論見が破れ、叶わぬものとなった事実の方は変わらぬのう」

「目論見って、横入の江戸屋敷を探るという、あれ？」

「そうじゃ。あの、みっしょおんは、いんぽっしぶるぅになってしもうた。あたらしい目論見を一から練り直さねばならぬのじゃ。しかし、それには、あまりに日数が足らぬ」

権太郎が頭を垂れる。

「何故です。なぜ、mission が impossible になるのです」

「わぉ、お糸、やはり、べりぃぐっどぉな発音じゃ。ほんま、すごいわあ。感心してしまう。ああ、しかし、その半分でも針の才があれば……」

「針？　ここでどうして針が出てくるのです？」

お糸は僅かに顎を引いた。胸の内が騒ぐ。三嶋が、ずいっと前に出てきた。

「権太郎さま、針とは、よもやよもや……」

「察したか、三嶋。そう、針こそが我らの障りとなるのだ」

「権太郎さま、とうとう、針鼠の一族にも手を出してしまったのですか」

「はい？」

「あの一族の姫ぎみは、たいそう愛らしいと聞いておりましたが、そちらにまで……」

「そうそう、針鼠ちゃん、可愛いねえ。あのずんぐりとしたところが……違う。違うぞ、三嶋。針鼠は関わりない。わしが言うておるのは、本物の針だ。ちくちく縫うのに使うやつ」

「縫い針のこと？　それが、どうかしたの？　もう、だでぃー、もったいぶってないで、とっとと話してちょうだい」

珠子の口調が尖る。お糸と同じく胸騒ぎを覚えているのだろう。心が乱れれば、物言いはどうしても険しくなる。

「あーはいはい。わかった、わかった。言っとくけど、わしはもったいぶってなどおらんぞ。三嶋が余計な口出しをするから、話があちこちしてしまうのだ。わしは、お団子ちゃんからあまりにやばい話を聞いて、報せに駆け付けてやったのに。なんだよう、ぷりぷりしおって」

「お団子ちゃんとは誰です？　針鼠の姫ぎみの名ですか」

「三嶋、だから違うっちゅうておるじゃろが。針鼠から離れろ、針鼠から。お団子ちゃんは『雲海屋』で飼われておる姉妹猫の妹の方じゃ。ちなみにお姉ちゃん猫はカマボコちゃんじゃ」

妹がお団子で姉がカマボコ。二匹の名付け親は、よほど空腹だったのだろう。お糸が頭の隅で、そんなどうでもいいことをちらっと考えたとき、珠子がやや掠れた声で尋ねた。

「『雲海屋』って、横入の江戸屋敷に出入りしている口入屋の？」

「そう、その店じゃ。お団子ちゃんが言うにはな、横入の江戸屋敷では女の奉公人を欲しがっておるのは確かだが、その奉公人は下働きではなく……」

権太郎が声を潜めるものだから、お糸は聞き取らねばと、つい前のめりになった。同じく身を屈めた三嶋の額ともろにぶつかる。

火の粉が飛んだ。石鎚で殴られればかくやという痛さだ。

「きゃっ、お糸ちゃん、大丈夫？　今、もろに三嶋にぶつかったわよ」

珠子が助け起こしてくれた。

「……だ、大丈夫です。ご、権太郎さま、早く……早く続きを。わたくしが気を失わぬうちに全てをお教えくださいませ」

「おお、お糸、気の毒にな。三嶋とごっつんこして額をかち割られた者は数知れずじゃ。かくいう、わしも遡ること三百年ほど昔、応仁の乱のころだったが」

「昔のことはいいから、早く話しなさい！」

お糸は我知らず叫んでいた。

「ひえっ、そんだけ大声が出せるんだったら、気を失うことないと思うけど。あ、はい、わかってます。えっと、だから、横入は下働きの奉公人ではなく、御物師を雇うつもりらしいのだ。御物師。わかるな、俗にいうお針子。針でちくちく何でも拵えますって役目じゃぞ」

「御物師……」

気が遠くなる。三嶋とのごっつんこのせいではなく、御物師の一言のためだ。

横入が雇おうとしているのは、御物師……だとしたら、あたし……駄目だわ。

「しかも、かなりの腕前の者じゃ。少なくとも、小袖一枚なら半日で縫い上げられる程度でなければ雇わぬらしいぞ」

小袖一枚、半日。

一瞬、座敷内が静まり返った。誰も口をきかない。そして、権太郎を除き、血の気のない顔をしていた。

「御物師、お糸どのが……」

おさけが呟く。その袂から、白い鳩が二羽、ぱたぱたと飛び出し、三嶋の髷に止まった。

「あ、あ、いけない。手妻に使う鳩が。す、すみませぬ。あまりに狼狽してしまって。三嶋さま、大切な鳩です。食べないでくださいませ」

おさけが両手を合わせ拝んだが、三嶋はぴくりとも動かなかった。鳩に気が付いてさえいないようだ。お糸も鳩どころではない。

小袖一枚、半日。小袖一枚、半日。小袖一枚……。

「無理だわ。無理だわ。そんなの、どう転んでも、無理ですぅ」

本気で泣きそうになった。

「で、では、わたしがやります」

おかかが膝を進める。そうだ、おかかなら小袖一枚仕上げるのに半日もいらない。

「わたしに間者の役をお任せください。お針の腕なら自信があります」

「わんっ」。突然、権太郎が吠えた。

「うー、わんわんわん。わんわん」

「きゃっ」。おかかが尻もちをつく。髷の上にぴょこんと耳が覗いた。

「ほら、そんなんじゃ、すぐに正体を見破られてしまうぞ。この前も言うたが、横入の屋敷は犬だらけなんじゃ。そいつらが、猫の匂いに気が付いて、わんわんわんわん吠えまくるぞ」

「あぁああ。わ、わたし、子猫の折に犬に噛みつかれて大怪我を負い、死にかけたんです。母が三日三晩、傷を舐め続けてくれて何とか生き延びることができました。でも、それ以来、犬は大の苦手で、怖くて、怖くて……ああ、珠子さま、申し訳ありません。わたしでは、お役に立てません。まことに、まことに申し訳ありません」

　おかかはその場に平伏した。

「いいのよ、おかか。その気持ちだけで十分です。それに、この役目はお糸ちゃんじゃなければ務まらないの。その〝見る〟ではなく〝感じる〟ことが肝要なのだから」

　お糸は大きく目を見張った。背筋が震える。

　そうだ。あたしにしかできない。できない役目だったんだ。

　おかかが、がばりと身を起こす。

「お糸どの！」

「は、はい」

「お稽古をいたしましょう。これから、必死でお針のお稽古に励みましょう。それで、半日で小袖一枚縫えるまでに上達いたしましょう」

　──そんなこと、できるでしょうか。

　言いかけた口を一文字に結ぶ。

　できるできないではない。やるしかないのだ。

「はい。おかかさま、どうかご指南ください。わたくし、精一杯努めます。どんな厳しいお稽古にも決して、へこたれません」

「お糸どの。その心意気、お見事です」

「おかかさま」

「ハァ、ピッピッピーヒャラリ、ピッピッピーヒャララ」

おさけが口横笛で盛り上げる中、二人はひしと抱き合った。

鳩が飛び立ち、おさけの口横笛に合わせ、天井近くを飛び回る。

「いやぁ、せっかくのいい場面に水を差すようで気が引けるけど、努めてどうにかなるもんじゃないみたいじゃぞ。なにしろ、奉公人二人枠のところに百人近くが詰めかけているとのことじゃからのう」

「百人？　そんなに？　この人手不足の折にですか」

珠子が眉を強く寄せる。

「うむ。手当がやたらいいみたいでの。何でも一季奉公ながら五両近く出るそうじゃ。しかも、住み込みの奉公で、着るもの食べるもの一切合切、横入持ちじゃと。つまり五両、丸儲け。そりゃあ、人も集まるわな。五両だもんね、五両」

「五両って、まさか」

珠子は寄せていた眉を、くっと吊りあげた。驚いているのだ。お糸だって、びっくりだ。

『きぬた屋』ほどの大店でも、奉公人の給金は年四両から六両ぐらいだろう。番頭ぐらいになれば十両近くは貰えるが、それは大勢の奉公人の中の一握りでしかない。御店奉公と武家奉公は違うとはいえ、武家が『きぬた屋』を凌ぐほどの給金を出せるとは思えない。だから、御物師に五両という額には驚くしかなかった。正直、真実なのかどうか半信半疑だ。ただ、いいかげんな権太郎ではあるが、巷の噂だの誰かの消息だの諸々の様子だの左右だのを集めてくる力は半端ではない。その八割がたは信用できる。のこり二割はそのまま茄子のヘタと一緒に捨てても構わない代物だが。

「だけど、御物師にどうして、そんな額の手当を出すのかしら。何か格別のことをさせるわけじゃないわよね」

「うむ、お団子ちゃんによると、仕事は飽くまで針仕事のみらしい。何でも、松子姫が大奥に戻るさいに、小袖やら打掛やらを、御台所を始めとする大奥の女人への土産にするのだそうじゃ」

「反物とかじゃなく、わざわざ縫い上げてでございますか？　ふーん、何か怪しい」

三嶋が天井を見上げ、唸った。ぽた、ぽた。二羽の鳩が落ちてくる。三嶋の眼力に痺れたのだ。おさけが素早く、袂に仕舞い込んだ。

「権太郎さまとお団子ちゃんの仲も怪しいけれど、横入の江戸屋敷内の動きはさらに怪しゅうございますな、珠子さま」

「えっ、わしとお団子ちゃんは怪しくなんかないぞ、三嶋」

「そうね。わざわざ高い手当で御物師を雇ってまで、土産作りに精を出すなんて、どういうことかしら。答えが見つからないわね」

「おい、ほんとじゃぞ。わしは桜子一筋、他の猫に目が行ったりするものか」

「お糸、これはますます、そなたの役目が肝要となるぞ。かの屋敷は怪しいことだらけじゃ。それを、しっかり嗅ぎ取ってまいれ」

「おい、三嶋、わしの言うこと聞こえてる？　桜子に変なこと吹き込むな。それでなくても、わしは誤解されやすいんじゃ」

「三嶋さま、でも、百人の内で雇われるのはたった二人。わたくしが選ばれるとは、とうてい思えなくて……」

「だな。百人の内のほとんどは、針の腕に覚えのある者だろうからな。お糸では、どうがんばっても太刀打ちできまい」

「権太郎さま、そこまで露骨に仰らないでください。泣きたくなります」

「わっ、お糸、まともに相手をしてくれて、さんきゅうべりぃまっちぃじゃ。うう、嬉しい。わしも泣きたくなる。お糸、信じてくれ。わしとお団子ちゃんは潔白だぞ」

「泣いている場合ではありませぬ」

おかかが叫ぶ。仁王立ちになり、はったとお糸と権太郎を睨みつける。権太郎は、恐ろしさのあまり丸まった。お糸はその視線を受け止める。

「泣いていても何も開けはいたしませんよ。お糸どの、やりましょう。百人の内の二人になるように、お針に精進いたしましょう。為さぬうちから諦めていては、何事も為せませぬ。それは、お糸どのらしくございません。当たって砕けろ。駄目でもともと、挑むのみ。ともかく、やれるとこまでやってみる。それがお糸どのですよ」

「おかかさま。そうでした。わたくし、負けません。命懸けでお稽古いたします」

「それでこそ、お糸どの」

「いようっ、ピッピピッピピーヒャラヒャラララ、いよっ」

おさけの口横笛が響く中、おかかとお糸は再び、強く抱き合った。

「まぁ、何という美しくも凛々しい二人でしょ」

珠子がそっと目尻を拭く。

「ほんに、この三嶋、胸が熱うなりました。口横笛の音も心に響きます。それにしても、さっきの鳩、一羽だけでも食しておけばようございました。無念」

三嶋は口元の涎を拭った。

「え？　そんなにいい場面か？　いや、どんなに精進しても無理でしょ。百人中二人よ。お糸の針の腕前で、無理でしょ。みんな正気に戻れ。現を見ろ。ヒャラヒャラしてる場合じゃないよ」

「ハァ、ピッピッピーヒャラ、ピーヒャララ」

権太郎の声は口横笛の音に掻き消され、誰の耳にも届かなかった。


その後、あまりの申し込みの多さに、横入の江戸屋敷では、早縫い試験を決行することになった。まずは雑巾の早縫い試験で上位十人を選び、次に、決められた刻限内に小袖をどこまで仕上げられるかを競うのだ。むろん、速さだけでなく、縫い上がりの美しさや確かさも評定される。そこで、何と上位五人に絞り込まれ、三回目の試験に臨むのだった。どんな試験かは当日になってみないとわからない。

権太郎からそう聞かされたとき、お糸は平静を装うのが難しかった。考えていた以上に越えねばならない壁は高い。そそり立つ絶壁にも思えた。

でも、やる。やると決めたのだから、やる。必ず、間者になってみせる。

御物師選抜試験に向けて、お糸の汗と涙に塗れた日々が始まったのだ。間者云々については、むろん秘中の秘。一言たりとも外には漏らさない心構えを誰もが、権太郎でさえ持っていた。だから、お糸の父と母、呉服屋『きぬた屋』の主夫婦が知る由もないのだが、まるで伝え聞いたかのように、珠子の部屋での密談の翌日、山ほどの反物を鈴江三万石江戸屋敷に届けてくれたのだった。

――お糸、おまえが小袖を縫い上げたと報せてくれた文、神棚に祀って、朝晩、拝んでいます。あれほど下手くそだったおまえが、まがりなりにも小袖を縫えたなんて、おっかさんは嬉し過ぎて心の臓が止まりそうでした。

おとっつぁんと相談して、おまえの稽古用に反物を送ります。さらに励んで、お針の腕をどんどん上げておくれ。そして、できるなら、おとっつぁんとおっかさんに一枚ずつ、おまえの縫った小袖を贈っておくれな。その日を楽しみにしているからね。

お稲の文には、ざっとそう綴られていた。母の喜びと優しさが伝わってくる。

おっかさん、ありがとう。この反物、使わせてもらうわ。縫って、縫って、縫って、縫いまくるからね。だから、お願い、力を貸して。あたしが鈴江のために働けるように、支えて。

『きぬた屋』の方向に手を合わせ、お糸は祈った。

その四　お糸、出陣じゃ

「むむっ」

三嶋が小さく唸った。

とたん、座敷の気配が引き締まる。

おかかとおさけが身を寄せ合った。これは、三嶋の唸った顔が怖かったからだ。珠子は目だけで、三嶋の動きを追った。普段は「一里四方に響き渡る」(権太郎談)とまで言われる三嶋の足音は、微かも聞こえない。

三嶋は音もなく畳の上を歩き、障子戸を開けた。

風が吹き込んでくる。この前までは甘やかな花の香りを含んでいたのに、今は清々とした若葉の匂いが混ざり込んでいる。季節は、確かに移ろっているのだ。

どすっ。今度は「一里四方に響き渡る」(権太郎談)いつもの足音を立て、三嶋は廊下に出た。素早く辺りを見回す。

「三嶋、いかがした」

鹿や鶏、牛にスルメなどが散った〝三嶋の好物柄〟の打掛の背に、珠子は声を掛けた。ちなみにこの前、三嶋の着ていた好物柄の小袖と対になっている。

「はっ、一瞬ですが何やら怪しい気を捉えました」

珠子に向き直り、腰を落とし、三嶋が短く告げる。

「怪しい気？　日当一両二分の例の間者であるか」

「日当については権太郎さまの言うことですので、些か疑わしゅうございますが……」

「怪しい気は確かなのじゃな」

「はい。しかも、一瞬で消えましたゆえ、なかなかの相手かと思われます」

珠子は我知らず、眉を寄せていた。

何も感じなかった。

三嶋には及ばないが、自分も鈍い方ではないと思っている。なにしろ、猫なのだ。ちょっとした音や気配には敏い。人が捉えられない物音もちゃんと聞き取れる。しかし、三嶋の感じた間者の気に、珠子はまったく気が付かなかった。

なるほど、相当の相手のようだ。

「実は、昨夜も寝所におりますときに同じような気を感じましてございます」

三嶋が辺りに目を配りながら、告げる。珠子は、もう少しで耳を覗かせそうになった。

「何と、寝所にまで。それは由々しき事態ではないか。なぜ、黙っておった」

「は、そのときは半ば眠っておりましたので、わたしの気のせいかもしれぬと考えた次第です。このところ、屋敷内で間者がうろちょろしている様子はなく、わたしも少し、油断が過ぎたようで恥じ入っております」

「三嶋、お糸のこともある。気を緩めてはならぬぞ」

「御意」

主に頭を下げると、三嶋は立ち上がり、声を張り上げた。

「誰か、誰か、おらぬか」

その声は一里四方どころか、「いやいやいや、わしはちょうど品川の海で釣りをしておったのじゃが、そこまで響いてきたぞ。急に海が波立って、天変地異の前触れかと人々が騒いでおった」(権太郎談)ほどの大きさだった。もっとも、珠子の調べによると、そのような事実はなく、まったくの作り話と明らかになった。権太郎曰く「おぅ、のぅ。作り話じゃないぞ。ちょっと大げさにしゃべっただけじゃん」らしいが、珠子はこっぴどく叱っておいた。

とはいえ、三嶋の一声が庭の木々を揺らし、止まっていた雀や鵯が半ば気を失って、ばたばたと落ちてきたのは、紛れもない事実だった。

三嶋が地面に転がった鳥たちを横目で見やり、舌舐りしたのも事実だ。

「三嶋さま、お呼びでございますか」

三嶋の咆哮、いや、一声に番方たちが駆け寄ってくる。みな、白鉢巻きに白襷、手には薙刀か小太刀という出立だ。番方は毎日のように、三嶋から厳しい稽古をつけられている。薙刀、小太刀はもとより柔術、捕縛術、槍術、弓術、加えて吹矢や火縄銃の鍛錬も欠かさず続けられた。その厳しさに耐え、厳しさを凌ぎ切った者だけが屋敷奥の警護を申し付けられた。あまりはっきりと言い切ってしまうのは憚られるけれど、(ここからは小声で) 屋敷表の武士たちより数段上の遣い手たちが、ごろごろしているのだ。

「怪しい気配を捉えた。今からすぐに屋敷内を探索せよ」

「心得ました」

「今夜から、珠子さまの身辺をさらに厚く守れ。ゆめゆめ、油断するでないぞ」

「承知」

番方たちは、一礼すると素早く散って行った。いつもながら、よく鍛えられた無駄のない動きに、惚れ惚れする。

「三嶋、ちょっと」

おいでおいでと手を振る。庭に出ようとしていた三嶋が黒目を揺らした。

「ちょっと、ちょっと。戸を閉めて、こっちに来て」

「あ……はい。あの、暫し、お待ちを」

「雀や鴨は放っておきなさい。驚いて片時、気を失っているだけだから、直に目が覚めるわ」

「いや、それでは逃げられてしまいますので。この前のおさけの鳩も食べそこないましたし、せっかくの獲物を二度までも……」

「三嶋！　ぐずぐずするでない」

「は、はい。ただいま」

三嶋は未練がましげに庭を一瞥すると、打掛の裾を引いて、珠子の前に座った。

「三嶋、いったいどういうことなの。もうちょっと詳しく教えて」

「と申されますと？」

「間者よ。昨夜、気配を感じたなら、どうしてすぐに、あたしに報せなかったの。気のせいかもしれないって、そんな曖昧な言い方、しないでよ。三嶋らしくないじゃない」

「はあ、それは……深夜でございましたし、騒ぐほどのことではないと考えまして」

三嶋がぼりぼりと首の後ろを掻く。

「いや、有り体に申し上げまして、剣呑さを微塵も感じませんでしたので」

「え、間者の気配が尖っていなかったってこと？」

「さようでございます。殺気などとはほど遠い、まあるい、柔らかな感じがいたしました」

三嶋が両手をふわりと動かす。「まあるい」を表しているのだろう。

「まあるい？　柔らかい？　え、でも間者なんでしょ？」

「はい。庭の茂みの奥から感じましたゆえ、屋敷の者ではありますまい」

「つまり、外から忍び込んだ者なのよね。なのに、まあるい？　柔らかい？」

「珠子さま、つらつら考えますに、この間者、なかなか尻尾を出さぬのは、この気配のせいでもあるやもしれません」

ずいと、三嶋が近寄ってくる。

ピイーッ。チチチチチ。不意に庭が騒がしくなった。鳥たちが目を覚まして、飛び立ったらしい。三嶋が一瞬だが、無念の表情を浮かべた。

「つまり、殺気とまではいかずとも、尖っておればこちらも気が付きやすいもの。それが、まあるく、柔らかければ、なかなか気付きにくくなりまする。用心が働きませぬから」

珠子は深く頷いた。

納得する。刃を向けられれば、否が応でも心身は張り詰め、戦いに備える。しかし、美味な料理の香りや日溜まりの匂いであれば、逆に、緩むではないか。

それと同じ？　しかし、尖っていない間者とは、どういうことなのだ？

その疑念を口にしてみたが、三嶋も答えようがないらしく、腕組みをして黙り込んだ。

「あの……それに、どうして三嶋さまのご寝所だったのでしょうか」

おかかが、おそるおそる話に割り込んできた。

「あの、間者というのは、さる場所に忍び込んで、あれこれ、あっちこっち、あんなことこんなこと、誰彼を探るものでございましょう？」

「そうねえ。間者といえば、何かを探るとか、何かを盗み出すとかって役目よね」

「ならば、間者は昨夜、三嶋さまの何を探ろうとしていたのでしょうか」

珠子は一瞬、息を詰まらせた。胸が苦しくなったので、そっと吐き出す。それから、三嶋に顔を向けた。

「言われてみれば、そうだけど……三嶋、寝所に何か大切な物を置いてる？」

「たくさん、ございます」

三嶋の両眼がぎらりと光った。おかかとおさけが、また、身を寄せ合う。

「そうか。おのれ、曲者（くせもの）が。あれを狙（ねら）っておったのか。いや、あれか？　それともあれか？」

「あれって何よ。狙われるようなお宝をそんなに持ってるの？」

「ですから、たくさんございます。大きな声では申せませんが、例えば……干し肉一貫（三・七五キロ）」

「干し肉？　何の肉よ」

まさか、人魚とかではないだろう。不老不死の妙薬と言われる人魚の肉なら、確かに相当なお宝ではある。しかし、〝ちょいふし一族〟には無用のものだ。ただ、〝人族なんだけどちっとも不思議じゃない一族〟なら、欲しがる者は大勢いるだろう。

「ただの肉ではございません。何と何と、雉（きじ）でございます」

「え？　雉？　雉の肉なんて珍しくも何ともないわよ。昨日も雉肉のつみれとささがき牛蒡（ごぼう）のお汁が出たじゃない」

「ああ、あれは美味でありましたなあ。椀でなく盥でいただきたかったほどです」

じゅる。三嶋の舌が唇を舐めた。

「が、しかし、珠子さま。わたしめが持っております雉肉は、ただの雉肉とは違います。何と何と、かの桃太郎の供をした雉の末裔の肉にございます」

「ええっ？　あの鬼退治をした桃太郎の？」

「さようでございます。さすがに身は締まりながらも、味良く、ほどほどの柔らかさもあり、なおかつ仄かに桃の香りもするようで、まさに逸品でございますぞ」

桃の香りのする干し肉。美味しいのだろうかと、珠子は首を傾げる。

「あ、雉だけではございません。鶴の干し肉もございます。こちらは、何と何と、かの鶴女房の鶴の末裔の肉で、食べると機織りが格段に上手くなるという言い伝えがございます。さらに、亀の干し肉もございまして、これは……」

「浦島太郎を竜宮城に連れて行った亀の末裔の肉なのね」

「あらま、よくおわかりになりましたね」

「だいたい、先が読めるわよ。でも、三嶋の部屋って干し肉だらけじゃない。そんなものを間者が狙うかしらねえ？」

「無類の干し肉好きなのかもしれませぬぞ」

干し肉好きの間者が匂いに釣られて、三嶋の周りをうろついていた――。

「いやぁ、あんまり考えられないけど……」

「それでは、もしかしたら」

おかかが前のめりになる。あまりにのめり過ぎて、危うく転がりそうになったところを、おさけが後ろから引っ張った。

「あ、おさけどの、Thank you very much. かたじけのうございます」

「That's all right. おかかどの、お気になさらずに」

「そなたたちまで、なんじゃその異国言葉は。まったく、耳障りな」

三嶋が顔を顰める。顰めただけだが、かなり怖い。おかかとおさけは震え上がった。三嶋に慣れているはずの二人でさえ、この有り様なのだから、並の者なら気を失っていたかもしれない。

「も、も、申し訳ございません。お糸どの同様、権太郎さまに影響されたようにございます。ついつい……お許しくださいませ。どうか、餌にしないでくださいまし」

「馬鹿者。そなたたちなど食うものか。腹の足しにもならぬわ。まあ、正直、干し肉より生肉の方が美味ではあるが、むふふふふ。あ、涎が」

「三嶋、おかかやおさけを怖がらせてどうするの。おかか、ほら、大丈夫だから。さっき言い掛けたことをおっしゃい」

珠子に促されおかかは震える声で続けた。

「は、はい。あの、も、もしや、その間者とやらは三嶋さまを狙っているのではないかと」

「なに、わたしの命を狙うておると」

三嶋が低く唸る。おかかもおさけも俯き、ひたすら頭を低くしている。畏まっているわけではなく、怖過ぎてまともに三嶋に目を向けられないのだ。

「いえ、お命を狙うているかどうかは、わ、わかりかねます。あ、えっと、言い換えますと、三嶋さまを見張っているのではないかと……かように、か、考えました」

なるほど、それもあるかもしれない。

珠子は考える。

ただ、三嶋の命目当てではないだろう。殺すつもりなら、それこそ気配は殺気となり、尖るはずだ。並外れた遣い手は殺気を僅かも漏らさないと聞いた覚えがある。それなら〝無〟だ。何も感じさせない。わざわざ、己の気をまあるく柔らかくする要はないだろう。

どうも、よくわからない。

おかかの言うように、三嶋を見張っているとしたら何のためだろうか。

「むふふふ、我が命を狙うておるなどと片腹痛い。来るならいつでも来るがよい。返り討ちにして、三枚おろしにして、刻みネギと山椒をまぶして夕餉の膳に並べてやろうぞ」

「あたしは御免被りますよ。そんなお膳、いらないわ」

珠子は肩を竦めてみせた。

「ともかく、三嶋。自分の身も含めて、さらに用心をなさい。あなたを襲ってくるほどの剛の者はいないでしょうけど、何だか動きが怪しくて気になるのよ。いい？　決して、相手を軽く見ては駄目よ。まだ、わからないことだらけなんだから」

「御意」

三嶋が頭を下げる。

「横入の方はお糸ちゃんに任せて、こちらは守りを固めるのよ」

「承知仕りました……と言いたいところですが、お糸が首尾よく横入の江戸屋敷に潜り込めますかどうか、些か心許なくはございませんか」

「お糸どのなら大丈夫です」

珠子より先に、おかかが答えた。

「このところのお糸どのの針稽古、鬼気迫るものがございました。口を出すのも憚られるような真剣な気に満ちて、それはもう、必死に励んでおられました。あれだけの稽古が花開かぬわけがありません。お糸どのは必ず御物師に選ばれます」

「だとよいがのう」

三嶋が大きな吐息を零した。

「お糸は、ここぞというところで、へまをすることが多々あるからのう。果たしてどうなるか」

「三嶋、お糸ちゃんのことを心配してるのね」

「は？　あ、いや、それは心配でございますとも。お糸が上手く横入の江戸屋敷に潜り込まねば、あちらを探ることはできますまい。わたしは鈴江のために心配しておるのであって、お糸本人をあれこれ気にしておるわけでは、ございませんぞ」

「ふんふん、三嶋。そんなにむきにならなくてもいいんじゃない？　ほんと素直じゃないんだから、心配なら心配って言えばいいでしょ」

三嶋の頬が赤らむ。

思いがけず、可愛らしい姿だ。

「そういう珠子さまだとて、今日は朝から妙にそわそわして、お好きな煮干しのおやつにも上の空だったではございませんか。あらぬ方を眺めて、ぼーっとしておられましたし」

「え、そりゃあ、まぁ、だって……」

「ふんふん、珠子さま。この三嶋を前にして、恰好つけなくてもよろしゅうございますぞ」

ため息を吐きそうになる。

さすがに、三嶋はお見通しらしい。

「はぁ〜」。珠子は辛抱できなくて、ため息を吐き出した。

お糸は今朝、横入の江戸屋敷に出かけていった。御物師の試験に臨むためだ。

「珠子さま。今日まで、やれる限りのことは全てやりました。後は己と天を信じて、力の限り挑んでまいります」

今朝、挨拶に来たお糸は、目を見張るほど凜々しかった。

初陣に向かう若武者のようだった。思わず「いざ、出陣じゃ」と声を掛けたくなるほどの凜々しさだ。珠子は胸が詰まり、送り出す言葉もろくに伝えられなかった。

「ハッ、トトトン、トトトン、トト、トト、トト、トントントン、トトトトトン」

「いよう、ピーピッピピーヒャララ、ピーヒャララ」

おかかとおさけの口太鼓、口横笛に見送られて、お糸は横入の江戸屋敷に向かったのだ。

あの張り詰めた背中を思うたびに、鼓動が速くなる。

あたしは、お糸ちゃんに大変な無理を強いたんじゃないかしら。いらぬ苦労をかけてしまったんじゃないかしら。

そう考えると、居ても立ってもいられない心地になる。

珠子は鈴江三万石城主の正室である。そういう地歩の者が、どんな理由があろうと取り乱してはならないと自分を律し、戒め、普段と変わらぬ様子を保っていた。

でも、本心では心配でたまらない。針の腕に覚えのある女たちが百人近く集まっているのだ。その中で、お糸がどれほど追い込まれているか、どれほど心を磨り減らしているか、考えただけで胸が潰れそうになる。いや、そんなことより、お糸の正体がばれてしまったら、鈴江三万石江戸屋敷の者だと明らかになったら……なったら、どうなるだろう。

気が気ではない。こんなことなら、横入の屋敷になど向かわせるのではなかった。

あたしが甘かったんだわ。調子に乗って、お糸ちゃんに間者の役を押し付けるなんて、間違ってた。上から見ても下から見ても、斜めから見ても、前から見ても後ろから見ても、間違ってた。言い逃れできないわ。

あたしは間違っていた。

「珠子さま、もそっと、お糸を信じておやりなさいませ」

「え？　三嶋、何か言った？」

「お糸をお信じなさいませと、諫言いたしました」

「お糸ちゃんを信じる……」

「はい。お糸は確かに粗忽なところもございます。うっかり者で早とちりも度々いたします。しかし、根っこはしっかりした娘です。太く、逞しい根を持っておるではありませんか。いざというとき、どれほど頼りになるか、珠子さまが誰よりもご存じのはずです」

珠子は胸に手を置き、三嶋を見詰めた。

そうだ。あたしは、これまでもお糸ちゃんに、たくさん助けられてきた。支えられも、励まされもしてきた。お糸ちゃんには、それだけの力があったんだ。信じるに値する力が。

「ええ、三嶋。確かにその通りだわ。お糸ちゃんは、三嶋と同じくらいに頼りになる人よね」

「は？　いやいや、それは褒め過ぎでございますな。わたしの域に達するには、お糸はまだまだ未熟でございますよ。これから、これから」

三嶋がからからと笑ったとき、不意に横風が吹いた。珠子は思わず目を閉じる。

ひゅーっと鋭い風音が鳴り、何かが耳の傍を通り過ぎた。

「おのれ、曲者か」

三嶋が珠子の前を塞ぐように立つ。

「この三嶋が相手をしてやる。出て参れ」

「三嶋、三嶋。騒がないで。部屋の中で風が吹くなんて……ほら」

「あっ、権太郎さまですか。なるほど、また派手派手な現れ方をしようと企んでおるのですな、うん？　しかし、風は止みましたが……キンキラもなければ紙吹雪もありませんぞ。権太郎さまにしては地味ではございませんか」

「あぁっ、三嶋さま、あれを」

おさけが引きつった声を上げる。

畳に真っ赤な鳥の羽根が突き刺さっていた。例の五尺（約一・五メートル）近くある、かぁにばるぅのときに使う羽根だ。さっき耳元を掠めたのは、これらしい。

「もう、だでぃー、いい加減にして。畳が傷んじゃうでしょ。今、藺草も値上がりしてるのよ。畳表もそうそう替えられないんだから。畳替えの職人さんだって、日当が相当かかるのよ。お米だって卵だって油だって、もうどんどん値が上がっちゃって、やりくりが大変なの。ほんと、大変。ご公儀に何とかしてもらわないと、暮らしが立ち行かなくなるわ。そのうち、茄子のヘタまで食べなきゃならなくなるわよ」

珠子はしゃべりながらも辺りを見回し、耳をそばだてた。

権太郎の気配はない。

「珠子さま、長屋のおかみさんのような文句を言うておるときではありませぬぞ。この羽根に文らしきものが括り付けられてございました」

三嶋が折り畳まれた紙を差し出す。

「え、文ですって？　だでぃーからの文って、気味が悪いわね」

「借金の申し入れではございませぬか。伯剌西爾で遊び過ぎたとか」

「いや、そこまで情けなくはないと……まっ、まっ、まあ……！」

「いかがされました。やはり借金ですか？　それとも、腹下しでもして寝込んでおられるとか。あ、もしかしたら、どこぞの性悪女に引っ掛かって、有り金全て巻き上げられたばかりか、身包み（みぐるみ）はがされて路頭に迷うておられるとか。それとも……」

「三嶋、譬え（たと）があまりにひど過ぎない？　まぁ、だでぃーならあり得るかもしれないけど。あ、でも、違うの。そんなんじゃないの。みんな、聞いて。お糸ちゃん、御物師の第一試験を通ったんだって」

「えええっ！」

三嶋が仰け反る（のぞ）。仰け反り過ぎてひっくり返りそうになる背中を、おかかとおさけが必死に支えた。が、力尽きて倒れ、哀れ三嶋の下敷きになってしまった。

「く、苦しい。で、では、珠子さま……お糸どのは、ぶじ御物師として雇われるのですね……うう、み、三嶋さま、どいてくださいませ。苦しい、でも、嬉しい」

「それがね。そう容易くはいかないみたいなの。第一試験は、雑巾二十枚早縫い比べだったのね。雑巾を二十枚、どれだけ早く、かつ、美しく縫い上げられるかの競い合いよ。その上位十人に、お糸ちゃん、選ばれたんですって」

「あっぱれじゃ。よくやった、お糸」

三嶋が飛び起きる。おかかとおさけも息を弾ませながら、のろのろと起き上がった。

「ほんとよ。百人中の十人よ。一割じゃない。すごいわ」

「た、珠子さま。では……お糸どのは、こ、これから、二回目の試験に臨まれるのですね」

おかかが何とか息を整え、問うてくる。

「ええ、そうみたいで、えっと……二回目はいよいよ小袖を縫うのよね。そこで五人がふるい落とされるでしょう。勝ち残れたら次はいよいよ打掛にかかるのですって。第三試験は打掛なのね……。その打掛早縫い試験で三人までに絞られて、最後に……まあ、相見(そうけん)の場があって、そこで御物師として雇うかどうか決められるとのことよ」

「何ともはや、大仰(おおぎょう)な上にも大仰でありますなあ」

三嶋が鼻から息を吐き出す。

「ほんとね。ここまでして、腕のいい御物師を集めるって何のためかしらね。あぁ、でも、お糸ちゃん、がんばってるのね。今ごろ、小袖を縫ってるはず。打掛は下午(かご)らしいから……あっ、そう言えば、お糸ちゃん、お弁当持って行ったかしら」

「それは抜かりございません」

おさけが、ぽんと胸を叩いた。

「台所方(だいどころがた)に命じまして、とびきりの弁当を作らせました」

――とびきりの弁当。

寸の間、珠子の心内が波立った。その理由がわからない。

珠子は唇を噛み締めた。

「それにしましても、権太郎さまは、お糸の様子をよくご存じですなあ」

三嶋が文をちらりと見やり、もう一度、鼻息を吐いた。

「ほんとね。だでぃーなりに、お糸ちゃんのことを心配してるのね。でも、これだけ詳しいってことは、横入の屋敷内にいるってことよね」

「そうとしか考えられませぬな」

「でも、横入の屋敷は犬だらけなのではございませんか。いかな権太郎さまとはいえ、そこに忍び込むのは難しゅうございましょう。犬は鼻が利きますゆえ、姿を消していても見つかりますでしょうし。そうなったら……」

おかかが唾を呑み込む。

「それでは、権太郎さまは命懸けで、お糸どのを見守っておられるのでしょうか」

おさけの双眸が潤んでくる。

「ふん、馬鹿を申すな。あの権太郎さまが己を危うくしてまで、お糸のために働くわけがあるまい。権太郎さまなりに、『るんるんるん、楽しいな、楽しいな』なんてことがなければ動かぬはずじゃ」

「三嶋。一応、あたしの父親だから。あんまり本当のことをズバズバ言わないでよ。娘としてへこんじゃう……なんてことはないわね。確かに、三嶋の言う通りよ。だでぃーったら、横入の屋敷にちゃっかり入り込んでる。ということは……」

「丸ちゃんですな」

「ええ、丸ちゃんよ」

「そう丸ちゃん、どこでもすぐ丸くなって寝てしまう三毛猫の丸ちゃんでございます。松子姫は宿下がりの折、丸ちゃんも連れてきたのでありましょうな。それを権太郎さまが知らぬはずはないのに、まぁ、大奥に置いて来たんじゃないかなどと、よくもぬけぬけと言えたこと」

　おかかが三嶋を窺いながら、尋ねる。

「では、犬がたんと飼われているというのも権太郎さまの出まかせでしょうか」

「いや、さすがに、それはあるまい。そんな出まかせを言う理由がないからのう。権太郎さまはちゃらんぽらんではあるが、理由もないのに騙る性質ではないぞ」

「それは、理由があれば騙る性質だとも取れますが」

「その通り。しかも、その理由というのが自分に都合がいいか悪いかに因るのじゃからのう。まったく、困ったものじゃ。ふん、まあ、権太郎さまのことは、こっちに置いといて」

三嶋が幻(まぼろし)の荷物を放り投げる仕草をした。

「松子姫は屋敷奥におわしましょうから、丸ちゃんも当然、そちらにおりましょう。領主の妹御にして公方(くぼう)さまのご側室となれば、徒(あだ)や疎(おろそ)かにはできますまい。丸ちゃんのために、屋敷奥から犬は一匹残らず移されたはずです。万が一にも、松子姫の愛猫に害をなしてはなりませぬからのう」

「ということは、御物師の試験も屋敷奥で執(と)り行われているわけね」

「かと存じます。権太郎さまは丸ちゃんの力を借り、お糸を見守っておるのでしょう。とはいえ我が身に危険が及ぶようなら、さっさとお一人で逃げ出されましょうが」

珠子は苦笑いするしかなかった。三嶋は、権太郎には本当に辛口(からくち)だ。唐辛子(とうがらし)を三日三晩、煮込んだ汁に山盛りの山椒をぶち込んで、さらに煮込んだくらいの辛さだ。言っていることは、見事に的を射ているけれど。

「今のところ、その危険はない。とすれば、だでぃーから逐一、報せが入るわね」

「おそらく、そのようかと考えまする。しかし、報せはよろしいのですが一々(いちいち)、羽根飾りに文を括り付けるのはいかがなものかと思われますなあ」

「そうね。これ以上、畳を傷付けられたらたまらないわ」

珠子がため息を吐いたとき、おかかが僅かに前に出てきた。

「あのう、それなら、権太郎さまに、このまま間者をしていただいたらいかがでございましょうか。丸ちゃんの力を借りれば、横入を探ることは難しくはないのでは」

「あー、それは無理無理」

三嶋が言下に退ける。

「奥の犬が表に移されたということは、表にはさらにどっさり犬が集まっているというわけであるぞ。間者というからには、奥だけに留(とど)まっておるわけにもいかず、表も探らねばならぬ。権太郎さまには無理じゃ。よしんば、犬がいなかったとしても、あの、ちゃらんぽらんなお方に間者は務まるまいぞ。すぐに面倒になって、『もう、やーめた』と役目を放り投げてしまうのが目に見えておるわ。いや、それに下手をしたら犬族を恐れるどころか、綺麗(きれい)めの女犬にうつつを抜かしかねないしのう。なにしろ、あの妖(あや)し狐(ぎつね)の艶耶子にちょっかい出して面倒事を引き起こしたお人、いや、お猫じゃから」

おかかがうなだれる。三嶋の言葉が腑(ふ)に落ちたらしい。娘としては、「ちょっと、ちょっと、三嶋。さすがに言い過ぎじゃない」と戒めもしたいのだが、どんぴしゃ当たっているだけに言い辛(づら)い。

「確かに、そうでございますね。ではやはり、お糸どのの奮闘を祈るしかございませんか」

「じゃのう。が、まあ、権太郎さまも、お糸を気に掛けてはおられるご様子。こうして、わざわざ文を届けてくるのであるからな。うむ、何というか……あの二人、妙に馬が合っておる気がする。少なくとも権太郎さまは、お糸に一目置いておる風じゃ」

「あら、三嶋。あなた、だでぃーはお糸ちゃんを認めていると思ってるの?」

「はい。そこは確かでございましょう。でなければ、人族であるお糸を珠子さまのお近くに侍らせたりはしないはずです。人族とか〝ちょいふし一族〟とかを超えて、権太郎さまは、お糸をきちんと認めておられますよ。というか、珠子さまにとって、我々と同じく欠くことのできない相手とわかっておられるのでしょう。ですから――」

そこで、三嶋は背筋を伸ばした。

「いざとなれば、わたしが考えるよりも本気で、お糸を守ってくださるかもしれませんな」

「え、だでぃーが本気になる? そんなことあるかしらね」

「ないとは言い切れませぬ。できれば、なってほしくはありませぬが」

三嶋の口調が、急に重くなったようだ。

珠子はその顔に視線を走らせた。

「それ、どういう意味？　だでぃーが本気になっちゃいけないってこと？　ああ、まあ、そりゃあね、だでぃーが本気になったところなんて考えられないけどねえ。一生の内に一度や二度は、本気になることもあるんじゃないかしら。あながち、それも悪くないかもと……」

「珠子さま」

三嶋が短く珠子を呼んだ。その調子も、重い。

「畏れながら、珠子さまがお生まれになったのは、嵯峨天皇の御代でありましたな」

「……そうだけど」

「では、まだ千年ほどしか経っておりませんな。まだまだ、お若うございます」

〝ちょいふし一族〟の中では、若者とか若造とか呼ばれる齢だ。わかっている。しかし、ここで年齢に何の関わりがあるのだろう。

「あたしが若いのが、何か差し障りがある？」

「いえいえ、とんでものうございます。若いってすばらしゅうございますよ。わたしなどかれこれ……ン千歳で少し老いを感じたりしておりますので。肩は凝るし、肌はかさついてくるし、食べ物もこってりしたものより、あっさりした鳥の肉などを好むようになりました。雉もさることながら、若い鳩とか鶏の肉は格別でございますからねえ」

おさけが慌てて袂を押さえた。手妻に使う鳩が入っているのだ。

「そう？　この前、脂ののった猪肉に舌舐りしてたじゃない」

「まあ、たまには脂こってり、血が滴る生肉も……いえいえ、こほんこほん、そんなことではなく、珠子さまは、お若くて、まだご存じないことも多いと、そう申し上げておるのです」

「あたしが何を知らないと？」

「権太郎さまのことです。あの方を本気にさせるのは、些か、いえ、かなり危のうございますよ」

「だでぃーが？　危ない？　あほらしいじゃなくて、危ないの？」

「『このおっさん、ほんまあほらしいわ』と思うことは多々ございますが、珠子さまは、そこしかご存じないのですよ。あのおっさん、いえ、権太郎さまは、なんだかんだ言っても、我ら〝ちょいふし一族〟の長でございますから。それなりに危なく、恐ろしい面もあるのです。そこは、お心の内に留めておいてくださいませ」

珠子は眉を顰めた。

三嶋が、こんな風に奥歯に物が挟まったような言い方をするのは珍しい。とても言い辛い何かをそれとなく伝えようとしているのだろうか。とはいえ、このまま三嶋を問い詰めても、のらりくらりとかわされるだけだろう。三嶋が全てを吐露するつもりがないのは明らかだ。

だでぃーが、どうしたっていうの？

少し、苛立たしくなる。同時に、大きな秘密を垣間見たようで、ぞくぞくする。

いいわ、いつか、あばいてやるから。

こんなときは、お糸としゃべりたくなる。口も舌もむずむずする。

お糸ちゃん、だでぃーには何か秘密がありそうなの。三嶋は知っているのだけれど教えてくれないのよ。きっと、時期尚早と思ってるんだわ。教えるには、あたしが若過ぎるって考えてるみたい。ちょっと悔しい。だから、一緒にやってくれない？〝だでぃーの秘密をあばいちゃうぞ組〟を二人で作りたいのよ。

うん、わかってる。でも、今はそれどころじゃないよね。ともかく、鈴江のためにがんばらなきゃいけないときだものね。

頼りにしてます。あたしも、お糸ちゃんに頼ってもらえるようにならなくちゃね。

あたしたち、これから、いっぱい、いっぱい、がんばるの。

よし、やるぞ。えい、えい、おーっ。

片手を突き上げる。

「……珠子さま。なぜ、ここで勝鬨を？」

「だ、大丈夫でございますか。お心が乱れておられましょうか」

おかかとおさけが不安げな顔を向けている。三嶋は渋面というしかない渋面だ。

「あ、ほほ。つい、気合が入っちゃって。お糸ちゃんを励まそうと、念を送ったのよ。ほら、みんなもやりましょ。お糸ちゃん、敵地で戦ってるんだもの。気持ちぐらい、送らなきゃね。はい、やるわよ。がんばれ、がんばれ、お・い・と。それっ」

「がんばれ、がんばれ、お・い・と」

「負けるな、負けるな、お・い・と。はいっ、声を合わせて」

「負けるな、負けるな、お・い・と」

「三嶋もやりなさい。吼えるんじゃなくて、お糸ちゃんに届くように念を込めるのよ。はい、もう一度。がんばれ、がんばれ、お・い・と。負けるな、負けるな、お・い・と」

四人の声は絡まり合い、江戸の空に昇っていった。

がんばれ、がんばれ、お・い・と。

負けるな、負けるな、お・い・と。

そんな声が聞こえた気がして、お糸は針を持つ手を止めた。

辺りをそっと見回す。

誰も何もしゃべっていない。息さえしていないように感じられる。

横入十万石江戸屋敷の奥まった一室だ。奥まったとはいえ、ゆうに二十畳はある広さだった。藺草の香りが芬々（ふんぷん）と広がっている。畳を新しく替えたばかりなのだろう。贅沢（ぜいたく）なことだ。

いけない、余計なことを考えている暇（ひま）はないのに。

二十畳の座敷に十人の女が座り、ひたすら小袖を縫っている。

予（あらかじ）め与えられた反物を二刻（ふたとき）（約四時間）の内に、小袖に仕立てる試験だ。ここで、半分の五人がふるい落とされるらしい。

たった二刻。ただの反物を小袖に変える。

できるだろうかと迷うゆとりなどなかった。できる、できないではない。やるしかないのだ。

針を持ち直す。

がんばれ、がんばれ、お・い・と。

また声が聞こえた。

みんなが励ましてくれてるんだ。

薄紅色(うすべに)の布に、お糸は針を刺した。

「あ、できたわ」

背後で誰かが呟く。もう仕立て上げた者がいるのだ。動悸(どうき)が速くなる。

駄目。焦っちゃ駄目。他人(ひと)は他人よ。自分の調子を崩さないの。おかかさまに言われたじゃない。自分の気息に合わせて、針を動かすんだって。縫い上げた小袖を頭の中に思い描くんだって。何度も何度も言われたじゃない。あれほど稽古したじゃない。大丈夫。あたしは大丈夫。やれる。

負けるな、負けるな、お・い・と。

おかかの、おさけの、三嶋の、そして珠子の声が耳の底で揺れた。幻ではない。本当に聞こえてくる。動悸がすうっと収まった。

「みなみなさま、あと、四半刻(しはんとき)（約三十分）でござります」

座敷の隅から、奥女中らしい老女が声を張り上げた。

その五　ネコ、ネコ、ネコ、ちょっとトラ

「よしっ、ここまで」
老女の声が響く。
先刻よりさらに大きな、よく通る声だった。
お糸は、最後の一針を刺し終えたところだった。
「みなのもの、手をお止めなされませ」
その一言を合図に、若い女中たちが小袖を集めて回る。
ぎりぎり間に合った。
お糸は息を吐き出した。その音が案外大きく、慌てて口を押さえる。
これからだ。ここで終わったわけじゃない。
そっとこぶしを握る。
この〝小袖早縫い試験〟を無事に通れば、次は、いよいよ打掛の仕立てだ。

無事に通れば？　いいえ、通ればじゃなく、通るの。何が何でも通るの。

次の〝打掛早縫い試験〟が上手くいき、相見の場さえ凌げば、晴れて横入十万石江戸屋敷の御物師となれる。堂々と屋敷内を探れ……るとは言い切れないが、歩き回れるのは確かだ。

がんばれ、がんばれ、お・い・と。

負けるな、負けるな、お・い・と。

みんなの励ましの一言一言が耳の奥に届いてきた。

傍らにいなくても、気持ちは伝わってくる。伝わって、お糸を支えてくれる。

そうよ、あたしは一人で挑んでいるんじゃない。みんながいる。それに……。

お糸は両手でそっと胸を押さえた。

カサッ、カサッ。小さな乾いた音がする。お糸は衿元を少し開け、囁いた。

「わらちゃん、窮屈じゃない？　もうちょっとだけ辛抱してね」

「……大丈夫だっぺ。あったかくて気持ちがいいっぺ」

わらちゃんが答える。お糸の囁きより、さらに微かな声音だ。でも、ちゃんと耳に届いてくる。わらちゃんが一緒にいてくれるのだ。

鈴江三万石江戸屋敷を発つ、前夜。つまり昨夜の夜四つ（午後十時頃）あたり。

お糸は明日の試験に向けて、荷物を整えていた。

荷物の用意が遅れていたわけではない。昼間の内に詰め終わり、何度も確かめていた。明朝、台所方からお弁当を受け取れば、それで怠りなしのはずだ。

わかっているけれど、ついつい風呂敷包みを解き、中身を検める。

眠れないのだ。目が冴えて、どうにも眠れない。気持ちが張り詰めて、眠気を片っ端から弾いてしまっている。そんな感じだ。

お糸は眠るのを諦め、行灯を点けた。そして、しなくてもいい荷物の検めを始めたのだ。

今から、こんなに気を張ってちゃ、明日どうするの。しっかりしなさい。

自分で自分を叱る。

ほら、もっと、しゃんとして……いや、今、しゃんとしたら余計に眠れなくなっちゃう。しゃんじゃなくて、ゆるゆるよ。ゆるゆる緩んで、気持ちを楽にして、ぐっすり眠って、明日はすっきり目覚めるの。そうよそうよ、寝の足りないぼさっとした顔を珠子さまに見られたりしたら、どれだけ心配をかけるか……。

「駄目、そんなの駄目」

何としても明日は、元気いっぱいの姿を見せなくちゃ。そのためには、ともかく寝る。眠る。睡臥、寝臥、ねんね、こっくりこっくり、うとうと、がたん。

もう、最後の「がたん」てなによ。うたた寝でもしてたわけ？

あぁ、もう、自分に突っ込んでちゃ、眠気なんて近寄っても来ないじゃない。くそっ、来い。眠気、来い。逃げ回るなんて卑怯よ。いや、眠気相手に卑怯もお経もないもんだわ。うわっ、つまらない洒落、言っちゃった。権太郎さまじゃあるまいし、ほんとに……。

「おはようだっぺ」

背後で、ふにゃふにゃした挨拶が聞こえた。

「おはようだっぺじゃないの。おやすみだっぺなの。寝なきゃならないんだから……へ？」

振り返り、お糸は叫んだ。

「わらちゃん！」

「お糸っぺ」

藁人形のわらちゃんは、お糸の膝の上に飛び乗ってきた。そして、さらにぴょんぴょん跳ねる。跳ねる度に、新しい藁の香りが漂った。

「わらちゃん、目が覚めたのね」

「うん、ついさっき覚めたっぺ。お糸っぺ、おはようだっぺ」

「うん、おはよう、おはよう。よく起きてくれたねえ、嬉しい」

お糸はわらちゃんを抱き締めた。新しい藁をしっかり使って、丁寧に作ってあるから、これまでのように力を入れたらぼろぼろ藁屑が落ちてくることは、ない。

「けど、お糸っぺ。今は、夜も遅いころだっぺ？」

「うん、そうね。とっくに木戸は閉まっちゃったわね」

「そんな刻に起きて、何をごそごそやってるんだっぺ」

「あ、それがね、わらちゃん、大変なのよ」

お糸はこれまでの経緯をできる限り詳しく、わらちゃんに伝えた。

「……というわけなのよ」

「……というわけだっぺか。そりゃあ、大事だっぺな。んで、その早食い試験が明日、ってわけなんだっぺな」

「わらちゃん、早食い試験じゃなくて、早縫い試験。間違えないで」

「あ、えらい違いだっぺな。えへへ。で、おらもついていけるっぺ？」

「え？　わらちゃんが」

わらちゃんが頷(うなず)く。頷くといっても、どこが首か頭かよくわからない。かさかさと音がして、体が前後に揺れただけだ。

でも、お糸にはわらちゃんが頷いてくれたとわかる。はっきり察せられる。

そうだ、わらちゃんなら懐(ふところ)に隠れていてもらえば、一緒にいられる。誰も怪しまないだろうし、犬だって藁の匂いに吠(ほ)えたりしないだろう。

「きゃっ、わらちゃん、あたしと一緒にいてくれるの？」

「もちろんだっぺ。おら、いつだって、お糸っぺと一緒だっぺ」

何て心強いのだろう。わらちゃんがいてくれるなら、百人力だ。

「わらちゃん、ありがとね。ほんとうに、ありがとね」

お糸は、もう一度、さっきより強くわらちゃんを抱き締めた。

「お糸っぺ。おら、お願いが一つ、あるっぺよ」

「お願い？　うん、言ってみてよ。あたしにできることなら、何でもやるわ」

「おら、顔を描いてほしいっぺ」

「顔……」

古いわらちゃんに顔を描いたのは、権太郎だ。描いたといっても、ただの〝へのへのもへじ〟で、描いたというにはあまりにおこがましい代物(しろもの)だった。でも、わらちゃんは喜んだ。長い年月、誰からも忘れ去られて、顔どころか名前さえなかったのだ。〝へのへのもへじ〟であろうと〝つる二ハ〇〇ムし〟であろうと、顔ができたことが嬉しくてたまらなかったようだ。健気なほど素直に喜び、幸せそうだった。

藁を全部入れ替えたので、権太郎の〝へのへのもへじ〟は、きれいに消えてしまった。お糸としては、消えてよかったと思っている。

「お糸っぺ。おら、新しい顔が欲しいっぺよ」

「あ、そうよね。じゃあ、明日、お屋敷の絵師にでも頼む？」

「そんな暇はないっぺよ。明日は、お糸っぺ、早食い試験に挑むっぺよ」

「早縫い試験だってば。早食いなら、あたしじゃなくて三嶋さまの出番でしょ。でも……そうか、確かにもう刻がないわね」

「だから、お糸っぺ、おらの顔、描いてくれっぺ」

お糸は小さく唸った。正直、絵心は無いに等しい。満月を描いたら饅頭だと言われ、屛風の虎を模してみたら、奇妙な怪物としか見えなかった。

しかし、今、躊躇っている暇はない。夜はすぐに明けてしまう。

「わかったわ。やってみる」

墨を摺りながら、わらちゃんに好みの顔を尋ねる。

「おら、ぱっちりした目がよかっぺな」

「ぱっちりした目、ね」

「鼻はどっちかというと高くて、ほっそりしてるのがいいかも」

「ぱっちり目に高い鼻ね。わかった、任せて」

筆の先を墨に浸し、お糸は気息を整えた。

「わらちゃん、行くわよ」

「おう。頼むっぺ」


その夜は、わらちゃんと一緒に眠った。あれほど冴えていた目が夜具に入ったとたん、ぴたりと閉じて、お糸はすぐに眠りに落ちた。

わらちゃん効果、おそるべし。

そして、わらちゃんは今も、お糸の懐の内にいてくれている。

気持ちが張り詰めながらも、自分を見失わず、これまでの稽古を信じて針を動かせたのは、わらちゃんのおかげがかなりある。

なんだかなぁ、みんなに助けられてるんだなぁ、あたし。

胸元をそっと押さえてみる。

「では、これより半刻（約一時間）の間、みなのもの、一休みなされよ。その後に次なる試験に進む者の名を読み上げることとする」

老女が告げる。座敷が一瞬、ざわついた。

「いよいよね」

「あぁ、どうしよう。だんだん自信がなくなってきた」

「こうなれば、運を天に任せるしかないわ」

「この間に、お昼をいただきましょう」

女たちのやりとりが耳に入ってくる。知り合い同士で試験を受けた者もいるのだろう。

お糸は、昼食のために用意された板の間に移った。

日当たりの良い一角で弁当の包みを広げる。

「あらま、すてき」

輪っぱに詰められた弁当は、台所方が心を込めて作ってくれたものだ。玉子焼き、捏ねと蓮根の煮物、焼き魚、漬物や茹でた人参が彩りよく詰められている。

こういうところでも支えられている。

お糸は台所方の女中一人一人の顔を思い浮かべ、手を合わせた。

カサッ。わらちゃんが動く。わらちゃんは藁人形だから、ものは食べない。でも、みんなが楽しく食べたり、しゃべったりしているのを見るのは大好きだ。わらちゃんに言わせると、

「みんなの楽しいのが、おらの楽しいになるっぺよ。みんなが笑ってると、おらも笑えるっぺ。だから、いつでもみんなが楽しくて笑っていられたら、おら幸せだっぺ」

なのだそうだ。この世の誰もがわらちゃんみたいな心になれば、諍（いさか）いなんて起きないんだろうなと、お糸は考える。

でも、現（うつつ）は厳しい。みんなの楽しいが自分の楽しいになると本音で言える者なんて、ほんの一握りだ。むしろ、誰かの楽しいや笑いや幸せを潰（つぶ）すことに血眼（ちまなこ）になっている。諍い、争い、喧嘩（けんか）、戦（いくさ）……。人は藁人形に劣るのだ。横入の領主六条但馬守宗次なんて、その最たるものではなかろうか。

まったく、何でもかんでも横取りしようなんて、どん底のアホか馬鹿の天辺（てっぺん）だわ。わらちゃんの爪（つめ）の垢（あか）を煎（せん）じて飲ませてやりたい。わらちゃん、爪、ないけど。

「これ、そなた」

不意に声をかけられた。微かな香（こう）の香り。

あの老女だ。白髪（しらが）の目立つ髪をきっちりと結い上げ、眼つきは鋭く、威厳さえ漂

う。確か、横入の江戸屋敷奥を束ねる上臈（じょうろう）……だと名乗った。つまり、鈴江の江戸屋敷における三嶋の役どころだ。

えっと、この方、何て御名だったかしら。なんだか美味（おい）しそうな感じの……。

「あ、はい。えっと、あ、おすしさま」

お糸は老女の足元に平伏（ひれふ）すように、深く頭を下げた。

「押路（おすじ）じゃ」

「はい？」

「おすしではない。押路じゃ」

「あ、あ、これは……ご、ご無礼をいたしました。お許しくださいませ」

ひええっ。あたし、またやっちゃった。万事休すです、珠子さまぁ。

ひたすら低頭し、詫（わ）びる。それしか、できることが思いつかない。

「もうよい。顔を上げよ。姿勢を正してみるがよい」

「え？　あ、はい。あの、このように……」

命じられた通り、居住まいを正す。

「そなた、名は何と申す。どこから参った」

「あ、は、はい。わたくしは糸と申します。本所深川は万年橋（まんねんばし）近くで縫子（ぬいこ）をしておりました」

　試験の前に渡した身上書の通りに告げる。真っ赤な嘘だけれど、「はい。鈴江三万石江戸屋敷から参りました。屋敷では、御正室珠子さまのお側近くに仕えております。あ、姫ぎみのお守りもやってます」なんて真実を語れるはずもない。

　押路は立ったまま、お糸に視線を走らせる。鋭い眼つきだ。

「そなた、ちと怪しいのう」

「えええっ、わ、わたくしめが、あ、怪しいと……」

　絶句してしまう。背中がうそ寒くなる。なのに、腋には汗が滲んできた。

やだ、まだ試験に通ってもいないのに、既に正体がばれてる？　間者になるどころじゃないわ。これじゃ悪戯一つ、できないじゃない。どうしよう、どうしよう、何とか誤魔化さなくちゃ。

「お、おすし、じゃない、押路さま、あの、わたくし怪しくなんてありません。まったくもってありません。わたくしが怪しいなら、昼寝している猫だって怪しいことになります。それくらい怪しくありませんので」

「いや、怪しい」

「ままっ、昼寝中の猫が怪しいと仰せですか。そんな……ご無礼を承知で言わせていただきますが、猫のことをあまりご存じないのではございませんか。そもそも猫というものは、たいそう愛らしく、聡明で……」

「懐に何を隠しておる」

「はい？」

「懐じゃ。妙に膨らんでおるし、時折、何かが動いておるように見受けられるが」

「え？　あ、はあ……」

「何を隠し持っておる。返答によっては許さぬぞ」

押路が語気を強める。お糸は、ほっと胸を撫で下ろしていた。

よかった。あたしの正体がばれたわけじゃなかったんだ。

「何を黙っておる。見せられぬ物を隠しておるのか。事と次第によっては、番方を呼ばねばならぬぞ」

押路が凄む。これくらいの凄みなど、お糸にとっては微風のようなものだ。何といっても常日頃、三嶋の鋭い眼光だの舌舐りだの、腹に響く吼え声だのに接しているのだ。鍛えられ方が違う。どれほど睨まれようが、脅されようが微風、微風。「あらあ、今日は良い風が吹いているわぁ」程度のものだ。

「いえいえ、隠しておるなど、とんでもございません。これは、ただの人形でございいます」

お糸はそっと、わらちゃんを取り出す。

わらちゃんはもちろん心得たもので、ぴくりとも動かなかった。

「ごらんくださいませ。本当にただの人形なのですが」

「ままっ、これは藁人形ではありませぬか。呪いのための人形。おぬし、よもや、この屋敷の誰かを呪うておるのではあるまいな」

えー、ちょっとちょっと。どうしたらそんなに、とんでもなく外れた思案ができるのよ。ほとんど言い掛かりじゃない。藁人形は呪いの人形なんて思いつきが、もはや旧過ぎ。いいとこ元禄、いえ貞享あたりまでしか通用しないんだから。

などと、言い返せるわけもなく、お糸は慌てる。

ここで、いくら違うと言い張っても、押路がすんなりと引っ込むとは考えられない。鈴江の江戸屋敷の自由闊達な気風に浸かって、ついつい失念していたが、武家ほど七面倒くさく、融通が利かず、頑固なものはない。一度、口にしたことは、それが間違っていようが見当外れであろうが、まるっきり頓珍漢であろうが、頑として変えようとしないのだ。変えることは恥、何がどうあろうと貫くのが正義と信じてやまない。

押路もそうである見込みは高い。とすれば、厄介だ。「不吉である」と断じられ、わらちゃんが始末されるかもしれない。

始末される？　どうやって？　例えば、例えば、火の中に投げ入れられて、燃やされて……。つまり火刑だ。

とんでもない。とんでもない。とんでもないわ。

お糸は身体を震わせた。押路は眉を顰め、口を曲げ、渋面のままお糸を睨んでいた。

「押路さま。どうか、ご容赦ください。これは、わたくしにとって大切な人形でございます。決して、決して、呪いなどとは関わりありませぬ」

身を乗り出し、必死に許しを乞う。その拍子にわらちゃんが手から滑り落ちた。押路の足元に転がる。

「まっ、これは」

押路の顔が引きつった。頬がぷるぷると震えている。

「これは、これは、何とも……ぷふっ」

袂で口元を押さえると、押路は横を向いた。抑えようとしても抑え切れない笑いが零れる。

「あら、やだ」

「きゃっ、おもしろい」

「あはははは、これは何ですの？」

何事かと周りで見物していた女たちが、わらちゃんを覗き込み一斉に笑い出した。

「え？　な、なんですか。何がそんなにおかしいのです？」

お糸は辺りを見回し、途方に暮れた心持ちになる。

「こんな、おもしろい顔の人形、初めて見たわね」

誰かの声がぶつかってきた。

おもしろい顔……。

わらちゃんは天井に顔を向けて、転がっていた。

お糸が描いた顔だ。丸い目が二つ。ちょっと左右の形が違って、右が垂れ目になってしまったが、ぱっちりはしている。睫毛も長いのを目の回りに付けたし、鼻もわらちゃんの注文通り、すっきり描いたつもりだ。口がちょっと大きくなり過ぎて、洞穴みたいに見えなくもないが、これはご愛嬌の内だろう。

まあまあの出来だと満足していたし、わらちゃんも喜んでくれた。めでたし、めでたし——のはずなのに、おもしろい顔？　みんな大笑い？

「いやいや、すまぬすまぬ」

押路が目尻の涙を拭きながら、謝ってきた。

「わたしの早とちりであったようだ。このような奇天烈な顔では人を呪うなど、とてもできまいのう。まことに、この顔では……」

ぷっ。押路がまた、噴き出す。

「あいすまなんだの、お糸」

押路は一度で、お糸の名を覚えたらしい。しかも、素直だ。自分の間違いをあっさり認め、素直に謝ってくれた。

「い、いえ、畏れ多いことに存じます」

お糸は恐縮して、また深く頭を下げた。

「お糸」

「はい」

「万年橋の近くで、縫子をしておると言うたな」

「はい」

「それで、これまで日々の糧を得ておったのか」

「は、はい」

「そうか。で、そちらが、そなたの弁当であるか」

押路は、輪っぱ弁当に向かって顎をしゃくった。

「さようでございます。あ、蓋も閉めず、はしたのうございました」

蓋を開けっ放しにしていたことを咎められたのかと思ったが、押路は何も言わなかった。香の香りと衣擦れの音を残し、去って行く。

ずくん。ずくん。ずくん。

老女の後ろ姿を見送りながら、鼓動が速くなる。どうしてかわからない。なんだか不安だ。試験の出来とはまったく別の不安だ。何に対してなのか、はっきりしないのに動悸がする。

何だろう、あたし、何かとんでもないしくじりをしてしまったのでは……。

お糸は唇を噛んだ。気持ちがずんと重くなる。この先、悪いことしか起こらないような気分になってきた。

転がったままの、わらちゃんを拾い上げる。

よくよく見ると、確かに変てこな顔かもしれない。目の形はちぐはぐだし、口は明らかに大き過ぎるし、鼻は鼻というより〝く〟の字にしか見えない。

「わらちゃん、ごめんね」

そっと、囁く。

「あたし、権太郎さまより絵が下手だったのね。みんなに笑われるような顔にしちゃって、ほんとにごめんなさい。絵心のある人に描き直してもらうからね」

「おら、この顔がええっぺ」

わらちゃんが囁き返す。

「お糸っぺが描いてくれた顔が一番だっぺ」

「わらちゃん」

何だか泣きそうになる。このまま、わらちゃんと一緒に走って、鈴江の江戸屋敷に帰りたくなる。今朝、別れたばかりなのに鈴江のみんなが懐かしくてたまらない。

「お糸っぺ。弁当、食べるっぺよ。食べたら元気が出るっぺ」

「うん。そうだね」

こんなところで、泣いてちゃ駄目だ。不安なんて吹き飛ばさなくちゃ。戦いは始まったばかり、ううん、始まってもいないんだもの。

お糸の本当の戦いは、間者として横入の江戸屋敷に潜り込めた、そのときから始まる。今はまだ序の口、戦いのとば口の、さらに手前に立っているに過ぎない。

「お糸っぺ、がんばっぺ」

「うん、がんばる」

お糸は、黒ゴマがふりかかったご飯を口いっぱいに頬張った。

「みなのもの、集まられませい」

お糸が弁当を食べ終わるのを待っていたかのように、押路の声が響いた。よく通る声だ。相当、喉を鍛えているのだろう。むろん、三嶋の咆哮には遠く及ばないが。

〝雑巾早縫い試験〟を勝ち抜いた十人の女は、張り詰めた表情で座敷に座った。

「これより、小袖早縫い試験に通った者の番号札と名前を読み上げる」

申し込みの際、おのおのが番号の記された木札を受け取っていた。お糸の札は〝二八〟だ。〝にゃ〟と読めないこともない。

にゃ、にゃ、にゃん。これは、とっても験がいい札よ。

自分に言い聞かせる。札を握り締める。

「まずは、六番。小石川、赤ゑ門店、お花」

「はい。きゃあ、やったわ」

お糸の斜め前に座った娘が、喜びの声を上げた。

「続いて一九番。本所相生一丁目、三平店、お光。二五番、浅草寺門前、おくり」

三人の名を告げた後、押路はさらに声を張り上げた。

「つぎ、八四番、亀戸中之郷村、おさち」

「え？　あ、あたしですか」

「八四番、返答をせよ」

「あ、はい。あ、ありがとうございます」

三十絡みのよく肥えた女が、頭を下げる。

お糸は目を閉じた。心身から力が抜けていく。

二五番から八四番まで、飛んじゃったわ。あたしの二八番を飛び越しちゃった。飛び過ぎよ。いくら何でも二五から八四まで飛ぶことないじゃない。こんなの、大井川を一跨ぎで渡れって言ってるようなものだわ。あぁ、違う違う。どうして大井川なんて出てくるの。まったくもって関わりないのに。

珠子さま、お許しください。糸は討ち死にいたしました。珠子さま……ううっ。

「次、二八番、万年橋袂、お糸」

ううっ、珠子さま、力及ばず……え？　今、あたし、呼ばれた？

お糸は小指を耳穴に突っ込んだ。

今の幻？　幻よね。八四から二八に戻ってくるはず、ないものね。

「二八番、返答せよ。いかがした」

二八。二と八。二十と八。にゃ、にゃ、にゃん。

「二八番。返答を」

「はいっ。はい、はい、はい。二八番、おります。ここです。ここにおります」

思わず腰を浮かし、両手を挙げていた。

「騒がしい。静かになされ」

押路に一喝され、お糸は身を縮めた。げんきんなもので、さっきまでずしりと伸し掛かっていた重みが消え、心身が軽く、楽になる。

やった。残った。珠子さま、やりました。

「この五名のみ、次の試験に進む。残りの者は退出。まことにご苦労でありました」

五人の女たちが、ある者はうなだれ、ある者はさばさばした表情で部屋を出て行く。

「はい、みなさま、お疲れさまでした。横入名物、黒豆饅頭の菓子折でございまーす。今日の思い出にお持ち帰りくださいませ」

戸口では、去って行く女たちに布袋が手渡されていた。饅頭の菓子折を手土産に渡すとは、なかなかの気遣いだ。

そのとき、一人の女中が進み出て、押路に耳打ちをした。押路の眉が僅かに持ち上がった。一瞬だが、戸惑いの色が面を過ったようだ。一瞬だから、確とはわからない。

押路はすぐに何の情も読み取れない顔つきになり、告げる。

「では、お花、お光、おくり、おさち、お糸の五名、前に出ませい」

お糸はおくりとおさちに挟まれる恰好で、押路の前に正座する。

「そなたたちは見事、ここまで試験を勝ち抜いてきた、お針の強者である」

お針の強者？　このあたしが。

ついこの前まで、小袖一枚縫うのがやっとだった。さらにその前は、まっすぐに縫うことさえできなかった。そんなあたしが、お針の強者と称された。

すごくない？　すごいよね。すごいわ、あたし。

背筋が伸びる。お腹の底から気力が湧いてくる。自分が誇らしい。

カサッ。懐で、わらちゃんが微かに動いた。

あ、うん。大丈夫、忘れてないよ、わらちゃん。

自分の役目を忘れてはいない。

でも、ちょっとだけ、いい気分になっても罰は当たらないよね？

「ここにまもなく、松子の方さまがお出ましになる」

ひっ。お糸の両隣で、おくりとおさちが息を詰まらせた。一国の領主の妹、しかも大奥で御側室まで上った女人だ。町方の女が見えるなどあり得ない。影さえ踏むことのできない相手なのだ。武家と町人には、それだけの開きがある。身分の差というものだ。

もっとも、お糸は鈴江の江戸屋敷に勤め始めてから、その差をほとんど感じることなく過ごしてきた。珠子は簾の向こうに隠れることもなく、毎日、一緒におしゃべりをして、おやつを食べる。言いたいことを言い合い、笑ったり、すねたり、文句を言ったり、励まし合ったりしている。

人と人との繋がりの前には、身分など何程のものにもならない。もちろん、人と猫の繋がりの前ではさらに無意味だ。

それに、以前、珠子から告げられた。「武士の世って、あんまり長続きしないんじゃない」と。

軽い口調だったがお糸の心に響いた。

お糸は本所深川随一と称される大店の娘だ。商人の勢いがどれほどのものか、身を以(もっ)て知っている。品物が動き、金が動き、商いが回る。人が動き、世の中が動き、新しいものが生まれてくる。商いだけではない。職人たち、農民や漁師たち。この世を支え、作り上げている人々の底力を日々、肌に感じて生きてきた。

武家はその人たちが柱となった舞台の上で、ふんぞり返っているに過ぎない。そんな仕組みが、永久に続くはずがない。珠子の言う通りだ。

決して口にはしないけれど、心の内にうずくまっている思案だ。

では、武家の世が崩れたら、どうなる？　何がどんな風に変わり、何が残り、何が崩れ、何が現れる？　まったく思い至らない。

権太郎さまに、お尋ねしてみようかしら。

時折、そんな風に考えたりもする。何といっても、六千年も生きている〝ちょいふし一族〟の長(おさ)だ。未来を見通すこともできるのでは……。いつも、そこまで考えて、かぶりを振る。

いや、それはない、ない。

権太郎は横から見ても、上から見ても、足の裏側から見ても、今が楽しければ、それでよしという性質(たち)だ。過去を振り返るのも、未来を読み取ろうとするのも、「あ、そんなの無駄、無理、意味がありませーん。お糸、大切なのは今よ。なぁう、なぁ

う、なぁう、じゃ」なんて、笑ってお終いにするに決まっている。

今は大切だ。でも、今を大切にするために過去を振り返り、未来に心を馳せる。そういう一時も入り用なはずと思いはするけれど、権太郎の呵々大笑する顔を見ているとついつい楽しくなって、まっいいかという気持ちになってしまうのだ。

おそるべし、権太郎の呵々大笑。

そういうことで、お糸としては、どんな貴人であっても高位の方であっても怯む気にはなれない。人は人だ。自分と寸分変わらぬ人だ。恐れるものなど何もない。

何てったって、あたしは猫の姫さまに仕えてるんだからね。人なんて、まったくもって普通よ。狐うどんに油揚げが入っているぐらい、とろろご飯にとろろがかかっているぐらい、穴子の天婦羅がめちゃくちゃ美味しいぐらい、普通よ。

「松子の方さまのお出ましじゃ。頭が高い。控えよ」

またもや、押路に一喝される。

お糸は額が畳に擦れるほど頭を低くした。

衣擦れの音、香の香り……。香りはあまり甘ったるくない。清々として爽やかだ。大輪の花ではなく、青々とした雑木林の中に漂う香り、だろうか。

「よいよい。畏まることはない。面を上げよ」

きびきびとして乾いた声がした。香りに、よく似合っている。

お糸はゆっくりと、顔を上げた。

あら、普通。でも、素敵かも。

それが、松子の方に感じた、お糸の素直な気持ちだった。

ふっくらした頬に艶のある髪、潤んだような双眸も美しい。確かに佳人だった。けれど、ごく普通の佳人だ。こんな言い方は失礼ではあるが、江戸の町を一日歩き回れば、何人かは出会う、それくらいの佳人だ。心を惑わすような妖艶さも、目を奪う美しさもない。突然、ひょっこりと現れる耳も尻尾もない。あ、いや、それは、なくて当たり前だ。

それに……妙に疲れて見える。

珠子もとびっきりの佳人ではない。どちらかというと、猫顔（これも当たり前だが）で可愛らしい。でも、心を惹き付けられるのは、身に纏う生き生きとした気があるからだ。珠子といると、全てが輝いて、楽しくて、この世は生きるに値すると信じられた。自分は明日も堂々と生きていけると胸を張れた。

その生気が松子の方には、ない。どこか悲しげでさえ、あった。

公方さまに寵愛され、松子の方さまと呼ばれるまでになった女人にしては、あまりに萎れている。権太郎によれば、兄の意のままに大奥に入れられはしたが、松子の方は我が身を嘆くでなく、逞しく生きているはずなのだが。

お糸は心の内で首を傾げる。どうにも、しっくりこない。

そのとき、もう一人、女人が入ってきた。松子の方からやや離れた、座敷の隅に座る。おそらく、侍女の一人だろう。

そちらに目をやり、お糸は叫びそうになった。

えええっ、そ、そんなこと、ある⁉

必死に叫びを呑み下す。心の臓がまた、激しく鼓動を刻み始めた。

た、珠子さまーっ。大変ですーっ。

声に出さず、声に出せず、無言で珠子に向かって叫ぶ。

珠子さまーっ。

珠子は読んでいた書物から、顔を上げた。

書を広げてはいたが、目で字面を追うだけで、中身はほとんど頭に入ってこない。

お糸ちゃん。どうしているだろう。

思いを馳せる。そろそろ、〝小袖早縫い試験〟が終わるころだ。終われば、権太郎から何らかの報せ（しら）が入るはずだが、今のところ文（ふみ）は届いていない。

だでぃー、どうして報せてくれないの。まだ、試験が終わっていないわけ？　いえ、もう昼九つ（正午頃）を過ぎたはず。こんなに遅くなるわけがないし……。

「いかがされました」

三嶋が問うてくる。問うておきながら、自分で答える。

「お糸が気になり、書を読むどころではありませぬな」

「ええ。落ち着かないわねえ。三嶋、だでぃーからの矢文はまだよね」

「まだでございます。権太郎さまのことですから、ありきたりな報せ方はなさらぬでしょう」

「そうねえ。今度は飾り羽根じゃなくて、鮪（まぐろ）の頭（かしら）ぐらい飛んでくるかもねえ」

「鮪の頭」

三嶋がじゅるっと舌舐りの音を立てた。隅に控えていたおかかとおさけも、口元を押さえる。二人とも鮪は好物なのだ。

「それは、ようございますなあ。捕り立ての鮪の頭は、たいそう美味しゅうございますね。生で齧（かじ）れば、それはもう珍味、美味。鯛（たい）の頭や海鼠（なまこ）の頭など、足元にも及ばぬ味でございます」

「海鼠の頭って、どこにあるのよ。三嶋、少しは食べ物から離れてちょうだい」

珠子は立ち上がり、廊下に出た。

空が明るい。美しく晴れ上がって、眩(まばゆ)いほどだ。天の光は地の風景をも輝かせ、煌(きら)めかせる。こんな天を、地を眺めていると、この世には憂(うれ)いも苦しみも残酷も悲嘆もないような、暗く禍々(まがまが)しいものなど何一つないような気がしてくる。

むろん、幻だ。心が光に眩(くら)まされているに過ぎない。

この世は惨(むご)い。たくさんの戦を見てきた。殺される者も殺す者も見てきた。猫に比べて人はなぜこんなにも浅はかで、惨く、愚(おろ)かなのだと呆(あき)れ果て、悲しんだ覚えもある。でも、だからこそ、己(おのれ)の思案を頼りとして一歩一歩進んでいく者に、自分も他人も尊(たつと)びながら生きていく者に、他者のために必死になれる者に、出逢(であ)えたときの喜びは大きい。

胸が震える。

珠子にとって、それが長義であり、お糸だった。

長義がいる限り、お糸がいてくれる限り、大丈夫だ。

大丈夫。あたしは人を本気で信じていける。長義さま、お糸ちゃん、ありがとう。

地を照らす光のような二人に、心内で礼を伝える。そして、どうか無事でと祈る。

長義は公儀に目を付けられているらしいし、お糸はまさに敵陣の真っただ中だ。祈るだけじゃない。長義さまもお糸ちゃんも、あたしが守るの。あたしはあたしの大切な人たちを誰にも奪わせない。

珠子は大きく息を吸い込み、吐き出した。

「三嶋」

「ははっ」

「父上からの報せが遅過ぎる。誰か人をつかわせ、横入の屋敷を見てまいれ」

「ははっ」

「外から様子を探るだけでよい。少しでも異変があれば報せよと、きゃっ」

思わず悲鳴を上げていた。黒い塊が突然、飛んできたのだ。それは、どんっと鈍い音をたてて、廊下に落ちた。おかかは驚いて尻もちをつき、おさけは身を縮める。

「まあ、これは」

「おおっ、これは」

三嶋の両眼がぎらついた。大きな鮪の頭だ。それが珠子の足元に転がっている。

「な、なんと美味そうな。脂ののった上等の頭でございますぞ。むふふ、いただきまする」

「あ、三嶋さま。できれば、わたしにも一口」

「わたしも一口、ご相伴にあずかりとうございます」

にじり寄ってくる三嶋と、おかかとおさけを、珠子は身振りで制した。

「だめよ、三嶋。おかかもおさけも駄目。毒入りかもしれなくて……いえ、毒は入ってないわね。これは……だでぃー？」

とたん鮪の頭が起き上がった。口を上に向けて、少し左右に揺れる。

「当たりぃ。さすが、我が娘、よくぞ見破った。べりぃぐっどぉじゃ」

「見破るもなにも、こんなアホなこと、だでぃーしかしないし、できないでしょ」

鮪の口がぱくぱく動く。ちょっと不気味だ。

「むふふ、そうなの、そうなの。こんな芸当、わししかできないよねえ。いやあ、そんなに褒めなくともいいぞ。ふふ、なに？　改めて、父を敬いたくなった？　むふふ、そうだろう、そうだろう。そうだろうとも桃太郎さん、金太郎さん」

「なに訳のわからないこと言ってるの。ほんとにもう馬鹿馬鹿しい。なんで、こんな大きな鮪の頭なんか投げてくるのよ。こんなものより、お糸ちゃんはどうなったの」

「それをこれから、報告いたしまーす。しかも現場から、刻々と変わる様子を生でお伝えいたしますので、乞うご期待。いやあ、この鮪のお報せ道具、わしは、れぃでおぅと呼ぶつもりだが、いかがかな。むふふ、わしが実に二百四十年の年月を費やし、作り上げた道具じゃ。畏れ入ったじゃろう。まったく、わしって天才で」

「肝心なことだけしゃべりなさい」

鮪の頭に向かって怒鳴る。鮪の頭はぴょんと飛び上がると、そのまま、座敷の中に転がり込んだ。よくできているが、作り物らしい。腥さがまったくないのだ。三嶋が「ちっ」と舌打ちした。

「だでぃー、お糸ちゃんはどうなってるの？　さっさと教えないと、母さんに言い付けて――」

「わかった、わかった。えっと、わたくしだでぃーこと権太郎は、ただいま横入の江戸屋敷内の松の木に登っております。日当たりが良くて、気持ちええわぁ。ここから、試験場である座敷が見えております。今まさに、〝小袖早縫い試験〟を通りし者が告げられておりまーす。まずは六番。おっと、六番だ。六番、お花ちゃん。お見事お見事。まずは一番乗りであります」

「お糸ちゃんは？　お糸ちゃんは何番なの」

「お糸は二八番じゃ。さて、次は……一九、二五と次々決まっていく。そして、おお、八四番まで一気に飛んだ。これは、痛い。お糸、まさに風前の灯火。二八番を飛び越えていきましたぁ」

「ああ」と、おかかが両手で顔を覆った。おさけも俯く。

「おっと、ここで、ここで、もう一人……最後の一人が告げられます。おおっ、二八番です。二八番が告げられましたぁ。まさに、神の助けか仏の情けか。お糸、見事に勝ち残りましたぁぁぁぁ」

「きゃあっ」

珠子は叫び、三嶋に抱きついた。おかかとおさけも抱き合っている。おかかは半泣きになっていた。珠子も目の奥が熱くなる。

「お糸、ようやった！　鮪の頭が食いたい」

「三嶋、鮪の頭はいったん忘れて。きゃあ、きゃあ、お糸ちゃん、すごい、すごい」

「敗れた五人の女人が去って行きます。お糸ちゃん、あなた、信じられないほどすごい人よ。ほんと、すごいわ。お糸ちゃん、あなた、信じられないほどすごい人よ。

「敗れた五人の女人が去って行きます。敗れたとはいえ、すばらしい戦いを我らに見せてくれました。天晴れであります。おお、なんと横入は土産まで用意しております。これは、ここまで戦い抜いた者たちへの餞でしょうか。敵ながら、なかなかの気遣い。これは、黒豆饅頭か。しかも、中身はかの黒豆饅頭とのこと」

「黒豆饅頭か。あれも、なかなかに美味い」

三嶋が唾を呑み込んだ。

「さてさて、いよいよ、三度目の戦い。〝打掛早縫い試験〟に入ります。残った五人の中で、誰が真の勝者になるのか、まったく見通せません」

「お糸どの、がんばって」

おかかが両手を合わせる。

「おっとここで意外なことが……なんと、なんと、松子の方が現れました。突然の乱入、いや、乱入ではない、しずしずと入ってまいりました。みんな、一斉に頭を下げるぅ。これは、お糸たちにとって思ってもいなかった成り行きでありましょう。さてさて、このことがお糸にとって吉と出るか凶と出るか」

「まあ、松子の方がわざわざ？　何事かしら」

「わかりませぬな。だいたい、権太郎さまのおっしゃることは正しいのですか？　わたしは、いまいち、信用できかねますが」

鮪の頭が揺れて、えらが横に開いた。

「三嶋、無礼なことを言うでない。わしは、見たまま聞いたままを報せておるのだ」

「さようでございますか。それなら、けっこうでございます。でも、権太郎さまは今、猫の姿をしておられるのでしょう？　あまりしゃべり過ぎると、松の枝から落っこちますぞ。昔から木登りがお下手でしたゆえ」

「馬鹿者。わしは木登りが得意中の得意で……うん？　ちょっと待て。松子の方の後から、もう一人、誰かが入ってまいりました。さて、この者は誰でしょうか。試験と何か関わりがあるのかないのか……ええっ、えーっ」

権太郎が絶句する。

「え？　だでぃー、どうしたの。何があったの？　誰が入ってきたのよ？　だでぃー？　だでぃーったら」

鮪の頭は何も答えなかった。静まり返った部屋の中で、珠子は空ろな鮪の目を見詰めていた。

その六　トラ、トラ、トラ、だいたいネコ

「お糸っぺ、お糸っぺ、どうしたっぺ？」

懐からわらちゃんが囁く。

お糸は返事ができない。一瞬だが頭の中が真っ白になったのだ。その後、妙な汗が全身に滲んできた。

た、珠子さま。これは、まさに一大事です。一大事過ぎて、どうしていいかわかりません。珠子さま、どうすればよろしいでしょうか。珠子さまーっ。

「お糸っぺ！」

わらちゃんがガソゴソと動く。

「心の臓がえらく速いっぺよ。大丈夫っぺか。いったいどうしたっぺ。お糸っぺ？どこを見とるんで……ひえっ」

襟（えり）の間から顔を覗かせたわらちゃんが悲鳴を上げた。

「こ、こ、こりゃ、たまげた。どうして、ここに狐どんがいるっぺよ」

そうなのだ。まさに、おったまげとしか言えないのだ。後ろ向きに三回でんぐり返りをしたよりも、ずっと頭がくらくらする。それくらいの衝撃だった。

艶耶子御前がどうしてここにいるの。

横入十万石領主六条但馬守宗次の妹にして、千代田城大奥の御側室さまである松子の方。その後ろに控えているのは、間違いなくあの艶耶子だ。

妖し狐の眷族の姫である。姫というには些か薹が立っている気もするが、かの白面金毛九尾の狐の化身とする美女、玉藻前に優るとも劣らぬほどの美貌を誇っている。もっとも、「玉藻前より百倍美しいと噂されている」と言い放ったのは、艶耶子自身なので真偽のほどは定かではない。

艶耶子は確かに佳人ではある。その名の通り艶っぽい。しかし、お糸としては、「いやぁ、幾らなんでも、それは言い過ぎでしょ」という気持ちだ。浄瑠璃や歌舞伎でおなじみの玉藻前の百倍というのは、あまりに大言壮語ではないか。まあ、三嶋によれば、「ああいう法螺に近い高慢な物言いをするのは、狐族の習いよ。そういうところが、あさましいのじゃ」ということらしい。

もっとも、今日の艶耶子は地味だ。

初めて見えたときの、ギラギラした感じはない。派手さも情の昂ぶりも影を潜め、ひたすらおとなしく、地味に控えている。身につけている小袖と打掛も薄鼠色と茄子紺色で、いたって地味と言うしかないほど、地味だ。化粧も薄く、しかも遠慮がちに目を伏せている。

これでは、四方八方、東西南北、あちこちどこから眺めても、地味で控え目な侍女にしか見えない。本来の艶耶子とは天地ほどの隔たりがある。

「お糸っぺ、ありゃあ狐どんが上手く化けとるってことだっぺか」

「うーん、なんだろう。化けてるといえば化けてるんだろうけど、何かに変化してるってわけじゃないわよね。艶耶子御前のままなんだから」

「ほにゃ、確かにそうだっぺな。それにしても、まあ、上手いこと化けてるっぺよ。あの狐どんが、おとなしく見えるもんなあ。げに恐ろしきは女人の化粧だっぺ」

「そうねえ。化粧だけじゃなく、立ち居振る舞いも相当抑えてるわね。さっきから、ずっと下を向いたままだもの」

わらちゃんと話していると、落ち着きが戻ってきた。鼓動も元に戻り、楽に息ができる。わらちゃんの効き目は、さすがにすごい。今日、一緒に来てくれて本当によかった。胸元から取り出して、きゅっと抱き締めたいけれど、そんな悠長な真似ができるはずもない。

「下を向いてるのは、お糸っぺと目を合わせたくないからじゃなかっぺ?」

「それなら、ここに入っては来ないでしょ。それとも、あたしがいるって知らなかった?」

いや、それはない。

お糸は胸の内でかぶりを振った。

松子の方の後ろから艶耶子が入ってきたとき、お糸は危うく悲鳴を上げそうになったのだ。仰け反るほど驚いたし、とっさに「た、珠子さまーっ、大変ですーっ」と叫びたくもなった。それらを何とか抑え切った自分を褒めてやりたい。

後で、自分へのご褒美にあんみつを三杯、食べて帰ろう。黄粉餅も一緒に食べよう。いや、いやいや、今はあんみつも黄粉餅もどうだっていいの。だいたい、さっき、お弁当を食べたばっかりなのに、食べ過ぎよ、糸。

自分を褒める前に叱りつけ、お糸は指を握り込んだ。

お糸は驚いた。でも、艶耶子は平然としていたではないか。今も何食わぬ顔で座っている。

知っていたのだ。

ここにお糸がいることを知っていた。さらに言うなら、お糸が御物師の試験を受けていることも、さらにさらに言うなら、間者の役割を担うために来たことも知っているのではないか。この落ち着き払った姿からは、そうとしか思えない。

だとしたら、厄介だ。かなり、厄介だ。

「けど、どうして狐どんがいるっぺ？　やっぱ、そこんとこが不思議だっぺな」

「……ええ、そうね」

確かにそうだ。驚くより、叫ぶより、考えねばならない。

妖し狐の眷族の姫、艶耶子御前がなぜ横入の江戸屋敷にいるのか。それも、「旅の途中でちょっと寄りましたぁ」とか「ご機嫌伺いに顔を出しちゃいました。みなさん、お元気～？」とかいう様子ではない。明らかに、松子の方の侍女として振る舞っている。

えっ、ちょっと待って。

お糸は生唾を呑み込んだ。

「よもや、妖し狐の眷族と横入が手を組んだなんてことは……ないわよね」

ないだろうか。いや、十分にあり得る。

艶耶子は鈴江の地を欲しがっていた。自分たちのものとするために、〝ちょいふし一族〟の猫たちを追い出そうと、卑劣な企てをした。その企ては見破られ、艶耶子は三嶋との壮絶な死闘の末、敗れたのだ。そして、けちょんけちょんのよれよれのぼろぼろになって、姿を消した。消える寸前に、「この借りはいずれ返してやる。楽しみに待ってな」云々と捨て台詞を残したのだから、性根の歪み方は半端ない。

「わらちゃん、あたしたち、もしかして窮地に追い込まれてるかも」

「へ？　なんでだっぺ？」

「なんでって、艶耶子御前はあたしの正体を知っているのよ。しかも、横入に入り込んでるじゃない。つまり、あたしたちの敵ってことでしょ。まあ、前から味方じゃなかったけど。でも、横入に肩入れして、あたしの正体をばらすに決まってる」

「えー、そうだっぺかなぁ」

わらちゃんの物言いは、やけにのんびりしている。

「そうに決まってるでしょ。わらちゃん、暢気過ぎるって。艶耶子御前と横入が組んだらどうなるのか考えてみて。鈴江三万石、絶体絶命じゃないの」

あたしも絶体絶命だわ。ここで正体をばらされたら、逃げようがない。

お糸はちらりと部屋の戸口を窺った。

青海波文様の襖がぴたりと閉まり、その前に奥女中が二人、畏まっている。

襖の向こう、廊下側はどうなっている？　もしかしたら、刀を手にした武士が控えているなんてことも、十分あり得るじゃない。うー、どうしよう。ここで捕まるわけにはいかない。あたしが捕まれば、珠子さまにどんな災いがふりかかるか……。

「二八番、お糸」

あぁ、どうしよう。どうする。考えなくちゃ、考えなくちゃ……。

「二八番、お糸、返事をせよ」

「えっ？　あ、は、はい。はい。はい」

「返事は一度でよい」

「はい」

押路が目を剝いて、睨みつけてくる。お糸は身体を強張らせた。

既に正体はばれちゃってるのかも。どうしよう、どうしよう、どうしよう。せめて、わらちゃんだけでも逃がさなきゃ。

「さっきから、何をごそごそしておる。そなた、こちらの話を聞いておるのか」

「はい？」

「畏れ多くも、松子の方さまの御前であるぞ。それを、ごそごそそわそわと落ち着きのない様子。身の程知らずの無礼者めが。下がるがよい。そのまま、帰りや」

え？　帰っていいの？　無事にここから出て行けるの？　やったー、ばんざーい。

じゃあ、荷物を纏めて失礼します。みなさん、ごきげんよう。

いや、違うって。それじゃ駄目でしょ。何のためにここに来たのか。思い出すのよ、糸。ああ、自分で自分にツッコミ入れるのって、疲れる。でも、疲れてる場合じゃないの。

「もっ、申し訳ございません」

お糸はその場に平伏した。

「松子の方さまのご尊顔を拝し奉り、我を忘れてしまいました。何とぞ、お許しください」

「いや、あいならん。そなたの無礼な振る舞い、捨ておくわけにはいかぬ」

「そこを何とか、ご寛恕くださいませ。何とぞ」

「ならぬ、ならぬ。そなたの振る舞い、何かと目に付いて」

「よいではないか、押路」

きびきびとして乾いた声が、老女の叱咤を遮った。

「よう考えてみやれ。この者は何の粗相もしておらぬ。そのように、責め立てずともよい」

その声は続けて、お糸の名を呼んだ。

「お糸、と申したな、苦しゅうない。面を上げよ」

「は、はい」

お糸はおそるおそる顔を上げる。

松子の方と目が合った。やはり、疲れて見える。寄る辺ない孤児のようだと、お糸は思った。そして、察した。

このお方は幸せではないのだわ。

——と。頭ではなく心に引っ掛かったのだ。

栄華の極みまで上り詰めた女人は満たされた風もなく、幸せに輝いてもいない。暗く沈んで、この世の儚さに涙しているようにさえ、お糸の目には映るのだ。

ふと、視線を感じた。

お糸は眸だけを横に動かす。今度は、艶耶子と目が合った。

な、なによ。あたしを脅すつもり？　いいわ、受けて立とうじゃないの。あたしは、あんたたちみたいな悪人（狐）には負けないんだから。負けないけど……捕まるかも。いいえ、思いっきり暴れて、逃げ切ってやる。あ、でも逃げたら間者になれないし……え？

艶耶子が自分の口元に指を一本、立てた。

なに？　指を見せびらかしてるの？　はいはい、お手入れは行き届いてますね。よろしいことで。え？　そうじゃないの？

「狐どん、内緒って言ってるっぺな」

「え？　内緒？」

「そうだっぺ。あれは、ナイショ、ナイショ、ナイショにしましょ。あなたとわたしのナイショですぅ。仲良しこよしのナイショですぅ。ツン、テン、シャンってやつだっぺよ」

「それ端唄なの？　え、でも、ほんとに？」

艶耶子は僅かに頷くと、指を下ろし、また顔を伏せた。

「そなたの胸元から藁のような物が覗いておるが、それは何じゃ？」

松子の方の声に、お糸は視線を戻した。黒目をあちこちさせ過ぎて、目尻が痛い。

「あ、はい。こ、これは、わたしのお守りで、その、ただの藁人形でございます」

「なんと、藁人形がお守りになるのか？」

「はい、あの、そ、そうなのです。手作りというところがミソでして。ですので、えっと……何と申しましょうか。はい、まぁ、ただの藁人形でございます。決して、しゃべったり、歌ったりするわけではございません」

「どんな人形なのじゃ。見せてたもれ」

「へ？　あ、でも、そんな、お見せするようなものではございませんが」

「お糸。お方さまが所望しておられるのじゃ。口答えは許さぬぞ」

押路が声を張り上げる。お糸はちょっと腹が立った。

何なのよ。さっきから、ふんぞり返っちゃって。威張って大声出したら何でもかんでも事が進むって勘違いしてない？　そんなんじゃ、やたら威張り癖の付いた男と同じじゃない。

――と、捲し立てられたら、ずい分とすっきりするだろう。が、今は我慢だ。

「お糸、近う寄れ」

松子の方に促され、お糸はわらちゃんを両手で掲げ、差し出した。

「まっ、これは、何と」

寸の間絶句した松子の方は、その後、くすくすと笑い出した。

「何と、何と、おもしろい顔じゃのう」

「はあ、先刻、押路さまにも言われましたが、そんなにおもしろうございますか？　わたくしは、凛々しく描けたつもりでおったのですが」

「これは……そなたが描いたのか……」

松子の方の肩が震える。声音もわなないている。

「さようでございますが。わたくしとしましては、歌舞伎役者もかくやと思えるほどの美形に描いたと思うておったのです。でもよく見ると、やはり、へんてこなのでしようか」

ぶふっ。松子の方は袂で顔を覆った。

「おもしろい……これは、おかしくて……あはははは、あはははは」

軽やかな笑い声が響く。ぽんぽん弾むような、楽しげな笑声だ。

これが、この方の本来の気質なのだわ。

ちらりと横を窺うと、艶耶子は笑う松子の方をじっと見詰めていた。

「ああ、笑うた、笑うた。このように気持ちよく笑えたのは、久方振りじゃ。お糸、礼を申す」

「畏れ多いことにございます」

「この人形はそなたのお守りと申したな」

「はい。大切なお守りであり、友だちでもございます」

「さようか。では、所望しても無駄であるな。では、いつか、わたしにも同じものを作ってはくれまいかのう」

　まさか、ここで藁人形を望まれるとは思ってもいなかった。

「か、畏まりました。わたくしでよろしければ、お作りいたします」

　平伏する。松子の方は「楽しみじゃ」と答えた。その声はもう、弾んではいなかった。

　松子の方から直（じか）に、わらちゃんが返される。

「楽しませてもろうた。礼を申す」

　謝意の一言まで添えられた。無理やり、わらちゃんを手に入れようとはせず、直に礼を述べる。松子の方と珠子は似ている。相手を見下さないし、威厳は保ちながら決して横暴に流れない。似ている。似ている。でも珠子に松子の方の翳（かげ）りはない。珠子が陽光の下で花弁を開いた花なら、松子の方は光を避けるように陰に育つ裏白（うらじろ）のようだ。むろん、花も羊歯（しだ）の葉もそれぞれに美しいのだが。

「では、みなのもの。励みや」

　励ましの言葉と衣擦（きぬず）れの音を残し、松子の方は出て行った。しかし、なぜか艶耶子は残っている。しかも押路と頷き合ったりしている。

　なに、この二人。正確には一人と一匹かもしれないけど……って、そんなことはどうでもいいの。ともかく、この二人は仲良しなわけ？　まさかね。どっちも、友だちとかできる人（狐）柄じゃないと思うけど……。

お糸は上目遣いに、押路と艶耶子を眺める。

艶耶子が手を鳴らした。襖が開き、奥女中たちがぞろぞろ入ってくる。一人一人が反物を両手で掲げていた。衣桁が次々と運び込まれ、そこに反物が掛けられる。どれもきらびやかな上質のものだった。

「よろしいか。これから、〝打掛早縫い試験〟に移る」

座敷の気配がみるみる引き締まっていく。中には鉢巻きを締め、袖を括り始めた者もいる。

「そなたたちは、畏れ多くも松子の方さまのお姿を拝した。ここにある反物の内より、松子の方さまに最も相応しいと思われる一反を選び、打掛を拵えよ。季節については小袖の色、柄についても一切、考えずともよい。ただし、一つとして同じ文様の反物はない。そして日が沈むまでに縫い上げねばならぬ。あいわかったな、何か問いたい者はおるか」

お糸を含め五人の女たちは何も言わなかった。気配は引き締まるを通り越して、尖っている。白刃の上に座しているような気分だ。

「では、よいな。始めよ」

押路が右手を横に振った。

お糸はわらちゃんを襟の中に押し込み、衣桁に掛けられた反物を一つ一つ見て回る。吟味する間はあまりない。もう日は中空を過ぎているのだ。日の入りまであと何刻だろうか。

ずらりと並べられた反物の中から松子の方に相応しい一つを選び出し、打掛にする。しかも、同じ反物がないとなれば、一刻でも早く選び出さねばならない。針の腕だけでなく、反物と人を似合わせる力も問われているわけだ。

あの方に似合う一枚とは……どれ？

「これだわ」

お糸の後ろで小さな声がした。六番のお花だ。青紫の地に鶴の群れが縫箔してある一反を抱えていた。暮れなずむ空を行く鶴たち。なるほど、高貴な女人に相応しい。

二五番のおくり、八四番のおさちも選び取ったらしく、自分の座に座り、道具を広げ始めた。おくりは牡丹と流水、おさちは藤と日輪の反物を手にしていた。一九番のお光も春夏秋冬の風景を縫い取った一反を選んだ。どれも華やかだ。

焦るな焦るな、焦っちゃ駄目。心を落ち着けて選ぶの。

お糸は呉服屋の娘だ。生まれたときから、色とりどりの反物に囲まれて育った。身につける小袖や帯で、女人の見場（みば）ががらりと変わることを知っている。

「まあ、わたしって、こんな色が似合うのねえ」

「派手かと思ったけれど、こんなに引き立つなんて嬉しいですよ」

「別人になった気がするねえ。こんな洒落（しゃれ）文様を着こなせるなんて嬉しいよ」

たくさんの客たちのたくさんの喜びの声も知っている。

あの方が映（は）える一枚、あの方が身につけたとき心躍（おど）る一枚……どこにあるだろう。

足が止まった。隅の衣桁に掛けられた反物が目に留まる。

深い緑色をしている。深山（みやま）の色だと感じた。重なり合った木々の葉や苔（こけ）や羊歯が緑の濃淡で表され、目を凝（こ）らすと、白い翅（はね）の蝶（ちょう）や紅（べに）色の天道虫（てんとうむし）が緑の間で遊んでいる。

あった、これだ。

迷いはなかった。お糸がその反物に手を伸ばすと、わらちゃんがカサコソと音を立てた。

「うん、おらもそれがええと思うっぺ」

「ほんとに？　わらちゃんがそう言ってくれると安心できる」

「間違いないっぺ。あの人、森の匂いがしたっぺ。草や木や葉っぱの匂いがしたっぺよ」

森の匂い。そう、花やお香じゃなくて、森の匂いなんだ。

「うん。わらちゃん、ありがとう」

反物を抱え、お糸は座に戻る。

さあ、ここからが勝負だ。

挑む気持ちが湧き上がってくる。さっき、一時でも逃げ出そうとした自分を払い落とすようにかぶりを振り、お糸は反物を広げた。

「逃げ出したですって？」

珠子は喉に引っ掛かりそうになる声を何とか押し出した。

喉の奥が鈍く疼いた。

鈴江三万石江戸屋敷。その奥にある珠子の部屋は、いつものほんわかとした気配からは程遠い、まるで風巻が吹き荒れるような騒ぎになっていた。人々が右往左往しているわけでも、家具がひっくり返ったわけでもない。見た目はいつも通りの正室のための座敷だ。しかし、珠子の心の中は激しく騒ぎ、揺れ動いていた。

三嶋もおかかもおさけも、叫びたいのを必死にこらえている。顔色は不気味なほど青い。

「逃げ出したなどと人聞きの悪いことを言うでない」

権太郎が頬を膨らませた。そこには先っぽが跳ねあがった奇妙な口髭がついている。しかも、きんきらきんの金色だ。

その髭を指先でしごきながら、権太郎は息を吐き出した。

「逃げ出したのではないわい。機に臨み変に応ず。つまり臨機応変に動いたわけよ。読みの鋭さと素早い動き。これこそが、乱世を生き抜く術というものではないか」

「今は太平の世。乱世ではござりませぬなあ」

三嶋が、髭の手入れに余念のない権太郎を横目で睨む。

「もっとも権太郎さまのお頭の中は、いつも乱世のようでございますが」

「三嶋、そりゃどういう意味じゃ」

「だでぃーの頭の中なんて、どうでもいいの」

たまらず声を荒らげてしまった。許されるなら地団太を踏んで叫びたい。いや、今すぐにでも横入の江戸屋敷に乗り込んで、お糸を救い出したい。

「あの艶耶子がどうして松子の方の侍女なんかに収まってるのよっ。どうして、どうして、どうしてよ」

「た、珠子。そんなに猛るな。耳が出ちゃうぞ、耳が。いやぁ、それにしても、おまえ怒ると母さんそっくりになるのう。ああ、あいらぶぅ桜子じゃ」

「抱きつかないで。だでぃー、あたし本気で怒ってるのよ。お糸ちゃんと艶耶子が一緒の部屋にいるってのに、どうして逃げてきたりしたのよ」

「えー、どうしてって言われても……。だって、だってだって、突然つーやんが現れたりするもんだから、仰天のあまり……。だって、だってだって、つーやん怖いんだもん。すぐに怒るし、やたら暴れるし、すねるし、厭味を言いたい放題だし。りあるぅに怖いんで」

「だからって、逃げていいわけないでしょ」

「そうでございますよ。だいたい元をただせば、あの狐女と懇ろになった権太郎さまこそが元凶。そこのところを少し、お考えあそばせ」

「懇ろになんかなってねーし。二度ばかり、でぇいとしただけだし。まあ、わしもつーやんも、まだ一千歳ほどの若造と娘であったからのう。ほれ、若気の至りってやつじゃ」

「だでぃーの若気なんて三嶋の白髪ほどの値打ちもないわ。丸めて江戸湊にでも沈めればいいのよ。ほんとにほんとにどうでもいいの。それより今、お糸ちゃんはどうなってるの」

「珠子さま、わたしめに白髪はございません。全て艶髪でございます。あ、いや、わかっております。そんなことはどうでもよいこと。まったく、ここで艶耶子が現れるとは、思うてもおりませんでしたな。お糸の身が案じられまする。権太郎さまは卑怯にも猫尻尾を巻いてお逃げになりましたが、お糸はそうはいきませぬゆえ」

「あたし、これから行ってきます」

　珠子は打掛を脱(ぬ)ぎ捨てた。

「珠子さま御自ら横入の屋敷に乗り込むと？　なりませぬ。それだけは、お止(や)めください」

「でも、こうしている間にも、お糸ちゃんの身に何が起こるかわからないのよ。じっとなんて、していられないでしょ」

「珠子さまは鈴江三万石の御正室であらせられまする。そのような御身分の方が横入と悶着(もんちゃく)を起こせば、ただではすみませぬぞ。下手をすれば横入との戦になりかねませぬ。珠子さま、ここはお控えください」

「でも、でも、そうしたら、お糸ちゃんはどうなるの。どうなるのよ、三嶋。様子もわからないままじゃないの」

「わたしが参ります」

「わたしも参ります」

おかかとおさけが進み出た。

「わたしたちなら、万が一どうなっても、いかようにも誤魔化せます。わたしたちが、お糸どのの様子を探って参ります」

「でも、横入の屋敷には犬がいるのよ」

おかかの身体が震えた。が、それは束の間で消え、おかかは深く頷いた。

「大丈夫です。お糸どのの様子を見てくるだけなら屋敷奥に入り込めば事足ります。大丈夫です。ええ、大丈夫ですとも。犬になんか出くわすわけがありません。ねえ、おさけどの」

「え、ええ。万が一出くわしたとしても、鼻の頭を、ひっ、引っ掻いてやります」

おかかもおさけも、明らかに無理をしている。本当は怖くてたまらないのだ。

「あー、よいよい。そんなに怖じけながら無理無理行っても、やはり無理無理。犬に吠えられて、這這の体で逃げ出すのがオチじゃ」

権太郎が右手をひらひら振る。

「這這の体で逃げ出してきたお方が、そのような台詞をよう口にできますな」

「三嶋、わしは妖し狐の眷族と悶着を起こしたくなかっただけじゃ。おまえが鈴江と横入の戦を避けねばならぬと考えているのと同じよ。その証左に、わしは横入の屋敷を去るさい、ちゃんと手を打ってきた」

「え？　それは、どのような手をお打ちになったのです？」

三嶋が身を乗り出す。珠子も父親の顔を覗き込んだ。

「むふふふふ、まあ、任せとけって。そろそろ……」

権太郎がにやっと笑ったとき、鮪の頭が左右に揺れた。ビィービィーともピーピーとも聞こえる奇妙な音が響く。

「ほいほい、噂をすれば何とやらじゃ。むふふっ。はいはい、こちら、〝ごーん・ちゃんねる〟のごーんちゃんでーす」

三嶋が眉を寄せた。

「珠子さま。何ですか、あの〝ごーん・ちゃんねる〟とやらは」

「わからないわ。だでぃーのやってることって、だいたい謎よ。九割七分はどうでもいい、わけのわかんないことだけど……」

「残り三分は、なかなかに役に立つと？」

「今は、役に立ってくれると信じたいの。それだけ」

両手を合わせて、祈りたいような心持ちだ。耳の底では、艶耶子の驕慢な笑い声がこだましている。

「ほいほい、そちら、大丈夫ですか？　おぅ、わんだぁふるぅのとれびあぁん。では、横入十万石江戸屋敷、御物師試験の様子を再び、お報せいたしまーす」

「ええっ、だでぃー、ほんとに？」

「まことでございますか、権太郎さま」

「にゃんですか？　にゃにが起こりました？」

珠子が、三嶋が、おかかが、おさけが鮪の頭を取り囲む。

「おお、口が動きましたぞ。まるで、食べてくれと言うておるようです」

「そんなこと、鮪の頭は一言も言ってないわよ。え？　ほんとに報せてくれるの」

珠子は身を乗り出し、鮪の口先に顔を近づけた。

「にゃ〜ん、にゃん」

可愛らしい猫の鳴き声が漏れてくる。鮪が猫の声で鳴く。どうにも、摩訶不思議ではあるが、そんなことに気を向けているゆとりはない。

「にゃにゃにゃ〜ん。はい、みなさん、こんにちは。〝丸ちゃん☆ちゃんねる〟の丸ちゃんでぇす。えー、では、これから、ごーんちゃんが逃げ出した後、どうなったかをお報せいたしますぅ。お楽しみにぃ。えっと、その前に、わたしは、丸ちゃんと申しまして、まっちゃんの友だちですぅ。あ、まっちゃんとは松子姫ちゃんのことでーす。わたしたちは、友だちなんです。ちなみに、まっちゃんは人の一族です。ですので、人の世界では、わたしは、まっちゃんの飼い猫となってます。でも、飼い主と飼い猫じゃなくて、友だちなんですよう。わたしとまっちゃんの出逢いは、今から遡(さかのぼ)ることぉ――」

「丸ちゃんさん、丸ちゃんさん」

たまらず、珠子は鮪の頭を摑(つか)んだ。陶器に触れたときのような冷たく、硬く、滑(なめ)らかな感じがした。やはり作り物なのだ。

「初めまして、鈴江の珠子と申します」

「あにゃにゃ。珠子姫ですかぁ。お噂はよく聞いておりますよぉ。どんな噂かぁ気になりますぅ？　あはは、安心してくださぁい。すてきなお話ぃなんです。鈴江のお殿さまとの熱い熱い恋のお話ぃとかですからねえ。もう、すてき過ぎて、すてきぃ」

「あ、はい。ありがとうございます。でも、今はそちらの様子を教えてくださいな。お糸ちゃんは、お糸ちゃんはどうなりました？」

「お糸ちゃん？　どなたですかぁ、その方は」

「御物師試験を受けに行った者です。〝小袖早縫い試験〟までは勝ち抜いて、残り五人の中にいるはずなんです。今は……今は、どんな様子です？」

「お糸ちゃんにゃぁ。えっと、何番ですか。試験番号でぇす」

「二八番です。二八番」

「二八番……あぁ、はいはい、あの可愛らしい娘さんねぇ。とっても一生懸命に打掛を縫っていおりますにゃん。よろしいですねぇ。若くてぇ、可愛くてぇ。あたしなんか、いつの間にか年取ってしまってぇ、がっかり。うふっ、でもぉ、まだ、可愛い、可愛いって言われたりもするんですぅ、けどにゃー」

「え？　お糸ちゃん、試験を受けているのですか」

「はいはい。緑色の打掛を縫うておられますよぉ。でも、間もなく日が沈みますぅ。この試験、日の入りまでみたいですぅよ。二八番、大丈夫かしらぁ。まだ裾の辺りが縫い上がってないみたいでぇすね。袖もちょっと怪しいかも。大丈夫かにゃあ」

　珠子はその場にぺたりと座り込んだ。

　よかった。お糸ちゃん、無事だ。

「三嶋、お糸ちゃんが……」

「はい。試験を受けているということは捕らえられても、ひどい目に遭ってもいないということでございますね。ひとまず安心してもよろしかろうと」

「あぁ、ほっとした。ほんとによかった」

「まことに、よろしゅうございました。しかし、珠子さま」

「ええ。どうして、お糸ちゃんは普通に試験を受けられたのかしら？　あの艶耶子がいるなら、お糸ちゃんの正体はばれたも同然。なのに、何の騒ぎも起こっていないというわけよね」

「さようでございます。つまり、艶耶子はお糸のことを見て見ぬ振りをしていると、そのように思われますな」

珠子は居住まいを正し、思案を巡らせた。

あの艶耶子がお糸を見逃そうとしている？

なぜ、なんのために？

この前の一件を考えれば、艶耶子がお糸に怨(うら)みを募(つの)らせることはあっても、助けたり、親身になったりするわけがない。それなのに、黙っている？　手出しをしない？

なぜだろう。なにか理由があるはずだ。その理由にとんと見当が付かない。

「そもそも、なぜ、艶耶子が横入の屋敷におるのです？」

三嶋が低く呟(つぶや)いた。

「あれは鈴江の地をたいそう気に入っておりましたが、横入にはこれまで目を向けたことなどなかったはず。歯牙にもかけないといった風でありましたぞ。それなのに、江戸屋敷の奥まで入り込んで、何を企んでおるのやら。それとも……」

「それとも？」

「権太郎さま。本当に、艶耶子がおったのですか」

「ほへ？」

髭の形を整えていた権太郎が、ちょっと間抜けな声を上げた。

「もしや、艶耶子によく似た人族の女を見間違えたのではござりませぬか」

「ほへ、そんなアホな。わしがつーやんを見間違えるわけがなかろうよ。あ、いや、親しいからとかそんな意味じゃないぞ。つーやんの凄まじい形相は眼裏に焼き付いておる。ああ、もうほんとに、焼印みたいなもんじゃ。あ、いや、だから、忘れられんとか、そーいう意味じゃないからね。そこんとこ、どぉんと、みぃすあんだぁすたんどぉ、誤解せんといてね」

「でも、艶耶子が凄まじい形相で入ってきたわけじゃないんでしょ？　だでぃー」

「あ……うむ、そりゃあそうだ。松子の方の後から、しずしずと入ってきたぞ。ちょっと俯き加減で、なんちゅうか、影が薄かったのう」

影が薄い？　あの艶耶子が？　あり得ない。

「あり得ませぬな」

三嶋がはっきり口にした。

「あの、やたら派手な、『みんな、わたしを見なさい。わたしの足元に平伏しなさーい。おほほほほ』などと言う女が影が薄いなどとあり得ませぬ。やはり人違いかと」

「……三嶋、おまえ、つーやんの口真似が異様に上手いな。そっくりではないか。いや、しかし、あれはつーやんだった。地味でおとなしげだったが、つーやんだった」

三嶋が目を剝いた。

「影が薄くて、地味で、おとなしいって……。ちゃいます、ちゃいます。それ、ちゃいますで。どう転んでも艶耶子じゃありまへんわ。旦(だん)さんの見間違いでっせ。あ、あまりに驚いて、舌が回らなくなりました。ご無礼を」

「十分に回ってるわよ。でも、三嶋の言う通りだわ。艶耶子については、だでぃーの見間違いって線が濃厚じゃないかしら」

「艶耶子ちゃんは、まっちゃんの侍女ですぅけど」

鮪の頭が、いや、丸ちゃんが言った。

「まっちゃんが大奥に入るときから、仕えてるわよぅ。よく気が回るし、何事にも控え目だしぃ、誰にでも優しいしぃ。周りの評判も上々で、まっちゃんも気に入ってるみたいぃ」

どたっ。大きな音がして、座敷が揺れた。

「ひえっ、地揺れでござりますか」

「珠子さま、お伏せになってくださいませ。って、あれ？　揺れてない……きゃあ、三嶋さま」

三嶋が倒れている。さっきの揺れは、三嶋の倒れた衝撃によるものらしい。

「三嶋、いかがした。大丈夫か。だでぃー、水を早く」

「お、おう。み、水じゃな。任せとけ。上から降らせるのは得意じゃ」

「え？　上から降らせる？　ちょっ、ちょっと待って。止めて。飲み水がいるだけ」

珠子が言い終わらないうちに、上からどわっと音がするほどの雨が降ってきた。雨というより滝だ。寸の間で止んだけれど、むろん、誰も彼も、座敷中が水浸しになっていた。

「どうじゃ、これで足りるか」

「……ええ、ありがとう。十分です。まるで滝行(たきぎょう)をした後みたいよ、だでぃー」

「そうかそうか。いや、わしの妖力(ようりょく)もなかなかのものじゃろ。ふははははは。三嶋、気が付いたか。たっぷり、水を振り掛けてやったからのう」

三嶋がもそもそと起き上がる。もちろん、打掛ごと泳いだのかというほど、びしょ濡れだ。

「……はい。まことに、ありがたく存じます。おかげで、権太郎さまを一口で平らげられるほどの元気を取り戻しました」

「三嶋。お腹が空いているなら、どうぞ。美味しくないだろうけど平らげていいわよ、くしゅん」

珠子はクシャミを一つして、鼻を押さえた。

「いいえ、さすがに遠慮いたします。艶耶子が控え目で優しいなどと耳にして、一瞬とはいえ気を失っていたようで……取り乱してしまって、お恥ずかしゅうございます」

「座敷の真ん中でずぶ濡れになっているより、恥ずかしくないわ。だでぃー、この始末、ちゃんと付けてちょうだい。元通りに乾かして」

「ええい、水と言ったり乾かせといったり、ほんと、我儘なやつだ。親の顔が見たいわい。なーんて、わしが親だった。てへへ」

珠子がため息を吐いたとき、丸ちゃんが叫んだ。

「ああっ！　ここで試験が終わりました。二八番、お糸ちゃん、俯いております。裾が間に合わなかったもよう。さてさて、結果はどうなるでしょうか」
珠子は全身を震わせる。幾つもの水滴が四方に散っていった。

その七　何があってもネコはネコ

終わった。

お糸はうなだれて、自分の指先を見詰めた。

縫い上げることができなかった。

さっきお糸の手から離れ、運び去られた打掛は、裾の端が仮縫いのままだ。三寸（約九センチ）ほどだが、決められた刻限までに仕上げられなかったのだ。

「お糸っぺ。お糸っぺ」

わらちゃんが、襟元から顔を出した。

「わらちゃん、駄目よ。あまり動かないで」

「大丈夫だっぺ。誰も見てないっぺ」

「え……そうなの？」

お糸は首を伸ばし、辺りを見回した。

なるほど、お糸たちに気を向けている者は誰もいないようだ。

試験を受けた女たちは、みな、黙ったままだ。目を閉じている者もいるし、ぼんやり天井近くを眺めている者もいる。姿勢を崩してぺたりと座り込んだ者も、うつむいたまま動かない者もいた。

精も根も尽き果てた。

そんな感じだ。お糸も同じだ。良くも悪くも、これで終わったと思った瞬間、身体中から力が抜けて腕を上げるのさえ億劫に感じる。できるなら、このまま横になって眠りたい。

「お糸っぺ。おら、さっきからなんとなーく、落ち着かないっぺよ」

「どうしたの？　厠なら、連れて行ってあげるよ」

「おら、藁人形だっぺよ。厠に行っても出すものがないっぺ」

「あ、そうか。じゃあ、何で落ち着かないの？」

「見られてるっぺ」

「へ？　いや、わらちゃん、さっき、誰も見てないって言ったじゃない」

「そうなんだっぺよなあ。誰も見てないはずなのに、見られてる気がするのはなぜだっぺ？」

「わらちゃん……疲れてるんじゃないの？」

「だから、おら、藁人形だっぺ。厠にも行かないし、疲れたりもしないっぺ」

「でもね。わらちゃんは普通の藁人形じゃないでしょ」

普通の藁人形はおしゃべりもしないし、その場に合った忠告や励ましをくれたりもしないもの。そう言おうとしたのに、口をつぐんでしまった。

これは……。

「お糸っぺも感じたっぺ」

「ええ、本当に誰かが……」

見ている。

お糸は髷の乱れを直す振りをしながら、今度は眸だけで周りを窺った。

目が合った。思わず息を呑み込む。

ほんの一瞬だったが、確かに目が合ったのだ。

押路だ。横入十万石の奥を束ねる老女は、鋭い眼差しをお糸に向けていた。一瞬の後、すぐに目を逸らし、何事もなかったかのように振る舞っている。が、お糸を睨むように見ていたのは間違いない。

「わらちゃん、わかったわ。確かに見られてた」

「うん。おらも、わかった。けど、悪そうな感じじゃないっぺ」

「え、そう？　むちゃくちゃ意地が悪そうなんだけど」

「そんなことなかっぺよ。なんか、のほほーんとした猫だっぺ」

「は、猫？　どう見ても意地の悪いお婆さんじゃないの」

「は、意地の悪いお婆さん？　どう見てもまあるい猫だっぺ」

どうも話が嚙み合わない。

「わらちゃん、あたし、押路さまのこと言ってるんだけど」

「へ？　おら、屛風の端から、こっちを窺ってる猫のことを言ってるっぺ」

座敷の隅に二曲の小屛風があった。お糸は首を回し、そちらに目をやる。

「あらま」

思わず、小さな声が漏れてしまった。

屛風の端から丸い猫の顔が覗いている。白黒の二毛猫で白い顔に、おでこは黒く八割れになっていた。目も丸い。わらちゃんの言う通り、〝どう見てもまあるい猫〟だ。

あ、丸ちゃんだ。

権太郎が話してくれた、松子の方の愛猫だ。おそらく、いや、きっと間違いない。

お糸はそっと立ち上がり、屛風の近くまで歩み寄った。

「こんにちは。えっと、丸ちゃんよね？」

猫は顔を上げ、「みゃう」と微かに鳴いた。

「あ、やっぱりそうなんだ。初めまして、あたしは糸という者です」

「みゃう、みゃう、みゃっ」

「え、知ってるって？　あたしのことを知ってる？」

「みゃぁ、みゃぁ、みゃっ」

「え？　え、え、そんな……」

絶句してしまう。鼓動が速くなり、我知らず生唾を呑み込んでいた。

「お糸っぺ、お糸っぺ」

わらちゃんがかさこそ、音を立てる。

「このまあるい猫と話をしてるのだっぺか？」

「そうよ。こちら、丸ちゃん。松子の方さまの猫なんだけど……」

「お糸っぺ、どうかしたっぺか？　顔が強張ってるっぺよ」

「ええ……だって、丸ちゃん、あたしのことを知ってるって言うんだもの」

かさこそ、かそこそ。わらちゃんが身動ぎした。

「知ってるって、それはつまり……」

ここで人なら息を呑むところだろうが、わらちゃんは藁人形なので息を呑んだりしな（できな）いし、しゃっくりもしな（できな）かった。

「ええ、あたしが鈴江の江戸屋敷の者だって知ってるのよ」

丸ちゃんが、お糸の膝（ひざ）に頭を擦（こす）り付けてくる。お糸は指の先で丸ちゃんの耳の付け根を軽く掻（か）いてやった。

「どうして、知ってるっぺか？　あ……ごんちゃん、か」

「そうよ。権太郎さまがしゃべっちゃったみたい。ほんと、口が軽いんだから」

「うんうん、ごんちゃんの口は羽毛より軽いっぺな。風に吹かれて、どこまで飛んでいくのやらだっぺな」

「ほんとに、困ったお方よ。やっとここまで来たのに、あたしの正体がばれたりしたら、今までの苦労が水の泡になっちゃう」

そうだ。何もかもが水の泡、無駄になってしまう。それどころか、お糸は捕らえられ、牢（ろう）に繋（つな）がれるかもしれない。いやいや、それどころかのさらにそれどころか、鈴江三万石そのものに災（わざわ）いが及ぶ見込みもあった。

つまり、珠子さまを窮地（きゅうち）に追い込むことになる。

それだけは避けねばならない。何としても止めねばならない。

そう、口封じだ。このまま、丸ちゃんをそっと連れ出して、どこかで……。

どこかでどうするのよ。「どうかご内密に」って小判でも渡すの？　駄目よ、猫に小判って言うじゃない。猫は小判よりスルメの方が断然、好きなの。三嶋さまを見てたらわかるもの。ほんとスルメが好きで……三嶋さまは猫じゃなくて虎だけど。でも、あたし、スルメなんか持ってない。よく考えたら小判も持ってないんだった。実家の蔵には千両箱が積み上げられているんだけど。そういえば昔、おとっつぁんに「千両箱って、ほんとに千両、入っているの？」って尋ねたことがあったけど、おとっつぁん、何て答えたっけ？

なんて、どうでもいいこと考えないの。今、考えなくちゃいけないのは、丸ちゃんの口をどう封じるかじゃないの。

お糸は低く唸った。口を封じるとは、つまり、相手の命を絶つことだ。スルメも小判も持っていない身としては、それしかない。この三毛猫の命をいただく。丸ちゃんがお糸を見上げ、「みゃぁ」と鳴いた。円らな眸、八割れの額、桜色のちんまりとした鼻。

うう、か、可愛い。可愛過ぎる。

無理、絶対に無理。こんな可愛い相手に危害なんて加えられない。万が一、できたとしても珠子さまがお許しになるはずがないわ。猫族だろうが犬族だろうが人族だろうが、命を奪うなんてこと、決してお許しにはならない。ああ、あたしったら、何て浅はかなの。非情なの。自分の身を守るために、他の命を奪おうなんて、冷酷極まりないことを考えてしまった。そう言えば、あたし、珠子さまに「猫の命も人の命も、同じく尊いものにございますぞ」なんて偉そうに申し上げたのだわ。うわぁ、それなのに……。ほんと、ひどい。浅はか、非情、冷酷の御三家、揃い踏みじゃない。ああ、でもでも、どうすれば……。

「お糸っぺ、お糸っぺ」

かさこそ、かさこそ、かさこそ。

わらちゃんが動き、話しかけてくる。

「大丈夫だっぺよ。丸ちゃんがお糸っぺの正体を明かすことはないっぺ」

「え？　どうして言い切れるの？　そりゃあ、丸ちゃんは可愛いけど、横入の猫だもの。あたしのことを黙っていてくれるなんて請け合っちゃくれないでしょ？」

「けど。丸ちゃんの猫語、人にはわかんないっぺよ」

「あ？　え、でも、あたし……」

「そうそう、お糸っぺが丸ちゃんと話ができるのが、仰天だっぺ」

「そ、そうだわ。どうしてわかったんだろう」

珠子たちとは人の言葉でやりとりをしている。意が通じなかったことも、言葉が解せなかったこともない。権太郎のおしゃべりは、ときに珍紛漢紛で意味がわからなくなるけれど、それは人語か、猫語かという問題とは別ものだろう。飽くまで中身が頓珍漢なだけだ。

しかし、今、お糸は確かに丸ちゃんの猫語がわかった。

珠子の側に侍り、〝ちょいふし一族〟の面々と親しく、濃く付き合ってきた。その年月の為せる業だろうか。

改めて、丸ちゃんを見詰める。

むふっ、という感じで、丸ちゃんが笑った。

「ううっ、可愛い。丸ちゃん、ネコ可愛い」

「お糸っぺ。ネコ可愛いって、どういう意味だっぺよ」

「そりゃあもう、どうにもならないほど可愛いって意味よ」

「そりゃあもう、どうにもならないほど可愛いのが、どうしてネコ可愛いになるっぺよ」

「猫がそりゃあもう、どうにもならないほど可愛いからじゃないの」

「うーん」と、わらちゃんが唸る。そして、「どうもよくわからないっぺ」と呟(つぶや)いた。その呟きを掻き消すように、押路の声が響く。

「みなのもの、おのおの席に着かれよ。これより、相見(そうけん)の場に選ばれし三名の名を告げる」

お糸は背筋を伸ばした。唾を呑み込む。

「お糸っぺ、いよいよだっぺ」

「ええ、いよいよね」

正直、自信はない。はっきりとはわからないが、お糸を除いた四人は打掛を縫い上げていたようだ。お糸は間に合わなかった。まだ仮糸がついたまま、差し出さねばならなかった。

でも、ここまで来たのだ。諦(あきら)めたくはない。

お糸はこぶしを握った。ふと、屏風の端に目をやったけれど、いつの間にか丸ちゃんの姿は消えていた。

鮪(まぐろ)の頭が震えた。

「はい、みなさま、お待たせいたしました。〝丸ちゃん☆ちゃんねる〟の丸ちゃんでーす。ただいま、お糸ちゃんの様子見から戻って参りましたぁ」

丸ちゃんの声が鮪の口から流れてくる。

「まあ、丸ちゃんさん、お糸ちゃんを見に行ってくださったのですね」

珠子は鮪の頭に抱きつきそうになった。

「そーです。やはり、近くに行かないとわからにゃいこと、多いですものねえ、にゃんにゃん」

「何とも、頼りになるお方ですのう」

三嶋が目を眇め、寝転がって鼻を穿っている権太郎を見やる。

「むにゃむにゃさまとは、えらい違いでござりますなあ」

「うん？　三嶋、何をむにゃむにゃ言うておる。あっ、うわわっ」

権太郎は飛び起き、鼻を押さえた。

「わわわ、ゆ、指が抜けなくなった。奥まで突っ込み過ぎて、指が……。三嶋、早う医者を呼べ、医者じゃ」

「医者を呼ぶまでもございません。片方だけでなく、両方の鼻の穴に指を突っ込めばよろしいかと存じます」

「ああ、なるほど、それもそうじゃな。両方、突っ込めば元通り……に、なるかい。鼻の穴を塞(ふさ)いだら、息ができなくなるわい」

「鼻でできなければ鰓(えら)ですればよろしゅうございましょう」

「ああ、なるほど、それもそうじゃな。鰓をぱたぱた動かして……できるかい。わしのどこに鰓があるんじゃ。だいたい、水の中でないと鰓は」

「うるさい！」

　珠子は片手を大きく振った。

「二人ともうるさい。黙ってて」

　三嶋は身体を縮め、権太郎は指を鼻に突っ込んだまま黙り込んだ。

「丸ちゃんさん、それで、お糸ちゃんは、どんな様子でした？」

「はいはい。あの方、不思議な娘さんねえ。あたしの猫語がわかるんですもの。ほんと、びっくりおったまげぇですにゃん。まっちゃんも、あたしの言うことってだいたいわかるけど、猫語がわかってるわけじゃにゃいの」

「そうなのそうなの、お糸ちゃんって、そういう娘(こ)なんです。ちょっと不思議でちょっとおもしろくて、とっても強いの」

「おやまあ、珠子姫、お糸ちゃんにぞっこんなのにゃ。よろし、よろし。でも、お糸ちゃん、〝打掛早縫い試験〟は、かなり苦戦かもぉ」

「というと……」

「ええ、あたしの見るところ、他の四人は打掛を縫い上げたみたいにゃんですぅ。でも、お糸ちゃんは裾が間に合わにゃかったみたいで、がっくりきてましたぁ」

ああ、と声を上げたのは、おかかだった。

「やはり、間に合いませんでしたか。お糸どの、裾縫いが丁寧過ぎて、刻が掛かるのです。何度かご忠言をしたのですが」

鮪の口がぱかりと開いた。

「おおっ、いよいよ、試験を通った者の名前が呼びあげられます。いよいよです。いよいよ、このときがやって参りましたにゃあ」

珠子は息を呑み込む。額に汗がにじんできた。

思わず、鮪の頭に向かって両手を合わせる。おかかもおさけも、同じように鮪の頭を拝んでいた。権太郎は指が本当に抜けなくなったらしく半べそになり、三嶋は舌打ちしながらも権太郎を助けるつもりか、腕を引っ張っている。

お糸ちゃん、ほんとに、ほんとに、ありがとう。

もう間者なんて、どうでもいいと思う。

お糸は鈴江のために、ここまでがんばってくれた。それだけで十分だ。この後、無事に帰ってきてくれさえしたら、もう何も望むことはない。

お糸ちゃん……。

「おお、一人目、試験番号六番、お花さんです。これは、当然でしょうか。見事な打掛を縫い上げております。まさに、お針の天才かぁ」

「一人目」

珠子の後ろで、おかかが独り言を呟いた。語尾が震えている。

「そして、二人目、八四番、おさちさん、名前を呼ばれました。八四番、おさちさん、二人目が決まりました。おさちさん、喜んでおりますぅ。おお、今お花さんと手を取り合いましたぁ。にゃんとも美しい光景でありますにゃ。しかし、残すところ、あと一人、あと一人にゃのですぅ。座敷は静まり返りましたぁ。ものすごい張り詰めた気配を感じます。あと一人、あと一人は……」

鈴江三万石江戸屋敷の一室、その気配も張り詰める。

「ああっ、三人目、二五番です。二五番、おくりさんだぁ。これで、これで、三人、決まりましたぁ。お糸ちゃん、無念、名前を呼ばれませんでしたーっ。にゃんということか、ここでお糸ちゃん、敗れたのです」

おかかが小さな悲鳴を上げ、その場に突っ伏した。

「ああ、ここまで来たのに……、お糸どの、あと一歩でしたのに……うぅっ」

「おかか、泣くことなんてないわ」

珠子はおかかの背中を見ながら、そう言った。自分でも意外なほど、明るく晴れやかな声が出た。胸の内も清々しい。

「お糸ちゃんは、すごいわ。あと一歩のところまで辿り着いたんだもの、ほんとにすごい。誰でもできることじゃないはずよ。ね、そう思わなくて？」

「は、はい。ほんとに、仰せの通りでございます」

おかかは起き上がり、涙を拭いた。おさけがその肩にそっと手を添える。

「お糸どのの奮闘振り、お見事かと存じます。なのに、わたしったら泣いたりして……」

「あああっ」

鮪の頭がぴょんと一回、飛び上がった。

「え？　丸ちゃんさん、どうしたの」

「たいへんです。たいへんにゃことが起こりました。お糸ちゃんが、奥向きの番方に囲まれております。ああ、にゃんと、となりの部屋に連れていかれましたぁ」

丸ちゃんの声が引き攣（つ）る。

珠子の顔も引き攣った。

「そ、それは真（まこと）ですか？　なぜ、なぜ、お糸ちゃんが？」

「正体がばれたのではありませぬか。鈴江の者だと見破られたのでは」

三嶋も顔を強張らせ、鮪の頭の近くに寄ってくる。その後ろで、権太郎が鼻血を出しながら「三嶋ぁ、ひどいよぉ。力入れ過ぎだよぉ」と泣いていたが、誰も取り合わない。

「どうしよう。お糸ちゃんが危ない。まさか捕らえられるなんて」

迂闊（うかつ）だった。試験の成り行きに心を奪われ、お糸が敵陣にいることを忘れていた。

「わたしが参りましょう」

三嶋が立ち上がる。

「かくなる上は、横入の屋敷に押し入り、お糸を救い出して参ります」

そんなことをしたら、三嶋の命までも危（あや）うくなる。さらに、横入に鈴江潰（つぶ）しの口実を与えることになりかねない。

落ち着かなければ。落ち着いて動かなければ、取り返しがつかない羽目に陥る。鈴江三万石の未来が揺らぐ。しかし、愚図愚図（ぐずぐず）すればするほど、お糸の身が危うくなるのだ。

どうしたらいい。どうしたら……。

「丸ちゃんさん、お願いいたします。お糸ちゃんの――」

「はいはい。みなまで言わなくて、いいにゃん。お任せくださいにゃ。お糸ちゃんの様子を、ちょいと探って参ります。しばしお待ちを」

「ありがとうございます。お礼にスルメと鯵の開きの詰め合わせをお届けしますね」

「スルメと鯵の開き、大好物だにゃん。ではでは、行ってきまーす」

珠子は目を閉じ、もう一度、両手を合わせた。

ここは、丸ちゃんに縋るしかない。祈るしかない。

傍らで、三嶋が低く唸った。


「三人目、二五番、浅草寺門前、おくり」

押路が告げた。

お糸は手をつき、身体を支える。

選ばれなかった。

自信はなかった。でも、もしやという思いはあった。

もしや、上手くいくのでは。

ほんの数か月前まで、お糸は小袖や打掛はおろか浴衣一枚、ろくに縫えなかった。かがり縫い一つ、満足にできなかった。お針は苦手だと思い込んでいた。相性が悪いのだと決めつけていた。なのに、今は、小袖も打掛も縫い上げられるまでになっている。試験を潜り抜け、百人中の五人にまで残ったのだ。

だから、もしやと思ってしまった。もしや、上手くいくのでは……。

甘くなかった。

やはり、現は厳しい。選ばれた三人は、お糸など及びもつかないお針の腕を持っている。限られた刻限内で、文句のつけようがないほどの一枚を拵えた。

珠子さま、申し訳ありません。ここまでが、糸の精一杯でございました。

胸の内で、珠子に詫びる。

「お糸っぺ……まずいっぺ」

わらちゃんが囁いた。その囁きに促され、俯けていた顔を上げる。

お糸の前に三人の女たちが立っていた。

白い鉢巻きを締め、白い襷で袂を括っている。

奥向きの番方だ。

「あ……あの、な、何か」

お糸は愛想笑いを浮かべようとしたが、上手く笑えない。

「我々と共においで願いとう存じます。どうぞ、こちらへ」

一人の女が低い声で告げた。口調は穏やかで丁寧だが、底に凄みが潜んでいる。

正体がばれた？

身体中から血が引いていく気がした。冷たい汗が背中を伝う。

しまった。落胆のあまり周りに気を配ることを怠っていた。自分は、横入の江戸屋敷、敵地の真っただ中にいるのだ。心していたはずなのに。

「どうなされた？　ささっ、立ちませい」

女が促す。動かないなら、引きずってでも連れて行く。お糸を見据える双眸が語っていた。

お糸は息を吐いた。番方を見上げ、頷く。

こうなったら、素直に従うしかない。じたばたしても無駄だわ。

腹が決まったら迷いはするすると退いて、代わりに覚悟が固まった。

「わ、わかりました。でも、あの、いったい何事でしょうか」

一応、怯えた町娘の振りをする。しかし、答えはなかった。女は黙って立っているだけだ。

もう一度、ため息を吐く。

お糸が立ち上がると、一人の女がすっと背後に回ってきた。

——ちょっと、あんた、そこのあんた。あたしを誰だと思ってんの？　わざわざ逃げ道を塞がなくても、けっこう。逃げようとじたばた足掻くなんてみっともない真似、金輪際しやしませんからね。みくびるんじゃないわよ。

と、啖呵の一つも切りたいところだが、ここは我慢だ。余計なことは言わない方がいいに決まっている。

お糸は口を閉じ、番方に囲まれて部屋を出た。

奥に向かって廊下を暫く歩く。

さすがに広い。鈴江の屋敷の倍はあるだろう。石高が違うのだから当たり前といえば当たり前だが、広さばかりでなく屋敷や庭の造りも豪華だ。

まあ、武家というものは国許の懐事情がどうであろうと、家格に見合うだけの構えは保たねばならないものらしい。だから、十万石には十万石なりの苦労があるのだろう。今のご時世、豊かに潤っている国など、そうそうないはずだ。

なんて、呑気に考えている自分に驚く。

糸、あんた、意外に肝が据わってんじゃない。

胸の内で、にやりと笑む。

「こちらへ」

番方が無地の襖戸を開ける。

明るい。日は既に沈み、地は薄闇に包まれている。これから刻々と闇はその濃さを増していくだろう。しかし、お糸が通された部屋には幾台もの燭台に灯が点され、闇を掃っていた。

上座に押路が座り、両脇に番方たちが控えていた。お糸は背中を押され、押路の前にひざまずかされる。

なんだかもう、むちゃくちゃ嫌な感じだ。意地でも頭なんか下げてやるもんかと、お糸は唇を噛み締めた。

「ふふん、何とも不敵な顔つきであるな、お糸」

押路が薄く笑う。間近でじっくり眺めれば、目鼻立ちがくっきりして、若いころはさぞや華やかだったろうと偲ばれる顔立ちだ。でも、今は醜い。老いたからではない。老いて美しさが増す人を、お糸は何人も知っている。

「お糸、人ってのはな、年を取れば取るだけ皮が薄くなるものなんだぞ」

鈴江の江戸屋敷に奉公に上がるちょっと前だった。父である、きぬた屋芳佐衛門が何気ない風に、そう話しかけてきた。

「皮って、顔の肌のこと？」

「いや、違う。人の被っている皮さ」

父親の言葉が解せなくて、怪訝な表情が浮かんだのだろう。芳佐衛門は、にやっと笑ってみせた。

「人ってものは、みんな皮を被って生きている。世の則や己の役や仕事、地歩に合わせて、な。被った皮がその者の生き方になってくる。けどな、年を取ると、だんだん皮が薄くなって、地が出てくるのさ。人の地がな。どんなに化粧をしても、豪華な衣装をまとっても、こればかりは誤魔化せない。嫌味なやつは嫌味が、冷酷なやつは冷酷さが、優しいやつは優しさが薄い皮を通して、浮かび上がってくるんだ。それまで、皮の下に隠せていたものも、隠しようがなくなるんだな。わかるか？」

わかると、お糸は頷いた。

飴屋のお内儀さんは、よく肥えておしゃべりなだけだと思っていたけれど、このごろ、穏やかで綺麗なお婆ちゃんだなと感じている。

お糸がそう言うと、芳佐衛門は笑みを広げた。

「そうかそうか、おまえにはわかっているのか。それなら大丈夫だな」

そのとき大番頭が父を呼びに来たものだから、何が大丈夫なのか、聞きそびれてしまった。

でも、父の告げたことは心に染み込んでいた。

老いてくると、上っ面ではなく内側が露わになるのだ。

押路は、油断のならない、醜い顔をしていた。

「そなた、何者じゃ」

お糸の視線を跳ね返す鋭さで、押路が問うてくる。

「はい？　何者と言われますと……。あの、わたくしは万年橋近くで縫子をしておりまして」

「いいかげんな法螺話はよい。本当のことを聞かせてもらおうかのう」

お糸は膝の上でこぶしを作った。

やっぱり、疑われている。でも、慌てることはない。お昼のときも上手く切り抜けたじゃない。今度だって、何とかなるから……。いえ、何とかするのよ、糸。

「みゃう」

微かな猫の声。丸ちゃんだ。部屋の隅から、お糸を励ますように見詰めている。胸元には、わらちゃんもいてくれる。

「本当のこととは、どういう意味でしょうか。ほんとに……ほんとに、わたくし、何を仰られているのかわからなくて……こ、怖いのですけれど」

お糸は身体を竦ませ、涙声で訴えた。

「わたくし、帰りたいです。押路さま、お願いいたします。わたくしを家に帰してください」

「ふふん、その家とやらは、どこにあるのじゃ」

「ですから、万年橋近くの長屋です。そこで仕立物をあずかって、暮らしの糧にしております」

「ほう、長屋住まいとなあ。それにしては、やけに贅沢な弁当を広げておったのう」

あっ、と叫びそうになった。あの弁当は、台所方が拵えてくれたものだ。お糸を力付ける想いを込めて、ご馳走を詰めるよう、おかかとおさけが掛け合ってくれたらしい。

玉子焼きがあって、捏ねと蓮根の煮物があって、茹でた人参に焼き魚も入っていた。彩りも鮮やかだった。どう見ても、長屋住まいの町人の弁当ではない。

しまった。そこまで気が回らなかった。みんなに支えられていると嬉しくなっただけで、疑われるきっかけになるなんて思いもしなかった。

「どうした。なぜ、黙っておる？　あれほどの弁当を携えて来るのじゃ。とうてい、長屋の住人とは思えぬ。どうじゃ、お糸、白状せい」

「はい、すみません。偽りを申しました」

「へ？」

押路が瞬きをする。お糸がここまであっさりと偽りを認めるとは、思案の外だったようだ。

「申し訳ありません。実は、わたくし、本所深川の呉服屋『きぬた屋』の娘にございます」

これは偽りではない。真実だ。『きぬた屋』の名を出すことに、一抹の躊躇いもあったが背に腹はかえられない。ここで、鈴江の〝す〟の字も口にするわけにはいかないのだ。

「本所深川の『きぬた屋』、とな」

押路の眉がひくひくと動いている。さすがに、『きぬた屋』の評判は耳に入っているらしい。

「あの、『きぬた屋』であるか。『三井越後屋』に並ぶと言われておる大店の」

「あ、いえ。『越後屋』さんに並ぶというのは、些か……かなり無理があると思います。『越後屋』さんの場合、店の軒下を通れば雨の日でも濡れずに町内を抜けられる、とまで言われておりますから。うちはそこまでの店構えではありませんので、ちょっとは濡れると思います」

「その大店の娘が、身分を偽ってまでなぜ、御物師の試験を受けに参った」

「それは……己の針の腕前を確かめたかったからでございます。父にも母にも内緒でここに参りました。偽りを申したこと、なにとぞ、なにとぞ、ご容赦くださいませ」

深く頭を下げる。下げた頭の上から、押路の声が降ってくる。

「父の名は何と申す。母の名は？」

「はい。父は芳佐衛門。母は稲と申します」

「そなたの生まれた季はいつじゃ」

「わたくしは夏の初め、卯月三日の夜半に生まれたと聞いております」

すらすらと答える。自分のことだから、答えられて当たり前だ。

「押路さま、お疑いなら、どうぞ使いの者を『きぬた屋』にお遣わしくださいませ。ただ、先に申しましたように、わたくしは父母に内緒でこの試験を受けました。勝手な願いながら、お確かめをするなら二番番頭の正平という者にしていただけないでしょうか」

正平は、鈴江の江戸屋敷にも出入りしている番頭だ。奥に仕える女たちのために、珠子は日を定めて講義や稽古の場を開いていた。

「人の世っていつなんどき、何が起こるかわからないでしょ？　女は男に比べて働き口がぐっと少なくなるわけで、何かが起こったときに、うちの奉公人に路頭に迷ってほしくないの。だから、現に通用する能を養って、育てて、磨いてほしいわけ。だからね」

と前置きした後、珠子は、『きぬた屋』から話者を一人寄越してもらえないかと頼んできた。その話者に正平を選び、三度にわたって『正しい帳簿の付け方と読み方』、『商いの作法』、『商いの心得』について語ってもらった。

「何とも、おもしろいところでございますなあ」

講義を終えた後、正平は楽しげな口調でそう告げた。鈴江の江戸屋敷の楽しさを肌で感じたようだ。

正平なら、うまくやってくれる。お糸の危地を察し、話をうまく合わせ、押路の使いの者を適当にあしらってくれるはずだ。

「かの豪商、『きぬた屋』の娘とあらば、あの弁当も納得できるがのう」

「は、はい。分を弁えぬ弁当で申し訳ございません」

平伏す。

ふっと、殺気を感じた。

顔を上げる。番方の一人が小太刀を振り上げていた。白刃が燭台の明かりに紅く染まっている。それは、迷うことなくお糸に向かって振り下ろされた。

何も考える間はなかった。

とっさに横に転がり、帯に手を当てる。いつもならそこに、懐剣を挟んでいた。しかし町娘の形をしている今、帯に挟んでいるのは根付の付いた財布ぐらいだ。

「なにをなさいます」

叫びながら、お糸は壁を背に立った。番方は小太刀を正眼に構え、じりじりと迫ってくる。

殺気は本物だった。

「ふふん」と、押路が鼻先で嗤った。この「ふふん」は、本当に意地悪く響く。〝わたしは筋金入りの意地悪ですよう〟と告げているみたいな「ふふん」だ。

「お糸、我が横入の奥番方の剣をかわすとは、とても町人とは思えぬのう。そなた、小太刀の心得があるのであろう」

「あります。今は、町方だろうが娘だろうが、小太刀の稽古ぐらいできます。護身のために町の道場に通う町娘なんて、いっぱいいるんですからね」

これは本当だ。年頃の娘は変な男に絡まれやすい。身を護るために、小太刀や柔術を習う者は、お糸の周りにもかなりいた。もっとも、お糸は町道場ではなく、鈴江の江戸屋敷で三嶋に厳しく鍛えられたのだが。

「町方のことなんか何も知らないくせに、変な言い掛かりをつけないでください」

つい、怒鳴ってしまった。

刃を振りかざして、相手を脅す。力を笠に着て、力のないものをいたぶる。

なんなの、この女。出来の悪い男と同じことしかできないわけ？　つまり、馬鹿なの？

と、心内で呟いたつもりだったが、最後の「馬鹿なの？」だけがぽろっと零れてしまった。

とたん、押路の顔面に朱が散った。

「おのれ、馬鹿と申したな。町人の分際で、このわたしを愚弄する気か。許さぬぞ」

「え、いや、つい口が滑って本音が……あ、いえいえ、本音じゃありません。ただの冗談です。慌てると冗談を言ってしまうの、悪い癖なんです。困ったもんですよねえ。お、押路さま、落ち着いてください。落ち着いてください。怒らないで。あ、でもでも、町人の分際でって、ほら、やっぱりわたくしが町方だってわかってらっしゃるじゃないですか。さすがさすが。では、お疑いが晴れたということで、これにて失礼いたしまーす」

愛想笑いをしながら、ひらひらっと手を振ったが、その程度で誤魔化せるほど甘くはなかった。

「きえーい」

番方が気合と共に踏み込んでくる。

今度もかわせたけれど、横に飛んだ拍子に足がもつれた。お糸は床に転がり、したたかにお尻を打った。一瞬だが、足の指先まで痺れた。

「うう、痛い」

痛いけれど痛がっている暇はない。番方は再び構えを整え、今度は下段から襲い掛かろうとしている。

「お糸っぺ」

わらちゃんが顔を覗かせる。とたん、番方の動きが止まった。転がったお糸を見下ろし……いや、番方が見ているのはお糸ではなく、わらちゃんだ。お糸の襟の間から出ているわらちゃんの顔を見詰めている。

「う……くくっ」

番方の全身がぷるぷると震えた。震えながら固まっている。

「ど、どうしたの？　わらちゃん、何か術を使った？」

「そんなわけなかっぺ」

周りには聞こえない小声で話をする。その間も、番方は震え続け……。

ガシャ。その手から小太刀が滑り落ちた。

「やだ、駄目。我慢できないっ」

悲鳴に近い声を上げ、番方はその場に膝をついた。

「あは、あは、もう、か、顔がおかし過ぎて、力がは、入らない。あは、あははは」

腹を押さえ、笑い転げる番方を、お糸は呆然と眺めていた。それから、わらちゃんを手に取る。まじまじと見詰めてみる。

「そんなに、おかしゅうございますか？　この顔、よく描けていると思いますが」

「きゃあ、やめてやめて。そんな、おもしろい顔、見たことなくて、あはははは」

「ええい、何をしておる。この者を早く始末せい」

押路が手を横に払う。番方たちが揃って一歩、近づいてきた。お糸はわらちゃんを摑(つか)み、番方たちに向かって突き出した。

「ああ、いや、これは駄目で……あはははは、あはははは」

「まあ、何て顔なの。きゃはははは」

「わはははは、わはははは」

「ええい、そなたたち。番方のくせに何をしておる。斬(き)れ、この者を斬り捨てよ」

笑い声を、押路の尖(とが)った叫びが貫(つらぬ)く。しかし、番方の笑いは止(や)まなかった。

「ええい、もうよい。このわたしが成敗してくれるわ」

転がっていた小太刀を拾い上げ、押路が向かってくる。わらちゃんを突き付けてみたけれど、押路は横を向き、視線を逸らした。

隙(すき)ができた。

お糸は飛び起き、押路の腕を叩(たた)く。小太刀が再び、床に落ちた。

「おのれ、刃向かうか」

「刃向かわなきゃ殺されちゃうじゃないですか。やたらめったら、刃物を振り回さないでください。危ないでしょ」

「ええい、うるさいうるさい。黙れ、下賤(げせん)の者がわたしに意見などするでない」

押路が声を張り上げたとき、隣室の襖が開いた。

「うるさいのは、どちらでしょうか。押路さま、お声が廊下まで響いておりますよ」

艶耶子だった。

地味な形ながら顔には薄化粧が施され、蠟燭の光が整った美貌に陰影をつけている。番方たちが一斉にひざまずいた。

「江戸屋敷の奥を束ねる御年寄としては、些かはしたのうございませぬか」

「くっ、艶耶子どの、何用じゃ。ここは、わたしの私室。いかな松子の方さまの御侍女とは申せ、みだりに入って来られては困る」

「それは、ご無礼をいたしました。いえ、あまりに賑やかでありましたので、押路さまのお部屋で猿の喧嘩でも始まったかと思いまして」

「さ、猿の喧嘩とな」

「はい。猿は老いるとやたら喧嘩っ早くもなり、怒りやすくもなり、他人の言うことに耳を貸さず、威張り散らすようにもなると、何かの書物で読みましたゆえ。てっきり、老いた猿の喧嘩が始まったのかと……。でも、ここには人しかおらぬようですがねえ。とすれば、あの下品な怒鳴り声はどなたのものだったのでしょうか。不思議だこと。おほほほ」

押路の頰が歪んだ。奥歯を嚙み締めたのだ。

「ほんに、ここには人しかおりませぬぞ。そういえば、近頃、やたら化粧の上手い山猿が屋敷内に出没すると耳にいたしましたのう」

押路が艶耶子に顔を向け、薄く笑う。

「山猿の分際で、化粧を覚えたのが嬉しいのか、まことに上手く素顔を隠し、隠せば、己を美しいと勘違いするのか、我が物顔で屋敷内を歩き回っておるとか。ほほ、やはり猿は猿。浅知恵しかないようで、まことにみっともない。が、本人がそこに気付いていないというのが、また、みっともないと思いませぬか。ほほほ」

「はあ、押路さま。それは、誰のことを言うておられます？」

「いえ、別に。何か心当たりがございますか、艶耶子どの？」

「ございませんねえ。がなりたてるしかできない老い猿なら……くすくす」

「な、何を笑(わろ)うておられる」

「ちょっと、おかしくて。ほほ、気になさらないでくださいまし。お猿さま、じゃなくて、押路さまでございました。ご無礼を」

「むむっ、よくもよくも」

押路と艶耶子が睨み合う。火花が飛び散りそうだ。

「あ、あの、この二人、ものすごく仲が悪いとかなんですか？」

傍らの番方にそっと尋ねてみる。

「むちゃくちゃ悪くて、事あるごとに、こうやってぶつかっておられるのじゃ」

「そうなんですか。でも、見てたらおもしろいですけど」

「まあね。どっちも一歩も譲らずって感じだから、見甲斐はある。で、毎回、おもしろくて……。うん？　そなた、気安く話しかけてくるでない」

「あ、すみません」

お糸は肩を竦めた。

不意に、艶耶子がお糸に身体を向ける。

「お糸」

「え、あ、はい」

「松子の方さまがお呼びじゃ。ついて参れ」

ええっ、松子の方さまがあたしを呼んでる？　どういうこと？

「待たれよ、艶耶子どの。この者は不審の点多々あり、今調べておるところですぞ」

「お控えなされ。松子の方さまの御命でありますぞ」

艶耶子が凛と言い放った。

「それとも、押路どの。そなた、松子の方さまの御命より己の調べが勝ると言いやるか？」

「う……く、そ、そのようなことは……」

「では黙っておられるがよい。いらぬ口出しは不忠となりますぞ。さっ、お糸、ついて参れ」

「は、はい」

衣擦れの音を残して、艶耶子が出て行く。お糸も急ぎ、後を追った。

何が起こったのか、何が起こるかよくわからないけれど、とりあえず刃の下からは逃れられた。ほっとする。部屋を出る寸前、振り向いてみると、燭台に囲まれて押路が仁王立ちしていた。慌てて目を逸らす。背筋に沿って悪寒が走った。

その八　ネコはいつでもネコなんだ

「あ、あの、艶耶子さま」

前を行く背中に声をかける。

返事はない。

「艶耶子さま、あの、艶耶子さまったら」

やはり返事はない。お糸は首を傾げた。

呼び方が気に入らないのかしら。それなら……。

「ちょっと、つーやん、黙ってないで」

とたん、艶耶子が振り向く。お糸の腕を摑むと辺りを見回してから、凄みを利かせた低い声で「ふざけんな」と囁いた。

「あ、い、いえ。わたくし、ふ、ふざけてなんかいなくて……あ、あの、危ないところを助けていただいて、お、お礼を申し上げようと思っただけで。あ、あの、何か気に障りましたか。つーやん」

「おだまり！　そんな軽々しい呼び方、するんじゃないわよ。このアホ娘が」

「え、え、すみません。権太郎さまが『つーやん』と呼んでおられたので、つい」

「だから、あの、いい加減でちゃらんぽらんで出たとこ勝負のあかんたれの、頭カラカラのいい加減が着物を着て歩いているような、いい加減なちゃらんぽらん男と同じ呼び方、するんじゃないの」

わぁ、つーやん、〝いい加減〟を三回も言っちゃったわ。〝ちゃらんぽらん〟は二回。まあ、確かにいい加減でちゃらんぽらんな方ではあるものね。納得、納得。

艶耶子が眉を八の字に寄せた。

「なによ、なにを一人で頷いてんのよ。あんた、あたしをなめてんの？　え？　どうなのよ」

「あ、いえいえ。なめるだなんて、とんでもございません。わたくし、甘いものしかなめませんので。艶耶子さまのような、こすっからい……いえ、厳しくも度量の広い立派なお方には、ただただ頭を垂れるのみでございます。艶耶子さま、此度は、危地からお救いいただいて、まことにありがとうございます」

「べつに救ったわけじゃないわよ。変な早とちりするんじゃないの。松子さまがあんたに会いたいって仰るから、しかたなく呼びに来ただけですからね」

お糸のおだてが利いたのか、艶耶子の物言いが緩む。しかし、その物言いの変わり方より〝松子さま〟の一言に、お糸の気持ちは引かれた。

艶耶子が素で、他人を〝さま〟付けで呼ぶなんて珍しい……気がする。どういう経緯なのかお糸には摑めないが、艶耶子は今、松子の方の侍女に化けている。それ相応の場で「松子さま」なり「松子の方さま」と呼ぶのは当たり前だけれど、今は艶耶子とお糸の二人、もしくは一匹と一人しかいない。なのに、ちゃんと〝さま〟付けなんて、どういうこと？

「その件でございますが、松子の方さまは、わたくしめになんのご用があるのでしょうか」

それとなく、窺ってみる。

「あんたねえ、アホ娘の分際で、そんなことを一々、尋ねるんじゃないの。来いって言われたらおとなしく来りゃあいいのよ。ほんとに、お頭の巡りが悪いんだから。まっ、権太郎のカラカラ頭よりは百倍、上等だけどねえ」

言いたい放題だ。しばらく会わなかった間に、一段と毒舌度合いが増している。決して、しょっちゅう会いたい相手ではないけれど。

そのとき、廊下の向こうに女中らしい人影が見えた。

艶耶子が空咳をして、打掛の裾を引く。

「己の立場を弁え、黙ってついて参れ。よいな」

「畏まりました」

顔を俯け、口を噤み、艶耶子の後についていく。

松子の方が、なぜ、自分を呼んでいるのか。この先、何が待ち受けているのか。正直、想像できない。だが、さほど不安も怯えもなかった。

対面したのはほんの短い刻ではあったが、松子の方の穏やかさ、柔らかさは本物だ。確かな善を感じ取れたのだ。お糸は自分の、感じる力を信じていた。

上辺に騙されない、見た目に惑わされない。ときには本人さえも気が付いていない、その人の心の奥に潜む姿を感じてしまう。幼いころから、そうだった。その力を厭うたこともあったけれど、今では、ありがたい天からの賜りものだと思える。

おかげで、珠子に逢えた。おかかやおさけや三嶋、それに、わらちゃんにまで巡り逢えた。権太郎にも……逢えてよかったのか悪かったのか悩むところではあるが、ともかく、知り合った。はらはらするし、どきどきするし、腰を抜かすほどの驚きや奇妙奇天烈な出来事に見舞われもするけれど、いや、だからこそ、お糸の一日一日は輝いている。とてもとても、おもしろい。おもしろくて楽しくて、豊かでおもしろい。〝おもしろい〟を三回も繰り返すほどおもしろい。

自分と鈴江三万石の江戸屋敷を結び付けてくれた力に、毎朝毎夕手を合わせたいぐらいだ。ありがたい、ありがたい。

その力によれば松子の方を恐れる要はまず、ない。

うん？

お糸は顔を上げ、目を瞬（しばたた）かせた。

さっき、廊下の向こうにいた女中がすっと曲がり、渡り廊下の方に消えた。屋敷の表と奥を結ぶ、渡殿（わたどの）だ。廊下を渡った先には御広敷（おひろしき）があるので、奥の言伝（ことづて）を携えて女中が出向くこともあるのだろう。

お糸が瞬きをしたのは、一瞬、目にした横顔に何となく覚えがあったからだ。

どこかで見た横顔……。

「えっ、もしかして」

思わず叫んでいた。艶耶子が振り向き、睨みつけてくる。

「黙ってついて来いって言ったよね。聞こえなかった？　え、聞こえなかった？」

「あ、いいえ、も、申し訳ありません」

身を縮める。艶耶子はもう一睨みすると、歩き出した。

「つーやんって、ちょっと柄が悪くない？」

「悪い悪い。武家屋敷より賭場（とば）の方が似合ってるっぺ」

「ほんと、それ。鉄火（てっか）な姐（あね）さんって感じだもんね」

わらちゃんとこそこそ内緒話をしながら、廊下を行く。

さっきの女中のことは気になる。ほんの一瞬だったから、見間違いの見込みも十分あり得る。できれば、ちゃんと確かめたい。

しかし、今は我が身の先行きを第一に考えねばならないときだ。

松子の方が善良であることは間違いないだろう。けれど、横入に繋がる者であるのも事実だ。後ろには兄である横入十万石領主が控えている。恐れなくてもいいが、用心はしておいた方がいい。

艶耶子が側に仕えているのだから、松子の方が、お糸の正体を知っていて当然だ。間者として潜（もぐ）り込もうとしているところまで察したかもしれない。そのことを咎（とが）めるために呼んだのか。いや、それなら押路の許（もと）から助け出さずともよかったはずだ。押路に詮議（せんぎ）を任せておけばいいのだから。かといって、艶耶子が機転を利かせて、お糸を窮地から救ったとは信じ難い。三嶋が祈願のため三日三晩食を断（た）ったというより信じ……難くはないが、ほぼ、あり得ないと思う。

不意に艶耶子が止まった。

あれこれ思案に暮れていたお糸は足を止めきれず、その背中にまともにぶつかってしまった。

艶耶子の背中は、相当に硬い。

もろにぶつかって、お糸は跳ね飛ばされ尻もちをついた。

「ううっ、痛っ。つーや……艶耶子さま、急に止まったりなさらないでください。危のうございます。それにしても、何とも硬いお背中でございますねえ。凝り過ぎなんじゃありません?」

それとも、何千年も生きてると、甲羅でもできるんですか。の一言は、さすがに呑み込んだ。甲羅を背負った艶耶子の図が頭に浮かび、噴き出しそうになったが、これも何とか堪えた。

えらいぞ、糸。この調子だ。この調子でがんばるのよ。

こぶしを作り、自分を鼓舞する。

「ちょいと、アホ娘」

立ち上がったお糸に、艶耶子がすっと寄ってくる。着物に焚き込めているのか、青葉に似た清々しいお香が匂ってきた。甘ったるくない。すっきりとして、凛々しい。艶耶子がこんな香りを好むとは、意外の意外の意外だ。

「アホ娘じゃありません。糸という名前があります。ちゃんと名前を呼んでくれないなら――」

艶耶子をはたと見据える。艶耶子が顎を上げた。

「呼んでくれないなら、なによ」

「わたくしも、この先、艶耶子さまのことを『つーやん』って呼びますからね」

「な、なんですって」

「呼びます。呼びまくります。いいんですか、つーやん。いいんですね。つーやん、つーやん、つーやんやん。明けても暮れても、つーやん、つーやん。朝もお昼も、つーやん、つーやん。夜になったら、これまた、つーやん」

「それそれ、それそれ、もう一丁」

わらちゃんが襟元から顔を出し、絶妙な合の手を入れてくれる。

「今朝も早よから、つーやん、つーやん」「それそれ、それそれ、もう一丁」「夜が更けても、つーやん、つーやん。これまた豪儀に、つーやんやん」「それそれ、それそれ、もう一丁」

「お黙り！　うるさい。わかったわよ。ほんと、騒々しいアホ娘どもが」

「あ、また言った。つーやん、つーやん」

「わかったってば。お糸、お糸、お糸、お糸、御物師の試験に見事に落っこちたお糸ちゃん。これでいいわけね」

「……何だか、険のある言い方ですね」

「あんた、御物師の試験に見事に落っこちたお糸ちゃんのくせに、文句が多いわよ。いい？　そんなことより、これから尋ねることに、ちゃんと答えなさいよ。御物師の試験に見事に落っこちたお糸ちゃん」

「余計な説明を名前の前にくっつけないでください」

唇を尖(とが)らせる。艶耶子が辺りを窺った。

誰もいない。長い廊下にも広い庭にも、人の気配はなかった。狐(きつね)の気配もなかった。屋敷の最も奥まった一画らしいここは、静まり返り、松籟(しょうらい)が僅(わず)かに響いているだけだ。

「あんたねえ、鈴江のこと、どう思ってんの？」

「はい？　どうって……」

「好きか嫌いかって、聞いてんの。さっさと答えなさい。苛々(いらいら)するじゃない」

「鈴江って、あの、鈴江のお国のことでございますか」

「そうに決まってんでしょ。他に何があるのよ」

「わたくしの実家の番頭の妹さんが嫁いだ先のお姑さんの従姉妹は、スズエって名前だったと思いますけど」

「うんだな。昔、おらのいた屋敷の台所方の娘が嫁いだ先のお姑さんの幼馴染は、ススエって名前だったたっぺ」

「……あんたの実家の番頭の妹の嫁ぎ先の姑の従姉妹も、台所方の娘が嫁いだ先の姑の幼馴染も関わりないね。わかってんでしょ、そんなこと。鈴江よ、鈴江。鈴江三万石。あんたの主である、あの猫顔の、ぶっさいくで、いけすかない女が正室として、ふんぞり返っている国のことよ」

「まっ、何と無礼な。珠子さまは、ふんぞり返ってなどおられませぬ」

「だっぺ、だっぺ。ぶっさいくでもないっぺ。猫なんだから猫顔なのは当たり前だっぺ。狐どんが狐顔なのと同じだっぺ」

「顔のことなんてどうでもいいから、ちゃんと答えなさい。好きなの、嫌いなの？」

艶耶子が足を踏み鳴らす。ほんと、気が短い。「顔のこと言い出したの、狐どんだっぺ」。わらちゃんが微かな声で呟いた。怒っている艶耶子に、少し怯えているみたいだ。

「好きに決まってます」

好きに決まっている。嫌いなわけがない。

「ふーん、あっさり言い切ったけど、あんた、鈴江に行ったことなんかないでしょ。ぶっちゃけ、どんなところか知らないよねえ」

「知りません。でも、好きです。珠子さまの故郷ですもの。それだけで、わたくしにとっては、かけがえのない大切な場所です」

「鈴江はいいところだっぺ。狐どんだって大好きだっぺな」

艶耶子は鼻から息を吐き出し、わらちゃんの頭を叩く。

「藁人形が一々、余計な口を挟むんじゃないの。頭の藁、全部抜いちゃうよ。お糸、あんた、今の今、鈴江をかけがえのない大切な場所って言ったわね。それ、本心でしょうね」

「わたくしは艶耶子さまのように、心にもないことをしゃべれるほど器用ではありません」

「うわぁ、しらっと言っちゃってくれるじゃない。吾妻橋(あずま)だか万年橋だか知らないけど、橋の近くで縫子(ぬいこ)をしてたとかなんとか、あれは誰のことかなぁ。あれぇ、おかしいなぁ。そんな娘、どこにいるのかなぁ。押路婆さんにも、針の腕前を確かめたかったとか何とか言ってたしぃ。心にもないことしゃべったの、だーれだ？」

「く……。あ、あれは、い、致し方なく……」

「鈴江のためだよね」

　艶耶子がすっと背筋を伸ばした。

「あの嘘（うそ）もこの嘘も、鈴江のためだよね」

　お糸は首肯（しゅこう）した。これは真だ。

「あんただって権太郎ほどアホじゃないんだから、嘘がばれたら命に関わるって、それくらいはわかってたんでしょ？　命を懸ける覚悟で、乗り込んできたんでしょ？」

　お糸も姿勢を整えた。

「むろんです」

「鈴江のために、ここに乗り込んできた。そこは信じて構わないね」

「はい」

　艶耶子は口を閉じ、お糸に背を向けると、その場にひざまずいた。春夏秋冬の松林を描いた襖の前だ。雪をのせた松の枝が手前に、その後ろに紅葉（もみじ）と松の重なった風景が描かれている。

「松子の方さまの御室(みむろ)である。控えよ」

艶耶子の一言に、お糸もひざまずいた。

「お方さま、お糸を連れて参りました」

艶耶子の声が重々しく耳朶(じだ)に触れる。お糸は手をつき、平伏した。

「入れ」

松子の方の声がする。襖が開く音がする。艶耶子が立ち上がり、部屋に入っていく気配がする。そして、「にゃう」と猫が鳴いた。

え、猫?

顔を上げる。八割れ額の三毛猫が目の前に座っていた。

「あ、丸ちゃん。そうか、丸ちゃんは松子の方さまの猫だものね。ここにいても、不思議じゃないよね。なのに、びっくりしちゃった」

「にゃうにゃうにゃー」

「え? 珠子さまに、今までのこと伝えてくれたの? ほんとに?」

「にゃーにゃーにゃん」

「わぁ、ありがとう。丸ちゃん、頼りになるのねえ。あ、でも、どうやって?」

「にゃごにゃごにゃーご」

「〝丸ちゃん☆ちゃんねる〟？　なに、それ？」

「お糸、入って参れ」

　艶耶子が呼ぶ。さっきまで、「ぶっちゃけ」とか「アホ娘」とか言っていたのと同じ口から出たものとは思えないほど、厳めしくも品のある物言いだった。

　つーやん、ほんと化けるの上手いわ。まあ、狐だものね。上手いに決まってるか。

「はい。失礼いたします」

　部屋の中はやはり青葉の香りがした。この部屋のお香が艶耶子の衣にも染みていたのだろう。いい匂いだ。

　貴人の前で、許しを得ずに顔を上げることはできない。お糸は襖の近くに座り、深く頭を下げた。

「お糸。そのように畏まらずともよい。面を上げよ」

「は、はい。ありがたき幸せに存じます」

　ゆっくりと身を起こし、お糸は「まっ」と叫んでしまった。

　松子の方の居室らしい座敷は、思っていたよりこぢんまりとしていた。それに、質素だ。これなら、珠子の部屋とそう変わりない。しかも、艶耶子を除けば、お付きの者が一人もいなかった。三万石の正室の珠子でさえ、三嶋やお糸を含め数人の侍女が常に侍っているというのに、将軍家の側室であるお方の周りに付く者がいないとは、不思議だ。奇妙でさえある。もっとも、お糸が座敷の様子を心に留められるようになったのは、暫くのちのことだった。

「まっ」と叫んだ後、お糸は寸の間だが絶句してしまったのだ。

「ほほ、お糸、何という顔じゃ。まさに、鳩が豆鉄砲を食ったという様じゃのう」

艶耶子が楽しげに笑う。

不意に松子の方が立ち上がった。

「どうじゃ、お糸。この打掛、わたしに似合うておるか」

そう言いながら、くるりと回ってみせる。

お糸の打掛だった。緑色の、あの打掛だ。

「ま、松子の方さま、申し訳ございません」

再び平伏する。

「まあ、なぜに詫びる？　そなたに詫びてもらう心当たりは一つもないが」

松子の方の声は優しげではあったが、湿ってはいない。からりと乾いて、軽やかだ。試験の場で聞いた笑い声と同じだ。

やはり、好ましいご気性でいらっしゃるのだわ。

ちょっと嬉しくなる。でも、嬉しがっている場合ではない。松子の方が身につけている打掛は、まだ縫い上がっていない半端物なのだ。

「わたくしの腕が未熟なあまり、その打掛……縫い上げることができませんでした」

打掛は裾に綿(わた)を入れ込まなければならない。それが不十分なままだ。だから裾がきれいに広がっていない。明らかに不出来な一枚だ。

「仔細(しさい)に眺めれば、裾だけでなく、裏地も、袖付(そでつ)けの辺りも、試験に通った者たちと比べると粗さが目立ちますねえ。背縫(せぬ)いも少し曲がっているような」

「まあ、艶耶子。本人を前にして、そのように悪し様(あしざま)に言うものではない」

「松子さま、お言葉を返すようでございますが、お糸自身も己の未熟さ、いたらなさ、出来の悪さ、力のなさ、馬鹿さ加減はようわかっております。ここは厳しく指摘した方が本人のためかと存じますが」

ちょっとちょっと！　馬鹿さ加減って……そこまで言うことないと思うけど。

腹は立ったけれど、粗さが目立つのは事実だ。小袖までは、お糸にもゆとりがあった。自信もあった。しかし、打掛はさすがに難敵だった。お糸では太刀(たち)打ちできない相手だったのだ。

うう、悔(くや)しいけど……言い返せない。

奥歯を噛み締めて、黙り込むしかない。

松子の方は打掛を脱ぐと、小袖姿のまま腰を下ろした。

「では、お糸、この打掛を縫い上げてくれますか」

「え？」

「この打掛をきちんと仕上げてたもれ。ぜひにぜひに」

「え？　え？　でも、あの、さきほど、つーや……艶耶子さまが仰せになられた通り、わたくしの腕では松子の方さまがお召しになるような打掛を縫い上げるには、かなりの日数が要るやもしれません」

要るやもしれない、ではなく確かに要る。刻を気にせず、ゆっくりと丁寧に針を使えば、それなりの一枚を拵えられるだろうが、そのために何日要るか明言できない。

松子の方が微笑んだ。

「よい。幾ら日数が掛かってもよい。わたしは待つことには慣れておる。三日三晩、寝ないで虫が卵から孵るのを待ったことも、二度や三度ではないからのう」

「でも、でも、松子の方さま。御物師となる方々のほうが、わたくしより何倍も腕は確かでございます」

ちらりと目にしただけなのに、お花たちの打掛の見事さは十分に伝わってきた。選ばれて当然だ。それに比べれば、お糸の打掛はやはり劣る。明らかに見劣りする。

「お糸。ちと尋ねるが、そなたなぜ打掛の試験に、この反物を選んだ」

「あ、はい。それはお似合いになると思いましたから……」

「この反物がわたしに似合うと、そう思うたのじゃな」

「は、はい」

反物は、濃淡はあるものの深い緑色で染め上げられていた。その緑は木々の葉であったり、草むらであったり、苔や羊歯であったりするのだが、一目見たときから松子の方に相応しいと感じられたのだ。それは、たぶん、松子の方の来し方や為人を、鈴江の江戸屋敷で聞いたせいだと思う。

仕立ての技はともかく、誰よりも松子の方に似合う反物を選び出せた。その自信はあった。しかし、それはお糸の独り善がりに過ぎなかったのだろうか。

さして華やかでもなく、豪華でもない打掛は、大奥の絢爛たる風景に容易く埋もれてしまうかもしれない。

そこまで考えが及ばなかった。

「やはり、そうであったか」

松子の方の口調が、不意に弾んだ。

「艶耶子、わたしの言うた通りであろう。お糸は、ようわかっておるのじゃ」

　わかってる？　え？　何が？

　思わず艶耶子に目を向ける。艶耶子はお糸の視線を受け止め、心持ち顎を上げた。

「数ある反物の中で、これだけが松子さまのお心に叶(かの)うたのじゃ。そなたがこれを選んだと知って、松子さまはたいそうお喜びになられた。ぜひとも、そなたと語らってみたいと仰せられたのじゃ。よって、ここに目通りが許された。あい、わかったな」

「あ、はい。筋は通っておりますが……」

　艶耶子の眉が吊(つ)り上がった。目尻も上がって、狐顔になる。狸(たぬき)顔でも猫顔でもない、正真正銘の狐顔だ。

「お糸！　控えよ。松子の方さまの御前であるぞ。『筋は通っておりますがぁ～』とは何じゃ。『筋は通っておりますがぁ～』とは」

「いえいえいえ、そんな変な風に語尾は伸ばしておりません。あ、でも、まことに申し訳ございません。つい……」

　松子の方がくすりと笑う。

「珠子どのとおるときと、同じ気分になっておったか」

「はい。仰せの通りでございます。珠子さまの前ですと好きなことを好きなように言うのが――」

口を閉じる。血の気が引いていく。

や、やっちゃった。珠子さまのお名前を出しちゃった。ここは、とぼけなきゃならないところだったのに。

「はい？　何のことでございますか」とか「珠子？　はて、どなたでございましょうか」とか、白を切らなきゃいけないところだったのに。

あたし、何て言った？　「仰せの通りでございます」なんて答えなかった？　答えちゃったわよ。もろに、答えちゃった。うわぁ、どうしよう。ここから、どう立て直したらいいの？　今さら「亡くなりました母が珠子と申しまして」とか誤魔化せないよねえ。しかも、おっかさん、まだ生きてるし。ごめんね、勝手に殺して。いや、おっかさんに謝ってる場合じゃない。あたしが鈴江の者だってばれたら、しかも、珠子さまの侍女だなんてばれたら……。あれ、でも。

改めて、艶耶子を見やる。艶耶子がいるのだから、当然、お糸の正体など松子の方には筒抜けになっているはずだ。

「……あの、えっと、そうですよね。とっくに、ばれてますよね」

「当たり前じゃ。今さら慌てても遅い。まっ、わたしとすれば、そなたが〝打掛早縫い試験〟の五人にまで残ったことに驚きはしたがのう」

「ふーん、そう言う艶耶子さまは、お針をお使いになれるのですか？」

「へ？　あ、当たり前じゃ。針の一つも意のままに使えずして、務めが果たせようか。わたしは、どのような装束も一夜で縫い上げられるほどの腕前であるぞ」

またまた、大風呂敷を広げて。つーやんが縫い物してるところなんて想像できないし。妖力使わないと、無理だよね。

――とは言えない。艶耶子の針の腕よりも、鈴江の者である自分をなぜ、自室にまで呼んだのか。本当に打掛だけの話で済むのか。そっちの方がよほど気になる。

腹を決めて、気になることを問うてみた。

「そなたの打掛を身につけたい。そう思うたのは真じゃ」

松子の方は、あっさりとはっきりと言い切った。

「この打掛を選んだ者を知りたい。言葉を交わしてみたい。心底から、そう思うた」

頰が熱くなる。嬉しくなる。偽りのない言葉に胸も熱くなる。

「ただ、それだけではない。お糸」

「はい」

「我らに力を貸してもらいたい。どうしてもそなたの、いや、そなたたちの力が要る」

そなたたち？

「は？　力を貸せとは、わたくしだけでなく……」

「そうじゃ。珠子どのを始めとして、鈴江のみなさまの力をぜひともお借りしたい」

「えっと、あの、も、申し訳ありませんが、いったい何のことやらで……」

た、珠子さま、えらいことです。糸は、えらいことに巻き込まれた気がします。わたくしだけでなく珠子さまも、三嶋さまたちも……いえ、いえいえ、珠子さまたちを巻き込まぬよう、ここが踏ん張りどころと心得ております。お任せください。

「鈴江の存亡がかかっておるのじゃ」

艶耶子が叫んだ。お糸をはたと睨み、続ける。

「よいか。このままでは、鈴江の地は荒れ果てる。二度と元に戻れぬほどに荒れ、狐はおろか、他の鳥獣（ちょうじゅう）も人も生きられぬ地に変わり果てるのじゃ」

わ、やっぱり狐が一番なんですね。つーやんの中では狐の下に他の鳥獣と人がいるわけで……なんて、どうでもいいわ。あたしって追い詰められると、どうして、どうでもいいことばっかり考えちゃうんだろう。

「い、意味がわかりませぬ。なぜ、鈴江の地が荒れ果てるのです？」

答えたのは松子の方だった。

「黒豆ガガコじゃ」

黒豆ガガコ？　なに、それ？　どこかで聞いた気がする……あっ、そうだ。珠子さまだ。珠子さまが惚気(のろけ)てた。「長義さまに比べたら、世のどんな男も黒豆ガガコにしか思えないわ」とかなんとか。それで三嶋さまが「ほんま、あほらしゅうてやってられへんわ」と、なぜか上方(かみがた)弁で呆(あき)れてて……いや、だから、黒豆ガガコって何だったっけ？

先刻同様、松子の方が素早く立ち上がった。ぴょんと跳ねたみたいだ。

「お糸、こちらについて参れ」

それだけ言うと身をひるがえし、隣室に消えた。何とも素早い。大奥の貴人ではなく、おきゃんな町娘みたいな動きだ。

お糸は唾を呑み込むと、松子の方を追おうとした。

「あー、となりの部屋に入るんだぁ。へえ、勇気あるぅ。ヒューヒュー」

艶耶子は両足を前に投げ出し、壁にもたれ、小指の先で耳の穴を穿っている。さっきまでの凛とした佇(たたず)まいとあまりに差があった。変わり身の早さに、驚くより先に感心してしまう。

「勇気あるって何ですか？　となりのお部屋って勇気がないと入れないんですか？」

「知ーらない。自分で確かめればぁ。けどさ、一度入ったら、後戻りはできないからね」

「わたくしを脅しておられるのですか」

「あんたを脅して、あたしに何の得があるのよ。あたしが脅さなきゃならないほどの大物のつもり？　調子こくんじゃないわよ」

「艶耶子さま。さっき鈴江の地が荒れ果てる、変わり果てると仰いましたね」

「はーい、言いましたぁ。それが何かぁ」

「そこまで言われて、知らぬ振りなどできませぬ。となりの部屋だろうが、熊の巣穴だろうが、虎の喧嘩の仲裁だろうが、どこにでも参ります」

「ふん、恰好つけてんじゃないわよ。あんた、虎には慣れてんじゃないの。三嶋みたいな図体ばかりがでかくて、あほんだらで、獰猛で、性格わるーい虎と日頃一緒にいるんだから、喧嘩の仲裁なんてお茶の子さいさい、狸汁、じゃないのさ」

お茶の子さいさいの後に、どうして狸汁が出てくるんだろう。狐って狸汁が好きなのかなあ。それに、いくらなんでも三嶋さまのこと、ボロカスに言い過ぎだわ。まあ、つーやん、この前、三嶋さまに完膚なきまでやられちゃったからなあ。かなり怨んでるんだろうな。ほんと、こてんこてんにやられちゃったものねえ、むふふ。

「ちょっと、なに一人でにやついてんのさ。気味が悪いじゃないの」

「あ、いいえ、ただの思い出し笑いです。むふふのふ」

「思い出し笑い？　何を思い出してるわけ？」

「あっ、何でもありません。ご無礼いたしました。ともかく、わたくし、松子の方さまの後について参りますので、失礼いたします」

危ない危ない。三嶋さまに負けた話なんてちらっとでも口にしたら、つーやんに噛みつかれちゃう。

「松子の方さま、入らせていただきます」

声をかけると、お糸は襖をそっと開けた。

そこは三畳ほどの小間（こま）だった。お糸の正面には、いかにも重そうな杉の扉があり、それはぴたりと閉まっている。他は何もない。飾り棚が設（しつら）えられている他は家具らしい物はいっさいなかった。ただ、仄（ほの）かに甘い香りはする。お糸はあまり好きではないが、とろりとして、身体の芯に纏（まと）わりついてくるような香りは、人によっては芳香とも感じるだろう。

その香りは扉の向こうから漂（ただよ）ってくるようだ。

「入ります」

扉の取っ手に手をかけ、告げる。入る許しを得るのではなく、入る意志を告げたのだ。

扉は重かったが、開けられないほどではない。三嶋なら小指で動かせる程度だ。お糸は両手を使い、渾身(こんしん)の力で引いた。

重いわりに音もなく、扉は横に滑った。

甘い香りが強くなる。

丸ちゃんが足元をすり抜け、先に入っていく。案内人（猫）を務めてくれているようだ。

「え……」

お糸は、その場に棒立ちになった。

これは……何？

そこは板敷の部屋になっていて、二十畳近くはあるだろうか。壁に沿ってぐるりと、木組みの三段ほどの棚が並んでいる。ざっと数えただけでも十台以上ある。

その棚一段一段に、何やら赤っぽいものが蠢(うごめ)いていた。部屋は静かで、じゃっじゃっという微かな音だけが響いている。

お糸は部屋の中ほどまで進み、棚を覗き込んだ。

ふっと、幼いころ父と出かけた蚕飼農家の一室を思い出した。こんな風に棚が設えられ、床には茣蓙が敷かれていた。棚にも、茣蓙にも、桑の葉が重ねられていて、それを蚕たちが盛んに食べていた。

「お糸、このお蚕さまの吐く糸がな、絹となり、反物となり、『きぬた屋』の商いを支えてくれているのだぞ」

父の言葉、白い蚕を愛らしいと思ったこと、蚕が桑を食む音、部屋の隅で丸くなっていた茶色の猫、蚕を食べにくる鼠の番のため、猫は欠かせないと教えてくれたお百姓の日に焼け込んだ肌。さまざまな記憶が一時によみがえってくる。

ただ、今、目の前に広がる光景は幼い日の記憶に似ているようで、まるで違う。まず音が異なる。蚕部屋では、木々の葉っぱを打つ雨音に似て軽やかだった。でも、ここでは沼底から湧き上がる泡の音のように、濁って重い。そして、この甘い香りは蚕からは匂わなかった。何より棚の上にいる虫は、濃い蜜柑色の体に紅色の小さな棘が何本も生えている。しかも、横腹から背にかけ、小さな黒丸が点々と散っていた。気味が悪い。

「それが、黒豆ガガコじゃ」

背後の声に、お糸は振り向いた。

松子の方、その後ろに打掛を脱いだ艶耶子が立っていた。が、とっさにお糸は、松子の方を認められなかった。白い上っ張りを着込み、丸い眼鏡を掛けていたからだ。

慌てて膝をつこうとするお糸を、松子の方は仕草で止めた。

首を横に振ったのだ。

「ここは、わたしの試験部屋じゃ。わたしの他は、ごく限られた者しか出入りせぬ。だから、畏まることはない。ここでは、身分など不要じゃ」

「あ……し、試験部屋と仰せられましたか？」

「そうじゃ。これとよう似た部屋を国元の城にも持っておった。もっとも、今、ここにおるのは黒豆ガガコのみじゃ。国元には数多の類の虫がおったがのう」

松子の方の眼差しが、束の間だが空をさまよう。

――この方は横入に帰りたいと望んでおられるのかしら。

お糸は松子の方の横顔から目を逸らした。

帰りたいと望もうが、昔を懐かしもうが、松子の方が江戸から出ることはできない。あの珠子とて、江戸屋敷に留まらざるを得ないのだ。もっとも珠子の場合、その気になれば江戸から鈴江まで飛んでいくのは容易いだろう。権太郎など、英吉利だの亜米利加だの伯剌西爾だの、海の向こうのどこにあるかもわからない国と日の本の間を度々行き来している。娘の珠子が江戸と鈴江を往来するのは、さして難しくはないはずだ。しかし、珠子は江戸屋敷から動かなかった。長義が出府すれば飛び跳ねんばかりに喜び、鈴江に戻れば身も世もあらぬほど悲しむ。それでも、江戸屋敷から出ようとはしなかったのだ。

珠子が人ではなく〝ちょいふし一族〟であると、長義は知っている。長義が「そなたが猫であろうと人であろうとかまわぬ。珠子は珠子、わしのたった一人の室だ」と言い切ったのをお糸は間近で見たし、聞いたのだ。だから、珠子が〝ちょいふし一族〟の力を使って鈴江に現れたとしても、長義は驚いたりはしないだろう。困惑もしない。むしろ、「珠子にゃん、来てくれたのか。嬉しいにゃん」と諸手を挙げて迎え入れるのではないか。

でも、珠子は動かない。〝ちょいふし一族〟の力を決して使おうとはしなかった。用心しているのだと、お糸は思う。万が一にも、領主の正室が人でないとあばかれれば長義、ひいては鈴江三万石の命運を危うくする。公儀にあれこれ難癖をつけられぬために、珠子は用心の上にも用心を重ねているのだ。ましてや、将軍の側室である松子の方は、珠子よりさらに強く江戸に縛られている。

何ともお気の毒な……。

　お糸がため息を零しそうになったとき、松子の方が「うわっ」と叫んだ。その声があまりに大きかったものだから、お糸は出掛かったため息を呑み込んでしまった。息が喉の奥に閊える。

「う、う、く、苦しい」

「えっ？　お糸、いかがいたした」

「息が、で、できなくて……あ、頭がぼーっとしてきて……」

「えっ、そんな馬鹿な。まだ早過ぎる」

「は、早過ぎるとは……」

　艶耶子がすっと前に出てきた。

「松子の方さま、ご心配あそばされますな」

　と、言うが早いか、お糸の耳を摘まんで引っ張った。耳元で囁く。

「鶏がにわにはにわうらにわにはにわいます。さて全部で何羽いるでしょう？　はい、答えて」

「は？　なんですか、それ？　にわにわ言われてもわかりません。それより、艶耶子さま、痛いです。耳が千切れます。離してくださいって。あれ？」

喉の閊えがとれている。息ができた。

「わぁ、よかったぁ。危うく息が詰まって命を落とすところだったわ」

「あほくさ。息を吐き出せばいいことじゃないの。ほんと、権太郎じゃあるまいし。いい加減なことで騒がないの」

「あ、はい、すみません。そうですよね。あたし、権太郎さまに毒されちゃったのかなあ」

「気を付けた方がいいんじゃない。あんた、あのちゃらんぽらん男に似てきたんじゃないの？　近くにいると知らず知らず影響されちゃうからねえ」

「ひえっ。そ、それだけはご勘弁を。艶耶子さま、意地悪が過ぎます」

「だわね。いくら何でも権太郎と一緒にするのは酷だったわ。謝る、ごめん」

艶耶子が素直に謝ってくる。どうも勝手が違う。艶耶子の人柄、いや、狐柄は明らかに変だ。これは、本性を隠しているか、それとも変わらざるを得ない何かがあったか。どっちだろう？

「お糸、大事ないか」

松子の方が心配げな顔をお糸に向けた。権太郎は、整った人形っぽい佳人だと評したが、間近で見ると、整ってはいるが人形の冷たさはない。むしろ、お茶目な可愛らしさの方が勝っているようだ。丸い眼鏡を掛けているからかもしれないが、愛嬌さえ感じる。

「はい、お騒がせいたしました。大丈夫でございます」

「すまぬな。そなたの顔つきが急に曇ったものだから元気付けるつもりで、つい大声を……許してたもれ」

松子の方が両手を合わせる。

「と、とんでもないことでございます。わたくしめが勝手に驚いただけにございますので、お気にされませぬよう」

この方、やはり珠子さまと似てる！　素直で気さくで、身分なんかに囚われず、詫びることができるお方なのだ。

何だか、無性に嬉しくなる。

「松子の方さま、わたくしは元気でございます。いたって元気でございます」

と、とびっきりの笑顔を作った。

「まっ、そりゃそうよ。元気なだけしか取得がないんだから」

艶耶子が呟いた気がしたが、聞き流す。

松子の方がほっと息を吐いた。

「そうか、安堵いたした。ではお糸、これを見や」

松子の方が壁際の真ん中の棚を指差す。お糸はその指の先、棚の中をそっと覗き込んだ。

何十匹と群れている中で、数匹の黒豆ガガコがさかんに頭を振っている。他のものより、体色が鮮やかだ。鮮やかだから美しいわけではなく、むしろ、気味悪さが増している。

「これは、踊っておるのですか」

「踊る?」

「はあ、何だか喜んで踊っているように見受けられますが」

「まっ、そなたにはそう見えるのか。おもしろいこと。これはな、間もなく繭になるための糸を吐く合図なのじゃ」

「ええっ、黒豆ガガコは繭になるのですか?」

「蛾であるからのう。蚕と同じじゃ。繭を作る。お糸、こちらへ」

松子の方はお糸を部屋の奥に誘った。そこには障子の桟のような木の枠組みがあり、お糸のこぶし半分ほどの大きさの枠の中に、薄茶色の繭が入っている。

「これが、黒豆ガガコの繭でございますか」

蚕のそれに比べると一回り大きい。

「そうじゃ」

「では、あの、お蚕のように糸がとれるのですか？　わっ、まさか、黒豆ガガコからも生糸がとれるとしたらすごいことじゃありませんか。松子の方さまは、そのためにここで黒豆ガガコを飼って、調べておいでなのですね」

松子の方と艶耶子が顔を見合わせる。ふたりとも強張った表情になっていた。

あれ？　違った？　あたし、また頓珍漢なこと言っちゃったの？

焦る。その焦りの中から、聞いたばかりの松子の方の一言がよみがえってきた。

まだ、早過ぎる。

「あの、先刻、仰せになりました『早過ぎる』とは、何が早過ぎたのでしょうか。わたくしがうっかり、喉を詰まらせたことでございますか」

それしか考えられないが、息が閊えるのに早いも遅いもないだろう。だとしたら？

松子の方と艶耶子がまた顔を見合わせた。やはり表情は強張り、さらに暗くなっていた。

ひええっ、どうしよう。しゃべればしゃべるほど不味いって感じなんですけど。

「艶耶子、あれをお糸に」

「畏まりました」

艶耶子が棚の下から、黒塗りの箱を取り出す。今日、お糸が携えてきた弁当箱ほどの大きさだ。

艶耶子はそれを床に置くと、素早く辺りを見回した。むろん三人の外は、誰の気配もない……と思えたのに、微かな音がした。背後だ。背後の杉の扉がゆっくりと開いていく。僅かな隙間ができて、そこから人影がするりと入り込んできた。お糸は目を大きく開き、その人影を見詰めてしまった。

「お、おすしさま！」

「押路じゃ。何度言えばわかる」

老女押路がお糸を睨みつけてくる。うー、やっぱり怖い。すごい眼力だわ。もしかして、三嶋さまといい勝負ができんじゃないかと……そんなことはどうでもいいの。ちょっと見てみたい気もするけど、今はどうでもいいの。押路さまと三嶋さまの睨み合い。

「な、なぜ、押路さまがここに？」

押路が鼻を鳴らす。

「ふん。わたしはこの屋敷の奥を取り仕切る者。役目とあらば、どこにでも参ずる」

「役目って、何の役目でございますか」

「だから、横入十万石江戸屋敷の奥を取り仕切る役目じゃ。そなた、耳がついておらぬのか」

「いえ、耳は二つ、ちゃんと顔の横についております。ですからそのお役目と、ここに守宮（やもり）みたいにするっと入っておいでなのとが、どう繫がるのかと思いまして」

「や、守宮とな。このわたしを守宮と言いやるか」

「ああ、はいはい。そこまでになされませ」

艶耶子が片手を左右に振りながら、割って入る。

「押路どの、この者に本気で取り合わなくてよろしゅうございます。些かぶっ飛んだ性質（たち）でございますのでねえ」

は？　つーやん、なに言ってんの？　つーやんにだけは「ぶっ飛んだ性質でございます」なんて言われたくありません。つーやんなんか、性格だけじゃなく、やってることもぶっ飛んでるじゃないの。

と、心の内で言い返す。飽（あ）くまで心の内だけでだが。

「お糸、押路どのは我らの味方じゃ。顔は怖いが、恐れることはない」

押路の睨み顔が艶耶子に向いた。

「艶耶子どの。今、顔が怖いと申されたか」

「は？　そのようなこと言うておりませぬが。押路どののご威光に触れ、お糸が縮こまっておりましたから、ちょっと励ましただけでございますよ」

うっそだぁ。つーやん、嘘ついてる。「顔が怖い」って言ったし。あたし、頷きそうになったもの。

と、これも心内だけで呟く。

そういえばと、お糸は思い出した。

御物師の試験場に打掛の反物が運び込まれてきたとき、押路と艶耶子は目配せを交わし、頷き合っていた。心が通っているとまでは言わないが、反目しているようには見えなかったのだ。なのに、二人はお糸の前でいがみ合っていたし、番方は二人の仲を「むちゃくちゃ悪くて」と明言した。

あれってどういうこと？　それに、味方って？　味方がと言うなら……。

敵がいる、ということでもあるのか。

「お糸、その箱を開けてみやれ」

松子の方に促され、お糸はそっと蓋を取った。

「うん？　これは？」

一括り（ひとくく）になった糸の束が入っていた。生糸ではない。生糸より少し青っぽい気がする。手に取ってみると、絹糸（きぬいと）の滑（なめ）らかさはなかった。少しごわついて、硬い。

「それはの、黒豆ガガコの繭から取れた糸じゃ」

「まあ、黒豆ガガコの繭から。道理で手触りが粗いと思いました」

「うむ。糸の取り方は同じじゃが、蚕に比べるとずい分と粗い。しかも、毒を含んでおる」

「ええぇっ、ど、毒を？」

思わず糸の束を放り投げていた。

やだ、やだやだ。触っちゃったよ。やだ、かぶれたりするの？　あ、なんか指先と手のひらがむずむずしてきた。

「触っただけでは害はない」

松子の方が告げる。

袂で手のひらを拭いていたお糸は、動きを止め、肩を竦めた。艶耶子がため息を吐く。ものすごく、わざとらしい。

「ほんに、そなたは粗忽者（そこつもの）であるのう。周りにろくな仲間がおらぬとみえる」

ため息の後に、ちくりと嫌味を被（かぶ）せてきた。腹が立ったけれど、一々つっかかっていても始まらない。相手は当代随一の皮肉屋で嫌味言いなのだ。

それより、話の先が気になる。

「触っても大事ないなら、どのように扱えば危ないのでございますか」

「こうするのじゃ」

答えたのは艶耶子だった。お糸の傍らに膝をつくと糸の束を摑み、お糸の鼻に押し付ける。

「わっ、むぐっ」

悲鳴を上げそうになった。鼻の奥に微かな甘い香りが流れ込んでくる。その香りが靄のように、身体の中を広がっていく。

ふわっと心身が浮いたみたいで、頭がぼやける。自分の内から思案も情動も流れ落ちていく感じだ。御物師の試験にあえなく敗れたことも、間者のことも、鈴江のこともどうでもよくなる。なんにも考えず、なんにも心を揺さぶられず、ぼうっとしていたいと思う。

——お糸ちゃん。

呼ばれた。誰かに、呼ばれた。

——お糸ちゃん、しっかりして。

あっ、珠子さま。

すっと風が通った気がした。風に靄が吹き払われる。

お糸は首を振り、顔を背け、渾身の力で腕を前に突き出した。

「きゃあっ」

悲鳴と共に艶耶子が転がる。

お糸は大きく息を吸い、吐き出した。

「艶耶子さま、ご無体をなさいますな。わたくし、もう少しで……」

もう少しで、どうなっていたのだろう。

艶耶子は起き上がると、目を怒らせてお糸を見やる。

――もう、何してくれんのよ、このアホ娘が。急に押したりして危ないだろうが。

――つーやんが悪いんでしょ。危ないのはこっちですよーだ。

――つーやんって呼ぶんじゃないの。何度言ったらわかんのよ、ボケ。

目だけで、これだけのやりとりをする。どうしてできるのか、お糸にもわからない。べつにやりとりしたい相手ではないのだ。それは、艶耶子も同じらしく、〝忌々しい〟を顔つきで表したらこうなるだろうという顔つきになっていた。

「その糸束はだいぶ毒気が抜けておるが。艶耶子、今のは些かやり過ぎであるぞ」

松子の方がやんわりと戒める。

「さようでございますな。この者、殺しても死なない輩かと見受けましたので、ついつい」

「まあ、お糸は愛らしく、か弱げな女人ではないか」

「いえいえ、とんでもございません。鈴江の江戸屋敷は化け猫の溜まり場のような所でございます。厚かましくて、いい加減で、食い意地の張った者ばかりが集まっておるようで。かの猛毒、烏頭を丼飯に振り掛けて食する者もおるとか」

「なんと、まことか？　お糸」

「根も葉もない虚言です」

いくら三嶋でも、烏頭掛け丼飯は食べない。フグぐらいなら丸呑みしても平気だろうが。あと毒茸と蝮のごった煮とろろ餡掛けの大鉢五、六杯程度なら平らげられるはずだ。

だいたい、自分が化け狐のくせして、化け猫がどうのとか言わないでもらいたいもんだわ。

言い返してやりたかったが、そんな間も惜しい気がした。

心が逸る。焦りに似た情が湧き上がってくる。

「松子の方さま、この糸束に毒が仕込まれておったのですか」

「仕込まれたというより、もともと含んでおったのじゃ。順を追って話す。ことは鈴江の地にも、いや、日の本全ての国の行く末に関わることやもしれぬ」

日の本全ての国。そんな大きな話なのか。

お糸は息を呑み、居住まいを正した。棚と棚に挟まれた狭い場所に四人が座る。お糸と松子の方の膝は今にも触れ合いそうで、一寸（約三センチメートル）ほどしか離れていない。平常では考えられない有り様だった。つまり、今は平常ではないのだ。

「わたしは、ずっと黒豆ガガコについて調べておった。あれは、黒豆に多大な害をなす。取り除くことができたら、横入も鈴江も産物である黒豆の収穫量を格段に増やせると考えたのじゃ。それで、まずは黒豆ガガコを飼うことから始めた。横入の城の奥にガガコ部屋を造ってな。ここにおるのは、その部屋で生まれたガガコたちじゃ。害虫ではあるが、みな、それぞれに味のある顔をしておるであろう」

それぞれに？　顔？

お糸は首を伸ばして、下の段を覗いてみた。

みんな同じだ。違いがわからない。というか、どこが顔なのかがまずわからない。

「それで、黒豆ガガコを取り除く術を、松子の方さまは見つけられたのですか」

「うむ。細かな話は省くが、見つけた。お糸これを」

松子の方が上っ張りに付いた衣嚢から匂い袋ほどの小さな袋を取り出し、その口を開いた。中には灰のような粉が入っている。

「これを黒豆ガガコたちに振り掛けてみや」

「この灰をでございますか？」

「そうじゃ。素手で触っても害はない」

言われた通り、一匹の黒豆ガガコの上に振り掛ける。黒豆ガガコは僅かに身を捩った。それだけだ。暫く見詰めていたが、別段、何の変わりもない。

「松子の方さま、これで何か……あっ」

思わず目を見張った。

「棘が抜けていく」

黒豆ガガコの体に生えていた棘が、ぽろぽろと落ちていくのだ。やがて、針のない蜜柑色の芋虫になった。とはいえ、それで死んだわけでもなく、くねくね動いている。

「と、棘が全て抜けました。これが、この灰の効き目なのですか」

「その通りじゃ。これは、黒豆ガガコの繭を焼いたものに酢を混ぜた灰なのじゃ」

「でも、棘がなくなっただけで黒豆ガガコは生きておりますが」

「うむ。この灰を被ったからといって死ぬことはない。ただ、食気は失せるらしくての」

「あ、ほんとだ」

棘無しガガコは戸惑ったようにうろついているが、他の棘有りガガコのように黒豆の葉を貪ろうとはしなかった。

「餌を食べなければ、やがて死ぬのでしょうか」

「そうなるな。その前に鳥の餌になるものも多かろう」

「鳥の餌……」

「黒豆ガガコが、これまで増え続け、黒豆を荒らし放題だったのは、天敵がおらなんだことが大きな因だと松子の方さまはお考えになったのじゃ」

艶耶子が口を挟んできた。

「毒の棘に守られておるから鳥も蜥蜴も蛇も猫も、餌とすることができなんだ。しかし、このようにただの芋虫となれば、鳥や蜥蜴や蛇や猫のかっこうの餌となろう。それに、人の手で取り除くことができる。これまでのように棘に刺される恐れがなくなるのじゃ」

「なるほど。でも、猫は芋虫、食べないと思います。狐ならわかりませんが」

「狐は由緒正しい生き物じゃ。芋虫など食さぬ」

「はあ……（つーやん、家柄に拘るわりには下品じゃない？　他人のことをやたらアホだのボケだの言うし、さっきは、どーんと足投げ出してたし）。あ、いえ、そんなことより、松子の方さま、すばらしゅうございます。この灰を使えば、黒豆ガガコの害を取り除けるのですね」

松子の方は眼鏡を外し、微かに笑んだ。

「全てを除けるとは思えぬが七割方は減らせよう。さらに、まだこれからの仕事となるが、この灰を混ぜた土を使えば、黒豆ガガコを寄せ付けぬ新しい黒豆の苗を作れる気がする。わたしが夢見てきた新しい苗じゃ。上手くいけば、黒豆の取れ高は何倍にもなる。むろん、横入だけではない。鈴江にも役立ててもらえればと思うておる」

「まあまあまあ、何という広いお心でございましょう」

上辺だけの称賛ではない。お糸は松子の方の心ばえに本気で感嘆していた。

「それでは、その灰を使い黒豆ガガコを退治し、黒豆の取れ高をぐぐっと上げる。横入、鈴江、共に万々歳でございますね」

松子の方が目を伏せる。艶耶子が口をへの字に歪める。

え？　なに、なになに？　あたし、変なこと言っちゃった？

「事はさように上手くは進まぬ」

押路がやけに重々しい声で告げた。

「……と、言われますと」

「さっき、糸束を押し付けられて、そなた、どんな気分になった？」

「気分？　気分は……あの、一瞬ですがぼんやりして、何もかもがどうでもよくなって、気持ちがいいような、悪いような……。あ、自分が透き通っていくというか、消えていくというか、そんな感じがしました」

松子の方が身体を震わせる。唇を噛み締めたその顔は、苦痛に耐えているようだった。

「まさにそれじゃ。黒豆ガガコの繭から取り出した毒は、人を空けにする」

押路の言葉が解せない。人を空けにするとはどういう意味なのだ。解せないけれど、不穏なものは感じる。痛いほど感じる。

松子の方が血の気のない頬にそっと指を添える。

「黒豆ガガコの繭には本来、毒があるわけではない。実はの、人の手が加わらずとも百匹に一匹か二匹、棘のない黒豆ガガコが生まれてくるのじゃ。自然の理というものであろう。ただ、さっきも言うたように棘無しガガコは鳥などの餌になりやすく、繭を作るまで生き延びることは難しい。しかし、わたしの部屋でなら何に襲われることもなく、繭を作れる。棘の有る無しで繭が違うのか、わたしはずっと調べておった。そして、棘無しガガコの繭を糸にし、さらに灰にして酢を交ぜたものをまけば、全ての黒豆ガガコを棘無しガガコに変えられると知った」

「はい。それで黒豆の取れ高がぐっと上がる、でございましょう？」

「上がるであろうな。正しく使えば……」

お糸は顎を引いた。朧にだが、話の先が見えてきた気がした。霧の向こうの影に似て、はっきりとした姿形は窺えないが。

「不正に使えば、どうなるのでございますか」

お糸は箱の中の糸に目を落とした。

人を空けにする。ぼんやりとして、自分が消えていくようで……。

「あっ」と、声を上げていた。血の気が引いていくのがわかる。首から上が、たまらないほど冷えていく。

「松子の方さま、まさか……」

松子の方がお糸を見据えながら、頷く。

「そうじゃ。この糸から滲む毒は目にも見えず、触れることもできない。透き通った煙のようなものじゃ。匂いだけはあるが、それも悪臭ではなく仄かな芳香じゃ。これを吸い続けておると……押路の言う通り、人は空けになる。自分で考える力も、何かを思案する力も薄れて、他人の言うがままに動くようになるのじゃ」

お糸は暫く動けなかった。口の中が渇き、耳鳴りがする。

「なぜ棘無しガガコの繭にだけ、そのような毒が宿るのかわからぬ。もしや、棘を失うことと関わりがあるのかもしれぬの。それとて、繭になってからでは身を護るには遅かろうに。まだまだ、わからぬことだらけじゃ。ただ、この灰で黒豆ガガコの棘が失せる、それだけは確かなこと」

「え、え、ちょっ、ちょっとお待ちください。慌てないで、落ち着いて、落ち着いてくださいませませませ」

「何がませませじゃ。慌てておるのは、そなただけであろうが、この――」

「アホ娘」の一言を艶耶子は辛うじて呑み込んだ。口元がもぞっと動く。

「あ、そ、そうでした。でも、これが慌てずにおられます？　だって、棘無しガガコは外、えっとつまり黒豆畑であれば鳥などの餌になる見込みが高いのですよね？」

松子の方はお糸を見詰めたまま、首肯した。

「そうじゃ、正式に調べたわけではないが体色が鮮やかな分、狙われやすく、餌になる割合は高い。雀や鵯は殊の外好んで啄むようであるな」

ここで三嶋なら、「芋虫より焼き鳥の方が美味でありますな。特に雀の串焼きなど絶品で」と舌舐りするところだろう。

「雀も鵯もいない部屋の中で飼われていたら、どうなのです？　餌にならないで生き延びる棘無しガガコが増えませんか？」

「増える。黒豆の葉をきちんと与えさえすれば、ほとんどの棘無しガガコは死ぬことなく、繭を作るのじゃ」

「それは、この毒糸がたくさん作れるということでもございますね」

「まさに」

絶句してしまう。頭の中がごちゃごちゃで解せないことも多々あるが、松子の方が言った〝日の本の全ての国の行く末に関わる〟という意味だけは摑めた。いや、ほんとに摑めたのだろうか。ただ、ごちゃごちゃ頭のまま、あらぬ妄想をしているだけなのではないか。

「毒糸は作れる。しかし、いつまでも毒の効き目が続くわけではないのじゃ。よう持って七日から八日、早ければ四、五日で消える。しかも、どうやらこの毒、人に使おうと思えば短くとも十日以上は毎日、吸い続けねばならぬようなのじゃ。お糸には効き目が強く出たようだが、それでも一瞬、頭がぼやける程度であったであろう。あれを何度も繰り返すと、空けのまま元に戻れなくなる……と、わたしは考えておる」

そうか、それでわかった。さっきの、松子の方さまの「早過ぎる」という一言の意味が。一度や二度吸ったぐらいでは、人は空けにならないわけね。でも……。

「あの、それは吸わねばならぬのですか。例えば、さっきの灰を何かに溶いて飲ませるとかしたら、どうなります？」

お糸は、松子の方と自分との身分差を忘れていた。言葉遣いがいつの間にか、砕けたものになっている。けれど、松子の方自身はおろか、艶耶子も押路も咎めようとはしない。

「どうにもならぬ」

「え、この灰を口に入れても毒にならぬのですか？」

「ならぬ。わたしが自分で試してみた。湯に溶かして飲んでみたのじゃ」

後ろにひっくり返りそうになった。

「ど、毒見を松子の方さま自らなさったのですか？」

「そうじゃ。仕方あるまい。他の者で試してみるわけにもいかぬでな」

あっ、やっぱり、やっぱりこの方は珠子さまと同じだ。人を人としてちゃんと貴(たっと)んでいる。身分の上下、高低で線引きしたりしない。

珠子さま。この方なら、珠子さまのいいご友人になれるかも、です。あ、でも、今はそれどころじゃありませんでした。何だか、とんでもない話になってます。

「灰では人にはなんの影響も与えぬ。不思議なことに、毒糸で黒豆ガガコに触れても棘が抜けることはないし、様子が変わることもない。人と虫で、効き方がまるで違ってくるのじゃ。ここは、もう少しじっくりと調べたいのじゃが、その前に……」

松子の方は糸束を手にして、何度目かのため息を吐いた。

「この糸を上手く使えば、人の心を空けにし、好きに動かせる。言い切れはしないが、その見込みはかなりあろう」

「でも、松子の方さま」

お糸は思わず膝を前に出した。松子の方と膝頭(ひざがしら)がくっつく。それでも、誰も何も言わない。

「それは、些か無理がございませんか。だって、あの、糸の毒を十日間も、どうやって相手に吸わせるんです？　お茶に混ぜて毎日飲ませましょうとか、大福餅(だいふくもち)の粒餡に練り込んで食べさせましょうとか、そういう風には参りませんよね」

「餡なら粒より漉しの方が好みだが」

「わたしも。粒餡って歯に引っ付いて、鬱陶しいったらありませんもの」

押路と艶耶子がこそこそ話しているが、むろん聞き流す。

「匂いを嗅ぐというか、毒気を吸い込むためには顔の近くになければ駄目なわけで、相手に怪しまれずにどうやって……」

閃きが走った。

針、糸、反物、御物師、早縫い試験。さまざまな言葉がお糸の頭の中で回り、ぶつかり合い、火花を散らす。

「まさか、まさか……」

「そのまさかじゃ」

松子の方が目を伏せる。

「この糸を着物の襟に縫い込んでしまえば、あるいは、この糸で襟を縫い合わせれば、知らず知らず毒気を吸うことになる」

「でも、四、五日の内には糸を新しく替えなければならないのですよね」

「いかにも。しかも、この糸、絹や木綿より硬く、太い。よほどの仕立ての腕がなければ美しく、目立たず、かつ、きっちりと縫い上げるのは無理であろう」

お糸は松子の方から糸束へ、そして、また、松子の方へと視線を動かした。

「その腕を持つ者を選ぶ。そのための試験だったのですね」

松子の方は目を伏せたまま、答えなかった。

「御物師に選んだ者たちを、松子の方さまは大奥に連れ帰るおつもりなのですか」

やはり、返答はない。

大奥とは、徳川家将軍夫人の居住区であり、中奥（なかおく）から御錠口（おじょうぐち）を通って大奥に入れる男はときの将軍、ただ一人だ。

「あの、あの、あの……ま、まさかとは思いますが、いったい誰の着物に細工をなさるおつもりで……いや、あの、まさか。ほんとに、まさか……」

「そなた〝まさか〟が多過ぎる。粒餡より鬱陶しい」

艶耶子が後ろから腕をつねってきた。

こういう小意地の悪いところは、いかにも艶耶子だ。しかし、今のお糸には、痛みに顔をしかめるゆとりなどなかった。

「ま、まさかのまさか、く、公方（くぼう）さまの……」

我知らず、息を吸い込んでいた。ひゅーっと乾いた風のような音がした。

「公方さまから思案する力を奪い、す、好きに操（あやつ）ろうとしておられるのですか？

まさか、そんなこと、まさか……」

〝まさか〟が、ただの〝まさか〟ではなく事実だとすると、大変なことだ。けれど、さっき、松子の方は「日の本全ての国の行く末に関わる」と言った。幕府の主、将軍を意のままにできるとは、つまり日の本を手中に収めることでもある。まさに、全ての国の行く末に関わってくるではないか。

「だから、〝まさか〟が多いと言っておろう。それに、違うぞ」

艶耶子がまたつねってくる。しかも爪の先で摘まんで、思いっきり捩じるのだ。

「もう、痛いです。止めてください、艶耶子さま。え？　違う？」

「そうじゃ、違う。よう考えてみやれ。上さまに十日も続けて、ガガコの糸で縫うたお召し物をお着せするは至難ではないか」

確かに、そうだろう。お糸は大奥の暮らしなどほとんど知らないが、将軍が口にするもの、身に着けるもの等々は、役目の者に厳しく取り仕切られているはずだ。なにしろ、側室との閨近くには御伽坊主が一晩中侍って、やりとりに耳を澄ましているほどなのだから。そのうえ将軍が中奥に留まる日も、大奥に渡れない〝精進日〟もある。松子の方が望んだ召し物を、将軍が十日にわたって身に着ける見込みはいたって薄い。

「では、どなたにお召しいただくのですか？」

押路と艶耶子がちらりと目を合わせた。

「大奥の女人方じゃ。お部屋さま、お腹さまを始め、上臈御年寄、御客応答……大奥を取り仕切る女人方のお召し物にこの糸を使う」

押路が低い声で囁いた。

「大奥を操るとは、すなわち、政を操ること。それほどの力があるのじゃ」

「え、あの、では、その、もしかして、試験のときにずらりと並んだ反物は……」

「うむ。全て打掛にして、松子の方さまの宿下がりの土産品とする。むろん、御物師として、今日勝ち残った者も大奥に伴う。その打掛にガガコの糸を使うのじゃ。襟元が気になるとか口実を使えば、一度や二度なら襟を縫い直すのもさほど難しゅうはなかろう」

「どっひゃー」と叫びそうになったが、叫ぶより一寸早く、艶耶子の手で口を塞がれた。

「大きな声を出すでない。誰が聞いておるのかわからぬのじゃ」

「うぐ、もぐもぐ……息が詰まって、し、死ぬ」

「あぁうるさい。よくも飽きもせず息を詰まらせられるのう。そなた、この程度で死ぬような柔な玉ではあるまいが（あんたもあんたの主も、あの虎女も馬に蹴られたって、牛に踏まれたって、鯨に呑み込まれたって、富士の山から転がり落ちたって平気でしょうが）。ぎゃあぎゃあ騒ぐでない」

「だって、だって、つーやん、あまりの悪巧みにおったまげて叫ぶしか、きゃっ」

今度は耳を引っ張られた。

「誰がつーやんじゃと（その名で呼ぶなって言ってんだろうが。今度口にしたら、本気で頭から齧っちゃうからね。覚悟しときなよ）」

「あ、いえ、艶耶子さま。いったい、そんな企みを誰が考えて……松子の方さまのわけがございませんね。だとしたら、やっぱり、宗次ですね。狡猾で強欲、下品で好色、おまけに蛸頭で鈴江の地を虎視眈々と狙っている悪党でございますね。うわっ、痛いっ」

お糸は悲鳴を上げた。さっきの倍の力で耳を引っ張られたのだ。

「どこまで考え無しなのじゃ（この、ボケボケのアホ娘が）。ここをどこだと心得ておる。横入十万石の江戸屋敷であるぞ（それくらい考えて物を言いなよ。すかたん）」

あっ、いけない。そうだった。

館の主の悪口を館の中で、しかも主の妹の前で口走るのは、いかにも不味い。しかし、一度、口にした言葉は戻せない。

お糸は肩を窄めた。

「……松子の方さま、申し訳ございません。あまりのことに我を忘れておりました」

「いや、そなたが驚くのも憤るのも当然じゃ。まさに、悪巧みとしか呼べぬ企みであるからのう。けれど、これは兄上の為したことではないのじゃ」

「は？　宗次……さまの企みではない。では、誰が企てたのでしょうか？」

「原桑南山じゃ」

松子の方に代わり、押路が答える。吐き捨てるような口振りだった。

「あ、腹黒なんだのやつですね。宗次……さまの側近で、その名の通り、腹の中が真っ黒けのけってやつですよね。あっ」

原桑南山？

またやっちゃった。

腹黒、いや、原桑という男がどんな輩か知らないけれど、横入の家臣であるのは間違いない。なのに腹の中が真っ黒けのけ、なんて口を滑らせてしまった。今度は、艶耶子に耳を引き千切られるかもしれない。

お糸は両手で耳を押さえた。

が、艶耶子は動かなかった。そればかりか頷いたのだ。さらに、押路も頭が落ちたかと思うほど深く、首を前に倒した。

「確かに腹黒い。闇夜の鴉より黒い」

押路が呟く。艶耶子も呟く。

「竈の煤を被った鴉より、さらに黒うございますな」

竈の煤を被った鴉って、むちゃくちゃ黒くありません？　それより上って、どんだけ黒いんですか。

「兄上は優しいお方じゃ。幼いころ、よう遊んでもろうた。生き物が好きで、今でも犬を好んでおられるが、あの頃は兎や鶏、それに数々の魚、虫まで二人で飼うたものじゃ。わたしが虫好きになったのも、兄上と過ごした日々があってこそ。兄上がわたしに生き物の尊さ、おもしろさを教えてくれたからなのじゃ。昔も今も、その優しい穏やかなご気性は変わっておられぬ」

「え？　ちょっ、ちょっとお待ちください。それは、ちょっと、あの……」

三嶋さまーっ、話が違ってますーっ。宗次って、ずる賢くて、欲深くて、ない物ねだりの、何でもちょうだい野郎じゃなかったんですかーっ。

「あの……大変申し上げ難うはございますが、宗次さまには江戸や国元に、たいそうな数のご側室がおられると聞いた覚えがございますが、それは……」

「まったくの虚言じゃ。兄上のご正室は数年前に病で逝去なされた。国元にはお一方、側室がおられるだけじゃ。この江戸屋敷には兄上の室となる方は一人もおられぬ。兄上は女人を遊び心で相手にするような性格ではない」

三嶋さまーっ、またまた話が違いますーっ。両手の指の数を超える側室がいるなんて話、どこから仕入れてきたんですか。まるっきり、流言蜚語じゃないですかーっ。

これだから、噂話というものは信用ならない。と、お糸は唇を噛む。

松子の方にしても、珠子の言ったように「煌々たる満月でさえも、霞んでしまう」ほどの美貌ではない。確かに佳人ではあるし、聡明さも気性の良さも伝わってはくるけれど。

押路が身動ぎした。眉が寄り、少し悲しげな顔つきになる。

「ただ、畏れ多いことながら、殿は少し気がお弱い」

「ええ、お優しい分、気が弱くて……すぐに他人に頼ってしまわれて」

松子の方が口ごもる。艶耶子が後を続けた。

「頼った相手を疑うことをされず、とことん信じ込んでしまわれるのじゃ（ようするに、苦労知らずの世間知らずの甘ちゃんなんだよ。おまけに融通が利かなくて、人柄の善し悪しはともかく、一国の主として頼りないにもほどがあるってやつさ。会うたびに苛々するね)」

艶耶子と目が合った。表情は落ち着いているけれど、眸には険が滲んでいる。

「あの、その頼った相手というのは、もしかして……」

「原桑南山じゃ(そんなこと、わかりきってるでしょうが。わざわざ尋ねる? あんた、察しが悪過ぎ。嗤えるほど鈍いんと違う? けけけ)」

「あの、艶耶子さま。たぶん、気のせいなのでしょうが、やたら罵詈雑言や変な笑い声が聞こえてくるみたいで、耳がむずむずするのですが」

「たぶんでなく、もろに気のせいであろう。ともかく、原桑南山は殿のご信用をいいことに、横入の国を好きなように動かしておる。その原桑が棘無しガガコの毒に目を付けぬわけがない。松子の方さまを宿下がりさせ、屋敷内で秘密裏に毒糸を作り、その糸と糸を使った打掛を大奥に持ち帰らせ、大奥から将軍家を意のままに操る。そこまで企んでおるのじゃ」

「しょ、将軍家ですかぁ」

ある意味、すごい。何度聞いてもすごい。さっきも聞いたけど聞くたびにすごい。

原桑南山、意外に大物ではあるまいか。

珠子さまーっ。話が無茶苦茶大きくなってますーっ。鈴江の地を乗っ取るどころか、将軍家、ひいては日の本の乗っ取りです。やっちゃん、いえ、家康公も仰天の大事でーす。

権太郎さまーっ。お尻の吹き出物どころの話じゃありませーん。じわじわじゃないんでーす。

「それはまた、気宇壮大なお方でございますね」

ぽろりと本音が漏れた。艶耶子が顔を歪める。

「馬鹿者、感心しておる場合か（あんた、馬鹿なの？　こういうときに気宇壮大なんて褒め言葉、使ってどうすんのよ。ボケ）。松子の方さまとわたしは、原桑の企みに気付き、押路さまとも相談の上、これを何としても止めねばと誓い合うたのじゃ。むろん、そなたが鈴江の者だとは、とうの昔に見破っておった。われらの眼力を侮るでないぞ」

いや眼力もなにも、つーやん、あたしのこと、よく知ってるじゃないですか。鈴江の江戸屋敷でこてんこてんにやられたんだから、知らない方がおかしいでしょ。

「なんじゃ、何か言いたいことがあるのか？」

「ご、ございません。一言もございません……て、ことはなくて、あの、それではお三人は力を合わせて、原桑の企てを止めようとなさっていた。しかし、今のところ、それが上手くいっていないというわけですね」

御物師の試験が執り行われたのだから、ことは原桑南山の思い通りに進んでいるのだろう。押路が低く唸った。

「ううっ、無念ではあるが、まさにその通りじゃ」

「押路さまが、試験を取り仕切ったのもわたくしを詮議しようとしたのも、原桑の言う通りに動いていると思わせるため。そして、疑われずにわたくしをここに連れてくるため。いわば芝居だったのですね」

それにしては押路さまのお顔、怖かったけど。番方のみなさまも本気で斬りかかってきたような……。あれも芝居だったんですか？

「そうじゃ。殿は原桑の言うがままになってしまって、わたしどもの言葉に耳を貸そうともされぬ。原桑に従う振りをして、様子を見ることしかできなんだ」

「わたしも同じじゃ」

松子の方が吐息を漏らす。その音が切なげに響いた。

「後ろに原桑がおるとわかっていながら、兄上の意に背けなんだ。わたしの弱さじゃ」

「松子の方さま、それは違います」

艶耶子がかぶりを振る。

「松子の方さまは、黒豆ガガコを寄せ付けない新しい苗を作り出すことに、精一杯励んでおられました。それは、ずっとお側におりました、わたしが誰よりよくわかっております」

「でも、艶耶子……」

「そのご苦労が実を結ぶまであと一歩のところまで来たのです。ただ、誤算はございました。まさか、人をたぶらかす毒糸ができあがるとは誰が考えましょうか。決して、松子の方さまのせいではございません。どうか、御身(おんみ)を責めるのはお止めあそばして」

うわぁ、つーやんが慰(なぐさ)めてる。これ、下心無し？　信じられない。けど、自分が散々人をたぶらかしといて、ちょっと引っ掛かるけどなあ。

それでも、艶耶子の物言いも仕草も真剣そのものに、お糸には感じられた。

あのつーやんが、どうしてここまで尽くすわけ？

「艶耶子どのの言う通りでございますぞ。松子の方さまには何一つ、落ち度はございません。落ち度は、わたしめにございます。まさか、原桑に毒糸の秘密が漏れるとは思うてもおりませんでした。わたしなりに用心に用心を重ねておりましたのに」

「原桑の方が一枚上手だったわけですね」

「そう言われても、仕方あるまいの。もともと頭の切れる男ではあったが、ここまで油断できぬ輩であったとはのう。原桑は、これから御物師に選ばれた者たちに打掛を拵えさせるつもりじゃ。そのとき最後の仕上げに、かの毒糸を使わせる腹積もりであろう。わたしに『松子の方さまから、数日中に糸をいただいて参れ』と、はっきり命じおった」

「ということは、押路さまは、まだこちらの味方だとばれていないわけですね？」

「うむ……疑われておるやもしれぬがのう。疑われぬために艶耶子どのとの仲がいかにも険悪なように振る舞っていたのじゃが、誤魔化し切れなんだかもしれぬ。なにしろ、毒糸の秘密も漏れてしもうていたわけで……。おそらく屋敷内には、原桑の間者が跋扈しておるのじゃろうのう。それが誰なのか、何人いるのか、見当がつかぬ」

　そのとき、棚の下で丸くなっていた丸ちゃんが立ち上がり、杉の扉に近づいて行った。キィと音がしたと思うと、丸ちゃんの姿は消えていた。

　目を凝らすと扉の下にさらに、蝶番の付いた小さな扉がある。丸ちゃんはそこを押して出て行ったのだ。猫用扉というわけだ。よくできている。猫は通れるけれど人が潜り抜けられるわけもなく、蝶番も音を立てる。ここから人が覗き込むのも、盗み聞きするのも難しいだろう。お糸は顎に手をやり、考え込んだ。

「やはり、間者ですか？」

押路が頷く。

「原桑がなぜ、毒糸のことを知ったか。考えれば考えるほど間者を疑うしかない」

——えー、そういうことなら、艶耶子さま、どうなんです？

——どうって、何がどうなのよ。

——この顔ぶれの中で、一番怪しいのは艶耶子さまじゃないですか。間者とか得意そうだし。白状した方がいいのと違います？

——ふざけんじゃないよ。あんた、間者として潜り込むために、のこのこやってきたんだろうが。あたしを怪しいなんて、どの口が言ってんだ。頭を引っこ抜いてやろうか。

——ひえっ、ごめんなさい。てっきり艶耶子さまの仕業かと……。違うんですか？

——ふざけんな。あたしはね、本気で松子の方さまの力になりたいの。恩返しをしなきゃならないんだからね。間者なんかになるわけないだろうが。あんたみたいな間抜け娘と一緒にするんじゃないよ。

――恩返しって？

――あんたに一々教える義理はないよ、あんぽんたんのカラカラ頭。

艶耶子は本気で憤っているようだ。芝居をしているとは到底思えない。

つーやんでなければ誰なのよ。恩返しってのも気になるけど、それより、間者を見つけ出すことが先だわね。

「それにしても、畏れ多いことながら、殿がもう少ししっかりなさっていたら……」

「押路、それを言うでない。とはいえ、このところ、兄上はとみに原桑への頼りを増しているように思えるのう。原桑にしても以前はあそこまで恐ろしい人柄ではなかったはずだが。いや、確かに冷酷なところはあった。特に猫には」

「まっ、猫にでございますか？」

お糸は人族だが、耳がぴょこんと立ったように感じる。

「そうじゃ。原桑は幼少のころ猫に引っ掻かれて、深い傷を負ったのだそうじゃ。それゆえか、たいそうな猫嫌いでの。領地を見回る兄上に同行した際、あちこちに毒団子をまいたとのことじゃ。ようも、そのような惨い真似ができたものよ」

「ええっ、毒団子をまいたのは原桑南山だったのですか」

「そうじゃ。それで領内で多くの猫が苦しみ死んだと聞く。惨い、まことに惨い。そういうことを平気でする者ではあったが、根は小心者だと、わたしは見ておった。しかし、その見立ては間違っておったようじゃ」

「まことに。わたしも、殿の供として出府しておりました原桑を若いころから存じておりますが、ただの小悪人。天下をどうこうするような肝魂があったとは、いまだに信じられませぬ。なにやら、人が変わったようでございますな」

押路が首を傾げる。

「ええ。人が変わったようとはその通りじゃ。この前、原桑にじっと見詰められたときは悪寒がした。まるで、何かに取り憑かれたような不穏な目であった」

松子の方が身を震わせた。頬からは血の気が失せている。

人が変わった？　何かに取り憑かれた？　やっぱり、つーやんが怪しい。そういうの、狐の得意技だもの。うわっ、やだ、つーやん、すっごい睨んでくる。怖い。考えてません。艶耶子さまが怪しいだなんて、これっぽっちも考えてませんから。ほほ。

艶耶子に愛想笑いを向ける。艶耶子の形相は変わらない。にこりともしなかった。

「あの、原桑が変わったのは、いつぐらいかおわかりですか？」

「いつぐらい……さて、どうであろうか。ようわからぬが……」

松子の方が首を横に振った。それはそうだろう。横入でも江戸でも、表と奥とは明らかに区切られている。松子の方が領主の側近に会う機会など、そう多くはない。

「あの、あの、ついでにもう一つ、お伺いしてもよろしいでしょうか」

「よい。許す」

「ありがとうございます。あの、原桑は間者をこの屋敷だけでなく、鈴江の江戸屋敷にも忍び込ませておりますか」

「鈴江の？　いや、それはなかろう。のう、押路」

「ありますまいな。原桑の目は大奥、ひいては将軍家のみに向いております」

「なるほど、鈴江ごとき小国、眼中にないというわけでございますね」

艶耶子が鼻先で嗤った。

出ました。つーやんの嫌味攻撃。まっ、その小国が欲しくてじたばたしてたの、だーれだって言いたいけどね。言いたいけど言いませんよ。黙ってますから、ご安心を。わっ、やだぁ、つーやん、むっちゃ意地悪顔になってる。威張りん坊の狐みたい、って、みたいじゃなくて正真正銘の威張りん坊の狐だったわ。いや、そんなことより、鈴江には横入の間者は入っていない？　だとしたら、やはり公儀隠密が？　でも、あたし、見たんだけど。さっきの女中は……。

松子の方がすっと背筋を伸ばした。

「お糸」

「は、はい」

「そなたに話したことは全て真実じゃ。このままでは横入は滅びる」

「え？　滅びる？　将軍家を乗っ取るのではないのですか」

「そのような真似、できるわけがない」

松子の方が言い切る。

「原桑はどうかしてしまったのじゃ。このような奸計が公儀に通用するわけがない。毒糸だとて、人によって効き目も違ってくる。お部屋さまやご側室のみなさまに異変があれば、すぐさま御典医が駆け付けてくるであろうし、異変の因を調べもしよう。横入からの打掛に因ありと見破られれば……」

「どうなります？」

「横入は終わりじゃ。公儀に弓を引く者がどのような末路を辿るか想像してみよ」

と言われて、お糸は身を縮めた。公儀への反逆だ。「何てことをしでかしたんだ。この馬鹿者が」と叱られてお終いになるわけもなく、宗次と原桑には間違いなく、切腹の沙汰が下りる。

「お家は取り潰し、領地は召し上げられ、兄上も原桑も切腹は許されまい。おそらく、磔刑（たっけい）に処せられる」

「た、磔刑でございますか」

切腹は武士のみに許された死罪だ。それを取り上げ、磔（はりつけ）に処する。衆人の前でこの上ない辱（はずかし）めを受けさせるのだ。誰が考えたか知らないけれど、蘞（えぐ）い。お糸の思案を遥（はる）かに超えて、蘞い。

「わたしも生きてはおられぬ。我が身はどうなろうと構わぬが、わたしのせいで横入が滅びるなど……あまりに耐え難い」

「そんな、松子の方さまに何の咎もございません。ガガコを寄せ付けない新しい黒豆の苗を作ろうとなさった。ただ、それだけではありませんか。あっ」

松子の方がお糸の手を強く握った。

「お糸、頼む。我らに力を貸してたもれ」

「は、はい。もちろんでございます。けれど、わたくしは何をすれば」

お糸の言葉を断ち切るように、扉の向こうで激しい物音がした。

「フギャーッ」「ギャーゥ」「ギャギャギャギャッ」どた、ばた、どどん。

「お丸」

松子の方が腰を上げる。それより早くお糸は立ち上がり、扉を開けた。

「丸ちゃん」

黒い塊（かたまり）がものすごい速さで、外へと逃げていく。そして、部屋の真ん中辺りに丸ちゃんがうずくまっていた。慌てて抱き上げる。

「丸ちゃん、大丈夫？　しっかりして」

「にゃにゃにゃーぅ」

「まあ、なんですって」

「にゃう、にゃう、にゃー」

「そ、そんな……大変だわ」

「にゃふぅ、にゃにゃにゃん。にゃんにゃんにゃん」

「は？　〝丸ちゃん☆ちゃんねる〟？　さっきも言ってたよね。えっ、鮪の頭？　だから、なにそれ？」

「お丸、お丸。いかがした？　まぁ、血が」

松子の方が丸ちゃんを抱き取り、目を見開いた。丸ちゃんの首の毛が赤く染まっている。

「黒い猫にやられたのです。丸ちゃんによると、我々の話を盗み聞きしていたとか。怪しい気配に気が付いて捜していたら、飾り棚の奥に隠れていたようです。松子の方さま、間者の正体はその猫です」

「ま、猫とな」

「はい。猫なら天井だろうが床下だろうが、潜んでいても怪しまれません。その猫が松子の方さま、押路さま、つーや……やこさまの様子を探っておったのです」

「まあ、何ということか。お丸、そなた命懸けで間者を追い払(はろ)うてくれたのか」

松子の方が丸ちゃんを抱き締める。

「何と、猫には性悪(しょうわる)なものが多いと聞いておりましたが、間者の役までするとは、あな恐ろしや。ゆめゆめ猫に油断なさいますな。あ、お丸さまは、むろん別でございますが。かわいそうに、こんな怪我(けが)まで負わされて。ほんに、性悪の猫じゃ。もしかして珠という名ではないのかしら」

　艶耶子が嫌味を言い続ける。蹴っ飛ばしてやりたかったが、それどころではない。

「丸ちゃんなら大丈夫です。ほとんどが返り血らしいので」

「お糸、そなた、猫の言葉を解せるのか」

「え？　まあ、何となくではございますが。いえ、そんなことより、先ほどの間者猫が我らの話を原桑に報(しら)せるのは必定(ひつじょう)。急ぎ手を打たねばなりませぬ」

　猫がどうやって人に報せるのだ？　と、そんな理屈を松子の方は口にしなかった。

「あい、わかった。押路、艶耶子」

押路と艶耶子が素早く動く。

「このような日が来るであろうと、心構えはしておった。思うていたより早かったが、これも天の定めであろう。お糸」

「はい」

「そなたを頼りといたす。押路、お糸にそれを」

「心得ましてございます。お糸、頼むぞ」

押路が風呂敷包みを押し付けてきた。中身は木箱らしい。

「松子の方さま、これは……」

「箱の中には、かの糸と灰が入っておる。これを、そなたに託す。原桑の手に渡らぬよう守ってたもれ。できるなら、珠子どのの力も借りて守り通してほしいのじゃ。けれど、どうにもならなくなったそのときは、一思いに焼いてもかまわぬ。致し方のないことじゃ」

「承知いたしました」

風呂敷包みを強く抱き抱える。

「しかし、向こうの部屋におります棘無しガガコやその繭はどういたします?」

「あれは、艶耶子が一匹残らず処分すると言うた。全て任せてくれと、な」

え、つーやんが処分係？　わぁ、きっと全部食べちゃうんだろうな。それが一番、手っ取り早いもの。三嶋さまほどじゃないけど、つーやん、かなり悪食そうだし。

「その灰さえあれば、ガガコに負けぬ苗ができるはず。お糸、わたしは民のためになる仕事がしたいのじゃ。助けてたもれ」

「はい。松子の方さま、わたくしも珠子さまも、鈴江の者はみな、松子の方さまのお味方にございます。どうか、お心を強うにお持ちくださいませ」

松子の方の双眸が潤む。

「かたじけない。横入はよい隣国を持った。この先も鈴江と手を携えて進んでいけるような横入を作らねばならぬな」

「松子の方さま……」

お糸も泣きそうになる。そのとき、丸ちゃんが松子の方の腕から飛び降り、全身の毛を逆立てた。数人の足音が近づいてくる。

「やつらが来る。お糸、早う。裏手から逃れるのじゃ。お丸も頼む」

「は、はい。丸ちゃん、おいで」

しかし、丸ちゃんは松子の方の前から動こうとしない。毛を怒らせ、牙を剝き出す。主を護ろうとしているのだ。

押路は既に懐剣を握っている。

あ、あたしだけ逃げていいの？　逡巡する。とたん、耳を引っ張られた。そのまま、奥の座敷まで引きずられる。

「わわっ、い、痛い。痛いですぅ。艶耶子さま、離して」

「ぐずぐずしてんじゃないわよ。この、アホ娘が。さっさと逃げるのが役目だってのがわかんないの」

「で、でも、みなさまの窮地のときに、一人、逃げ出すなんて……」

「あんた、ほんまに、どこまでアホやねん。呆れて口の中で稲荷寿司が踊るで。あんた一人残って、何の役に立つねんな。え？　言うてみいや。それより、松子の方さまから預かった物を守り通すんが筋っちゅうもんやろ。げっぷ」

「つ、艶耶子さま、変てこな上方弁は止めてください。それに、なぜここで噯など」

（あ、やっぱり棘無しガガコ食べちゃったんだ。さすが、つーやん）

「しゃべり方や噯なんてどうでもええやろ。ここは、あたしに任せて、とっとと逃げや。あんた、あたしが誰か忘れてるんとちゃうか」

あ、そうだ。つーやんは化け狐だった。三嶋さまと同じくらい強かったんだ。そんじょそこらの男なんて歯が立つわけがない。

「ふふん、やっと、わかったか。ここは引き受けたから、安心して行っちまいな」

艶耶子が裏手に向けて顎をしゃくる。

「わかりました。艶耶子さま、後はお任せいたします」

頭を下げようとして、お糸はそのまま固まってしまった。突然に背中が冷えてくる。凍るようだ。寒い。そして、怖い。とてつもなく怖い。

なに、何なのこれは。

「艶耶子さま……」

「……ああ、これは、ただ者じゃないかもね」

艶耶子の顔も強張っていた。

足音が迫ってくる。逃げなければと頭ではわかっているのに、脚が震えて前に出ない。冷たい指で足首を摑まれ動けない。そんな恐れさえ覚えてしまう。

怖い、怖い、怖い。

お糸ちゃん。

珠子の声が聞こえた。

「お糸ちゃん」

珠子は立ち上がっていた。打掛を脱ぎ捨てる。

「珠子さま」

「三嶋、止めないで。これはもう、放っておけないでしょ。とんでもないことが起ころうとしているのよ」

足元の鮪の頭を見詰める。

その口から、とぎれとぎれにだが流れ出てくる物音、話し声、気配は、横入の屋敷奥で起こっている、起ころうとしている変事を十分に伝えていた。

「そうじゃな。どうも、わしらが考えておった現より、はるかに厄介(やっかい)で剣呑(けんのん)な様子じゃ。ここで、おとなしくしておるわけには参るまい」

権太郎が鼻に詰め込んだ紙を引き抜く。

「わかっております。しかし、これはどうやら、鈴江三万石の御正室ではなく、〝ちよいふし一族〟の姫ぎみとして対さねばならぬ相手のようですぞ」

三嶋が珠子を見据える。

「もちろん、そのつもりよ。おかか、おさけ、髷を解(ほど)いて」

髷が解かれ、長い黒髪が背に流れる。

珠子は一瞬、目を閉じた。白金色(はくきんしょく)の猫耳が黒髪の間から覗く。

三嶋が腰を上げた。

「やれやれ。では、わたしもご一緒いたしましょう。おかか、おさけ、留守を頼む」

「畏まりましてございます」

珠子は桔梗(ききょう)色に輝き始めた眸(め)を空に向けた。

お糸ちゃん、すぐ行くわ。だから、がんばって。踏ん張って。


珠子さま。

お糸は胸に手をやった。〝小袖早縫い試験〟のときと同じだ。確かな声を聞き、気持ちが落ち着く。怯えはあのときの比ではないが、心は軽くなり、震えは止まった。

よし、大丈夫だ。

お糸が包みを抱く腕に力を込めたとき、供をひき連れた一人の男が現れた。

「兄上」

松子の方の声も震えていた。

兄上？　では、この男が六条但馬守宗次なのか。

宗次は中肉中背のいたって平凡な顔立ちの男だった。大名に相応しい立派な形(なり)をしていたが、身に着けている本人はいまいち垢ぬけていない。

と、そこまで思い巡らせ、お糸は気が付いた。

宗次は垢ぬけていないとか平凡とかではなく、生気がないのだ。目がとろんとして、どこか淀んだ気配を纏っている。こちらに訴えかけてくるどんな力もない。

「艶耶子さま、これって、艶耶子さまには馴染みではございませんか」

「どういうことよ？」

「だって、ほら、人をたぶらかして、いいように操るのがお得意でしょう？　そういうとき、人って、ああいうとろんとした顔になるんじゃないですか」

「そうだね。人にもよるけど……って、お黙り。あたしが、いつ人をたぶらかしたんだよ」

「え、それは（しょっちゅう、やってるじゃないですか）。あの、違いました、違いました。艶耶子さまの美貌にくらくらしちゃって、ああいう顔になる方、おられますよね」

「ああ、そっちね。そっちなら相当いるわよね。でも、宗次、今日は一段とぼんやりしてるみたいだけど。いつもは、もうちょっと……」

艶耶子が口を閉じた。ほんの一瞬だが、怯えに似た気が伝わってきた。お糸自身もさっきよりずっと強く、大きく、恐れを感じている。

宗次の後ろにいた供の中から一つの影が前に出た。人とか、男とか、女とかではなく、〝影〟だとお糸には思えた。黒いもやもやした影だ。その影の中から人の形をしたものが現れる。

一見、身の丈も肩幅もある堂々とした男――のようだった。顔は真四角の下駄面だったが、どことなく威厳がある。宗次より大名っぽい。

「これはこれは、松子の方さま。ご機嫌麗しきご様子。何よりでございます」

「原桑。そちには、わたしの機嫌が麗しいように見えるか。突然に押しかけられて、心平らかでおられるわけがなかろう」

そうか、この、下駄男が原桑南山か。

「はは、相も変わらず手厳しいお言葉でございますな」

原桑が笑う――唇が持ち上がっただけで、目は少しも笑っていなかったが。

人ではない。

お糸は、はっきりと察した。

下駄男は人ではない。

人でなければなんだ。これは、この黒く滾るような気は、なに？

妖気……黒い、妖気？

心の臓が縮まる。眩暈がする。お糸は喘ぎながら囁いた。

「……怨念」

艶耶子が僅かに身動ぎする。

そうだ、これは怨念だ。凄まじい怨みが原桑を覆い、原桑の内から噴き出ている。

お糸は両足を踏ん張った。ここで倒れるわけにはいかない。

「松子」

宗次が手のひらを上に向けて差し出してきた。飴玉をねだる童のようだ。

「あれを渡せ」

「あれとは、何でございましょう？」

「とぼけるな。あれだ。そなたが作り上げた……」

「毒の糸でございますよ」

原桑がさらに一歩、前に出た。底なしの井戸に似た黒い眸が松子の方を見据える。

お糸は包みを強く抱き込んで、後退りした。

「早く行きな」

艶耶子が呟く。自分の背後に隠すように、お糸の前に立った。お糸は、そのまま裏手に向かって走り出す。

「うむ、なんだ？　あの娘は。怪しい、捕らえよ」

「待ちや。ここから先へは通さぬ」

「女、どけ」

「無礼者めらが。松子の方さまの部屋に押し入るとは、何事か」

「構わぬ。殿の御命だ。あの娘を捕らえよ。刃向かう者は容赦するな」

「おまえら、本気で食っちまうよ」

悲鳴、喚声、怒声、足音、棚の崩れる音、刃のぶつかる音、唸り、呻き。この世のありとあらゆる音が背中にぶつかってくる。痛いほどだ。

でも、振り向かない。

走る。ともかく鈴江の屋敷に辿り着くのだ。辿り着きさえすれば、どうにかなる。松子の方さまが、押路さまが、つーやんが逃がしてくれた。だから、守り通す。この包みの中身、誰にも渡さない。渡しちゃいけないんだ。

町娘の形でよかった。裾を引く小袖では、こうは走れない。お糸は包みを腰に括り付けると、能う限りの力で走る。

足が止まった。

どちらに向かえばいいの。

迷う。さすがに十万石の大名屋敷だ。鈴江の屋敷のようなこぢんまりとした造りではない。広く入り組んで、どこに出入り口があるのか、どこから外に逃れられるのか、さっぱりわからない。

日は落ちて、薄闇が地を覆い始めていた。まもなく江戸の町は闇に沈んでしまう。

どうしよう、どうしたらいいの。

「みゃう」

足元を白い生き物がすり抜けていった。

「丸ちゃん！」

「にゃうにゃうにゃー」

「ついてこいって？　案内してくれるのね」

丸ちゃんが、闇がひときわ濃くなった辺りに向かって走り出した。お糸も続く。どこをどう走っているか、まったく見当がつかない。渡り廊下の下を二度くぐったのと、土蔵の横を走り過ぎたのだけは、かろうじてわかった。

「ま、丸ちゃん、待って」

息が切れる。足が縺(もつ)れて、お糸は危うく転びかけた。

「みゃう、みゃーう」

「え、もうすぐ……あ」

　壁が見えた。屋敷を取り囲む白壁が闇にぼんやりと浮かび上がっている。あの壁に沿って行けば、門に辿り着ける。外に出られる。

「みゃ。みゃみゃん、みゃん」

「この先に裏手門があるのね。わかった。ありがとう、丸ちゃん」

　お糸が息を整え、一歩踏み出したとき、壁近くに枝を伸ばしていた松が揺れた。風もないのにざわざわと音を立てる。

「にぎゃーっ」

　丸ちゃんの尻尾が倍ぐらいに膨らんだ。毛を逆立て、耳を立て、牙を剥き、戦いの姿勢になる。

「丸ちゃん、いったい何が――」

　お糸が言い終わらないうちに、松の枝から黒い塊が落ちてきた。

「わ。ね、猫？」

　闇と同色の猫だ。丸ちゃんより二回りは大きい。真っ黒な体の中で、目だけが真紅だ。血が滴っていると思えるほどの紅色だった。

その黒猫がふっと掻き消えた。

消えた？　いや、違う。

黒猫は黒い靄になり、闇に溶けようとしている。いや、それも違う。溶けてなんていない。闇を取り込み、さらに大きく膨らもうとしているのだ。やがて、それは人の形になり、不気味な笑い声が響き渡った。

「ひひひひひ、ひひひひひ」

「は、原桑南山……」

「ふふふふ、さあ、娘。その包みを渡せ」

「嫌よ。誰があんたみたいな、下駄男に渡すもんですか」

「下駄男？　何だ、それは。ふふん、まあよい。渡さぬというなら奪い取るまで」

原桑が腰の刀を抜く。躊躇いなど一分もない仕草だった。おそらく、一分の躊躇いもなく斬りかかってくるだろう。

「な、何よ。何よ何よ。武士のくせに丸腰の女を斬る気？　恥ずかしくないの、この恥知らずの卑怯者」

白刃が鈍く光る。何とも嫌な光だ。

「フウーッ」

「丸ちゃん、駄目よ。向かっていけば殺されちゃう。逃げて」

くそっ、小太刀さえあれば。こんな下駄男に負けやしないのに。

原桑は大刀を頭上に掲げ、近づいてくる。隙のない構えだ。

あ、これは小太刀があっても駄目かも。

お糸の弱気を衝くように、大刀が一閃する。お糸は原桑の一撃を何とか躱した。太刀筋は鋭く、躱すだけで精一杯だ。

「あちっ」

左腕に熱い痛みが走る。刃先が掠ったのだ。

「にゃにゃう」

「大丈夫。こんなの傷の内には入らないから。それより、丸ちゃん、逃げて。あ」

背中が壁に当たった。じりじり後退っていたが、もう退くことはできない。追い込まれたのだ。原桑は今度は大刀を中段に構え、じりじりと迫ってくる。絵に描いたような絶体絶命の有り様だ。こんなところ、絵に描かれたくはないが。

原桑がさらに迫ってくる。そのとき、お糸の胸元からわらちゃんが飛び出した。原桑の顔にへばりつく。

「お糸っぺ、逃げるっぺ。早く早く」

「わらちゃん！」

「逃げるっぺ。その包み、守り切るっぺ」

お糸は唇を噛み締め、駆け出した。塀に沿って必死に走る。

わらちゃん、わらちゃん、わらちゃん。

ごめんね、ごめんね、ごめんなさい。どうか、無事でいて。

涙が溢れ出る。

裏手門が見えた。もう少し、あと少しだ。

ぞくっ。背中に殺気が突き刺さる。

振り向いたお糸の目に、白刃の光が映った。

わらちゃんを顔に貼り付けたまま、原桑が追い迫ってくる。わらちゃんの手が目を塞いでいるはずなのに、まっすぐに向かってくる。

「きゃあっ」

足が滑った。尻もちをつく。

「死ね、死んでしまえ」

轟くような声とともに大刀が振り下ろされる。

駄目だ。よけられない。

「きゃあーっ」

お糸が叫んだと同時に、原桑が地面に転がった。何かが体当たりしてきたのだ。

「わわっ、つーやん！」

「その呼び方、止めろって言ってんだろう」

仁王立ちした艶耶子が怒鳴る。小袖のあちこちが破れ、血が滲んでいた。髷も乱れ、額にも頬にも傷ができている。

「こいつ、手強いよ。宗次はまるっきり操られてる。ただの木偶だ」

「つ、つ、艶耶子さま」

「悪かったね、こいつを止められなくて。思ってた以上に力がありやがってさ。怨念の力さ」

「怨念の力……」

「凄まじい怨みを感じるんだよ。その力に、原桑自身が乗っ取られて……ちょっと、あんた、あたしの話を聞いてんの」

「聞いてます、聞いてます。でも、わらちゃんを助けないと」

原桑が転がった拍子に、わらちゃんも地面に飛ばされていた。

「藁人形なんだから、怪我なんてするわけないだろ。ほっときな」

「ほってなんかおけません。あ、いた！　わらちゃん、わらちゃん」

「お糸っぺ。ごめんよう。おら、役に立たなかったっぺ」

「そんなことない、そんなことないよ。わらちゃん、ありがとうね」

わらちゃんを抱き締める。藁の香りが微かにした。

「お涙ちょうだいの小芝居をやってる場合じゃないよ。かなりやばいよ」

顔を上げ、お糸は息を呑んだ。

大刀を手に立つ原桑の前に、鉄砲を手にした武士たちがずらりと並んでいるのだ。

銃口は全て、お糸と艶耶子に向いている。火縄の焦げる匂いが漂ってくるようだ。

「飛び道具なんて卑怯よ。か弱い女二人に鉄砲を向けるなんて、恥ずかしくないの。

あんたたちも、どうしようもない恥知らずね！」

お糸は力の限り、叫んだ。わらちゃんがぼそっと呟く。

「……か弱いってのは、まったく当てはまらないっぺな」

くくくくと、原桑が笑う。

「せめてもの情けだ。苦しまないように殺してやろう」

「冗談じゃないよ。こんなとこで死ぬわけにはいかないね」

「ど、どうするんですか、艶耶子さま」

「逃げるに決まってんだろ。あたしは空を飛べるからね。さっさとおさらばするよ」

「あ、じゃあ、あたしはしがみ付いていればいいですか？」

「申し訳ないけど、あたし一人で逃げるわ。この頃、年のせいか重いもの抱えて空を飛ぶの、辛いんだよ。高く飛ばないと弾が当たっちゃうしね、ごめんね」

「そ、そんな薄情な。あたし、そんなに重くないです」

「悪い悪い。ほんと、ごめんねえ。何とか一人でがんばってちょうだい。ほら、鉄砲隊が〝構え〟の姿勢に入っちゃったよ。やばいわ、やばいわ」

うわぁ、やだぁ。こんなところで撃ち殺されるなんて、嫌だぁ。

おっかさん、おとっつぁん、珠子さま、三嶋さま、おかかさま、おさけさま。わーん、死ぬ前にもう一度、会いたかったです。

「艶耶子さま、せめてわらちゃんと、この包みだけでも」

「ああ、だよね。いいともさ、あずかるよ。包みは端からあずかってりゃよかったんだけど、あたしとしては、あっちも守らなきゃいけなかったからね。ほら、お出し」

「おら、行かないっぺ。お糸っぺと一緒にいるっぺよ」

「ふん、勝手におし。藁人形なんか知るもんか。包みだけは受け取ってやるから、きゃああ」

艶耶子が耳を押さえ、悲鳴を上げた。

物凄い雷鳴が轟いたのだ。同時に叩きつけるような雨が降り注ぐ。その豪雨は束の間で止んだが、火縄の火はきれいに消えて、人も地も全てがびしょ濡れだ。夕立なんてかわいい降り方ではなかった。不思議なことに、鉄砲隊は全てその場に倒れ伏している。原桑だけが黒い墓石のように突っ立っていた。

これは……。

とっさに見上げた空の中ほどはまだ薄らと明るく、しかし、幾つかの瞬く星が見て取れた。晴れている。雨を降らせるような雲はどこにもない。

「お糸ちゃん、お待たせ」

珠子の声が響く。

薄闇の中から、白い小袖姿の珠子が現れた。後ろには、三嶋と権太郎がいる。

「わあああ、珠子さまぁ、三嶋さまぁ」

お糸は珠子の胸に飛び込んでいった。

「お糸ちゃん、よくがんばってくれたわね。ほんと、ありがとうね」

「珠子さま、珠子さま、わーん、三嶋さま。よくぞ来てくださいました。わーん」

「泣くでない。我らがそなたを見捨てるわけがなかろう」

「三嶋さま、ありがとうございます、三嶋さまぁ」

「お糸、お糸、こほんこほん。わしもおるぞ。きぃんぐおぶきぃんぐの権太郎さまじゃ。さっきの雨、わしが降らせたんじゃぞぉ。ついでに、鉄砲隊もみーんな、眠らせといた。びっくりこっくり、とれびあぁんであろうが。われながら、ぐっじょぶぅじゃのう」

「珠子さま、三嶋さま、生きてお目にかかれて嬉しいです」

「わっ、なんで、わしだけ無視すんの、この娘は」

「三嶋、お糸ちゃんを頼むわよ」

「心得ましてございます」

「おいおい、おいおい。三人そろって無視するなって」

　珠子は素早く袖を括ると、前に出た。

「そなたが原桑南山か。いや、原桑に取り憑いた怨霊であるか」

「……おまえは？」

「誰でもよい。そなたの邪悪な念、わたしが絶ち切ってくれようぞ」

　いつの間にか珠子の手には銀色に光る剣が握られていた。

「覚悟しや」

原桑が大刀を八双に据えた。

「とうっ」

気合とともに珠子が打ち込む。その一撃を受け、弾き返し、原桑は横に跳んだ。そして、地を這うような低い太刀筋から、珠子めがけて刃を跳ね上げる。

「きゃあ、珠子さま」

お糸は悲鳴を上げたが、珠子は落ち着いていた。半歩引き、原桑の大刀をよけると、そのまま刀背で原桑の手首を打った。

「ぐわっ」

原桑の手から大刀が転がり落ち、原桑自身はその場に膝をついた。

「お見事です、珠子さま」

「さすがだっぺ。かっこいいっぺ」

「ふむ。これなら、わたしの出る幕はないのう」

お糸とわらちゃんは手を打ち鳴らし、三嶋は満足げに頷く。

「珠子、騙されんじゃないよ。そんなに容易くやられるやつに、あたしが苦戦するわけないだろう。いい気になってる場合じゃないんだよ。ヘックション」

ずぶ濡れのまま艶耶子が声を張り上げた。

「まったく、相変わらず下品なやつじゃが……。珠子さま、確かに一理ございますぞ。ご油断めさるな。あ、ああっ」

「ひええええっ。三嶋さま」

お糸は三嶋にしがみついた。

原桑の身体から再び黒い靄が流れ出てきたのだ。それは、絡まり合いながら、黒い大きな塊となった。その中に二つの大きな目が浮かぶ。真紅だ。そして、耳が、牙が……。

「ひええっ、ね、猫」

お糸は三嶋に縋りついたまま、目を見張った。

塀を超える背丈の大猫だ。全身は黒く、目だけが紅い。しかも、全身に靄を纏い、そこにも無数の紅い目が浮かんでいた。

おのれ、おのれ、よくも……このうらみ、はらさでおくべきか……。

くるしい。くるしい。しにたくなど……なかった。

みずが……ほしい。のどが、やけつく……。

なぜ、こんなめにあう。なぜ、こんなめに……あわせる。

にくい。にくい。にくい。にくい。

うらむ。うらむ。うらむ。うらみつくして、くれようぞ。

お糸は目を閉じることも、動くこともできなかった。

「み、三嶋さま。これは……」

「うむ。まさに怨念じゃ。滾るような怨念が黒い猫の姿になっておる」

「猫の怨念……」

「おそらく、原桑がまいたという毒団子で命を落とした猫たちの念じゃ。みな、苦しみ抜いて死んだ。あまりの苦しみに、人を呪い怨まずにはおられなんだのか……」

「そんな、そんな……」

珠子が剣を構え直した。けれど、さっきのように、ぴたりと決まっていない。

珠子さま、迷っている。

珠子にも伝わっているのだ。毒殺された猫たちの苦しみが、悲しみが、怒りが、伝わっている。生粋の人族であるお糸よりも、ずっと強く激しく伝わっているはずだ。

だから、怯む。ただの悪、ただの敵とはみなせない。

わかる。よくわかる。しかし、その怯みが命取りになる。

「ぎゃおおーっ」

黒猫が吼えた。闇と混ざり合った靄の中から刀身が……違う、刀ではない。

爪だ。

「珠子さま、危ないっ」

お糸が叫ぶより早く、珠子は身を捩り横手に跳んだ。

刀身に似た爪が風を切る。

「きゃあっ」

珠子が肩を押さえて地面に転がった。

「珠子さま、血が……」

お糸は駆け寄り、懐紙で珠子の肩口を押さえた。血がみるみる広がっていく。

「だ、大丈夫、掠り傷よ」

みんな、みんな、ころしてやる。

みなごろしだ。

おなじくるしみをあじわえ。

このうらみをおもいしるがいい。

「珠子さまに傷を負わせるとは、許せぬ。わたしが相手じゃ」

三嶋が低く唸った。既に、口元から牙が覗いている。

「待てい、三嶋」

太い声が轟いた。さほど大きくはないのに、腹の底にずんと響いてくる。

「わしが行く。おまえは引っ込んでおれ」

「え、あ、権太郎さま……」

権太郎が金色の袖なし羽織を脱ぎ捨てた。

えっ、権太郎さま。いや、ここは三嶋さまにお任せした方がずっと、強くて……。

お糸は口をつぐんだ。

いつもの権太郎さまじゃない。様子が違う。

「おのれ、よくも、大切な我が娘を傷つけおったな。よくも、よくも」

権太郎の全身が金色に光り始める。いつもの、きらきらこてこての光り方とは異質の、鋭く目を射る光だ。

「わわわわ、ご、権太郎さま……」

お糸は尻もちをついてしまった。珠子でさえ驚きの声を上げる。

金色の光の中に黒猫を上回る大猫の姿がぼんやりと浮かび上がった。金色の体に黒い斑が散っているとはわかるが、あまりの眩しさに目を開けていられない。

ぎゃあ。

光に貫かれ、黒猫が仰け反った。

周りの松が大きくしなり、幹が根元から折れる。石灯籠が倒れ、足元が揺れる。

「いけません、権太郎さま。そこまででございます。お鎮まりを」

三嶋が金色の体に縋りつく。

「権太郎さま、駄目です、駄目です。これ以上はお止めください。江戸が吹き飛びまする。みんな、早く、権太郎さまを止めや。艶耶子、何をしておる」

こんなに慌てふためく三嶋を見たのは初めてだ。

え、何なの、何が起こってんの？

お糸が狼狽えている間に、艶耶子も権太郎に縋りついた。

「そうだよ、ごんちゃん、駄目よ。落ち着いて、落ち着いて。そこの二人、ぼけっとしてないで、ごんちゃんを止めな」

「え、え、にゃ、にゃにがにゃんだかわからないけど、わかったわ。だでぃー、もう、ぴかぴかは止めて。これ以上、光らないで」

「ご、権太郎さま。お糸です。Calmly. 落ち着いて。Stop, Stop でございます」

珠子もお糸も何もわからないなりに、権太郎に渾身の力でしがみついた。

「権太郎さま。ほんとに、お江戸を吹っ飛ばすおつもりですか。そんなことになったら大災厄でございますぞ。この三嶋に免じて、お鎮まりを」

「ごんちゃん、止めないなら桜子に言い付けるからね。あたしとの間に、あったこともなかったことも、なかったこともなかったことも、みーんな言い付けるからね。ごんちゃんに百万回も言い寄られたって嘘ついちゃうよ、いいの？」

「お……艶耶子。その調子じゃ。続けて、続けて、ほれ」

「あ、えっと、えっと、あの、仁徳天皇陵ができたときに二人で見物に行ったよね。ごんちゃん、自分の名前を書いた猫埴輪を一緒に埋めとこうなんて言い出して、あたしが止めたんだよね。あのとき、ごんちゃん、あたしと桜子と二股かけてたんじゃないの？　え、違うの？」

　金色の光がみるみる薄くなる。

「おお、いいぞ、艶耶子。もっとやれ」

「つーやん、がんばってくださりませ（それにしても、仁徳天皇陵ってなに？）」

「その呼び方するなって言っただろうが、このアホ娘。えっと、あの、そうだよね。ごんちゃんが桜子と付き合い出したのは、あたしと別れてからだもんね。知ってるわよう。桜子と尻尾を繋いで東大寺の大仏開眼供養を見に行ったでしょ？　で、盧舎那仏の手のひらに自分の名前を彫ろうとして、桜子に叱られたんだよねえ」

　光はもうほとんど消えかけようとしている。

「どうして知ってるかって？　むふふ、あたしと桜子、意外に繋がってんの。そう、わりと、な・か・よ・し。ふふん、びっくり仰天でしょ？」

光は消え去り、権太郎の姿も消えた。

「ふぅ、間一髪。お江戸は無事だったぁ」

三嶋がへなへなとくずおれる。その傍らに艶耶子もしゃがみ込み額の汗を拭った。

「み、三嶋。どういうことなの？　だでぃーが江戸を吹っ飛ばすとか言ってなかった？　あれ、あたしの空耳？」

珠子が喘ぎながら尋ねる。

「申しました。権太郎さまが本気でお怒りになれば、江戸どころか、日の本の半分が吹っ飛んでしまいまする」

「そうだよ。あのちゃらんぽらん男、地力だけはすごいんだ。まあ、地力を発揮するの、五千年に一度ぐらいだから、小娘の珠子は知らなくて当たり前だけどね」

「ええっ、だでぃーってそんなすごい猫なの」

「だから、一族の長とかしてんじゃないのかい。普段は、ぱっぱら頭のぐーたら男だけど。地力はあるんだよ。ほら、光を浴びたおかげで、傷、治ってるだろ」

「え、あら、ほんとだわ。肩の傷が治ってる。お糸ちゃんは？」

「はい。わたくしの傷もきれいに治っております。すごいです、権太郎さま」

「確かにすごくはございますが、些か半端な仕事をなさいます」

三嶋が顎をしゃくる。

黒猫はまだそこにいた。既に猫ではなく、黒い靄の塊でしかない。こちらを攻撃する力は残っていないのか、もやもやとしたまま、空に浮いているだけだ。

しかし、聞こえる。

うう、このうらみ……。

くやしい、にくい、どれほどうらんでもうらみつくせぬ。

このままでは、うらみつづけて……。

靄の真ん中に一際(ひときわ)黒い球がある。そこから、怨嗟(えんさ)の声が漏れているようだ。

「成仏(じょうぶつ)させてやらねばなるまいが、さて、どうやれば」

珠子が呟く。

そのとき、松の木の陰から丸ちゃんが飛び出して来た。

黒い靄に向かって、鳴く。それは、激しさより切なさを含んだ悲しげな声だった。

「お母さん、お母さん、もう止めて。もうこれ以上、苦しまないで。あたし、幸せだから。幸せに生きてるから。まっちゃんに可愛がられて、大切にされて、幸せなんだよ。原桑みたいな人間ばっかりじゃないの。猫と一緒に生きている優しい人もたくさんいるの。お母さん、だから安心して。横入の猫に二度と惨い死に方はさせないから。約束する。まっちゃんもそう言ってるよ。だから、だから、成仏して。死んでまで苦しまないで。お母さん、お母さん」

涙を流しながら、丸ちゃんが訴える。お糸も珠子も、三嶋さえも泣いていた。猫語のわからない艶耶子だけが首を傾げて、涙する三嶋を気味悪そうに眺めている。

黒い靄がぐるりと捩れた。そのまますするすると空に昇っていく。

まる。しあわせに、しあわせに、ねがっています。

「お母さん」

にゃーん。丸ちゃんが高く鳴いた。

靄が晴れた後には、原桑南山がぽつんと一人、立っていた。

目にも表情にも、生気がない。何も見ていないし、何も聞こえていないようだ。

「おやおや、すっかり抜け殻になっちまったようだね。これじゃ、もう二度と使い物にはならないねえ。このまま隠居かい」

艶耶子が鼻で嗤う。

「とすれば、猫たちの怨念は半分は晴らせたのかもしれません」

艶耶子が横目でお糸を見やる。

「あとの半分は？」

「おそらく、横入を滅ぼすことであったのではありませんか。将軍家転覆を企てた者として、横入に繋がりのある者は子々孫々まで罰せられるよう仕向けることだったのかと」

「なるほどね。棘無しガガコの毒で将軍家を操ろうとしたとなれば、とんでもない大罪。横入に関わりある者はことごとく罰せられただろうね。この上ない仕返しだねえ。やっぱり、猫の考えることは恐ろしいよ」

お糸は腰から風呂敷包みを外した。

「艶耶子さま、これを松子の方さまにお返しください。そして、いつの日か黒豆ガガコに負けない苗を作り出していただけますようにと、お伝えください」

「ああ、わかったよ。まあ、そんなに遠くない日にできるんじゃないのかい。だとしたら、鈴江にとっても喜ばしい話さ」

「それにしても、つーやんはどうして松子の方さまに仕えてたわけ？　何か下心があったの？」

艶耶子が珠子を睨みつけた。

いさ」

「その呼び方で呼ぶなっつーてるだろう。今度呼んだら、丸齧りだよ。下心なんてないさ」

お糸も続いて尋ねる。

「艶耶子さま、恩返しとかなんとか言ってませんでした？　松子の方さまに助けられたんですか？」

艶耶子がなぜ侍女となっていたのか、ずっと不思議だったのだ。

「あ、うん……そうそう。ほら、この前、この虎女と揉めただろう。そのときの傷が膿んでしまってさ、往生してたんだよ。そこに、松子さまがたまたま来合わせて手当てをしてくれて、一命をとりとめたのさ。だから、恩があるんだよ」

「傷？　艶耶子、そなたわたし以上に傷の治りは早いではないか。膿んだりはせぬであろうが。昔から、ちょいちょいっと舐めればどんな怪我も三日で治るとか自慢しておったのに。そのくせ、胃の腑や腸は弱くて……あっ、もしかして」

「な、なんだよ」

「やだぁ、つーやん、原桑がまいた毒団子、食べたりしたんじゃなーいの」

三嶋が急に娘っぽい物言いになる。もちろん、かわいくも初々しくもない。艶耶子をからかう気だけはしっかり伝わってきた。

「は？　は？　な、何を言ってんだよ。なんで、あたしがそんな物を拾い食いしなきゃいけないんだよ。何だよ、急に気味の悪い物言いをして。これだから、虎は品がないんだ」

「わー、わー。そうなんだぁ。毒団子を拾い食いして苦しんでいたところを助けられたってわけねえ。そりゃあ、恩返ししなきゃねえ。へえ、へえ、毒団子、食べちゃったんだぁ」

「お黙り。そのぶっとい首を嚙み切ってやろうか」

「おお、やれるものなら、やってみよ。この、食い意地の張った狐女が」

「あんたにだけは言われたくないね。食い意地しかない虎女のくせに」

「お二人とも、お止めください。大変です。さらに敵が」

お糸は声を上げる。

松明とともにいくつかの足音が迫ってきた。

「ほんとうに次から次へと。まっ、あれが宗次本人です。珠子さま」

横入十万石の領主がものすごい勢いで走ってくる。大名が走るところを、お糸は初めて見た。三嶋が盾になるためか、珠子の前に立つ。

宗次の後ろには幾人もの武士が従っていたのだ。

「いざとなったら、逃げるわよ。あたし、だでぃーほどじゃないけど、目眩ましは使えるから。ぱあっと光ったら、一斉に逃げるのよ。三嶋はお糸ちゃんを背負ってちょうだい」

「承知」

宗次が足を止めた。まじまじと、こちらを見詰めている。その眼差しは、もう虚ろではなかった。はっきりと意思が宿っている。そのせいか、さっき見たときより若く、凛々しく思えた。

「申し訳ござらん」

宗次が不意に、その場に膝をついた。

「さきほど、急に目が覚めた気がいたしました。ずっとぼんやりしておりました頭に、やっと思案が戻ってきたような」

「それはようございました。悪霊が消えましたゆえでございましょう。宗次さま、どうかお顔をお上げあそばして。宗次さまにひざまずかれれば、我らも立ってはおられませぬ」

「あいや、そのまま。松子から全てを聞き申しました。原桑南山の悪巧み、よくぞ止めてくださいました。鈴江のみなさまのおかげで、横入は救われましたぞ」

え？　松子の方さま、全てをご存じだったの？

「にゃう。にゃんにゃん」

「は？　〝丸ちゃん☆ちゃんねる〟を松子の方さまも聴けるの？　じゃあ、今までのやりとりも聴いておられたのね」

「にゃん、にゃん」

「うんうん、さすが松子の方さま。猫語はわからなくても、だいたいのことは解しておいでなのね」

「後日、改めて御礼に上がりとう存じます。どうか、お許しをいただきたい」

宗次が平伏する。三万石の正室と十万石の領主。身分の差は明らかなのに、宗次はそれこそ将軍に接するごとく、畏まっている。

そして、妙に潤んだ熱っぽい眼差しを向けてくる。

「間者の件はいかがなります」

お糸は思い切って問うてみた。

「わたくしは、鈴江の屋敷に奉公する小毬という女が、こちらの屋敷におりましたのを見ました。あれは、間者として鈴江に潜り込んでいた者ではございませんか？」

そうだ、渡殿で見かけたのは小毬だ。厠（かわや）の番を待っていた女中だ。間違いない。

「三嶋さまと同じ名前ゆえ、はっきりと覚えておりました」

「これ、お糸、わたしの名前など、どうでもよかろう」

「小毬……。その件についても、自らお報せしとうござる。どうか、この宗次に機会をくだされませ。珠子どの」

再び、宗次が頭を下げる。

お糸と珠子、三嶋と艶耶子は顔を見合わせ、四人同時に首をひねった。

二日後、珠子は落ち着かない様子で部屋を歩き回っている。

「珠子さま、少し、落ち着きなされませ」

三嶋が苦笑いを浮かべた。

「落ち着けるわけがないでしょ。宗次……但馬守がわざわざ、来るっていうんだから。いくらお忍びとはいえ、気が張っちゃうわ。いったい何用なのかしら？　やっぱり、間者のことかしらねえ。それとも改めて御礼に来るのかなあ。御礼なら、あそこまで謝ってくれたからもう十分なんだけど」

「そういえば、松子の方さまは大奥に帰られた由にございますな」

「ええ、お文をいただいたわ。お糸ちゃんにも、くれぐれもよろしくとのことよ。お糸ちゃんの打掛、大切にするって」

お糸は深く息を吐き出した。

「何とありがたいお言葉。誉(ほま)れといたします。あの、そういえば、艶耶子さまはどうなさったのでしょう？」

「つーやんは大奥を辞して、琉球(りゅうきゅう)にばかぁんすぅに行くみたいよ。百年は帰ってこないなんて言ってたけど。それより、だでぃーの方はどうなの？　あれから一度も姿を見せてないでしょ」

三嶋がちらりと西の方向に目をやった。

「権太郎さまはお疲れなのでしょう。あのように正体をちらっとでも見せてしまいますと、わりに疲れるようで、しばしどこかでご休息かと存じますが。どこか……おそらく、富士の山辺りではないかと」

「あら、母さんのところに？　ふふ、そりゃあいいわね。なんだかんだ言って、だでぃー、母さんにぞっこんなんだから。あ、来たわ」

重々しい足音が近づいてくる。

「但馬守さま、お見えにございます」

おかかが告げた。

宗次は入ってくるなり、詫びと謝意とを丁寧に述べた。こうしてみると、やはり一国の主の貫禄が漂っている。

いまいち垢ぬけていないなんて思って、ごめんなさい。

お糸は胸の内で手を合わせた。

「堅苦しい挨拶は抜きにいたしましょう。宗次さま、今日のお越しは二日前の一件についてでございますね。あの件については、鈴江の者は誰一人口外はいたしませぬ。どうか、ご安心くださいませ」

「まことにありがたきご配慮と存じる。これは、わが心の一端にしか過ぎませぬが、どうかお納めくだされ」

宗次が手を打つと、三方を掲げた女中が次々に入ってくる。そこには、反物、上質の紙の束、それに、いかにも上物のスルメの束、他にも香料や大きな鯛などが載せられていた。

「まあ、これは」

「横入を救うてくださいました御礼でございます。珠子どの、どうかお納めを」

三嶋がじゅるりと舌を鳴らした。目はスルメと鯛に釘付けになっている。

「あ、あなたは……」

お糸は腰を浮かせた。鯛を運んできた女中に見覚えがあったのだ。

小毬だ。

「は、はい。わたくしは伊賀の者にございます。但馬守さまからの命で鈴江のお屋敷に参り、間者の役を果たしておりました。何とぞお許しくださいませ」

小毬がひたすら身を縮める。

わぁ、この人、伊賀者なんだ。すごい、本物だぁ。日当、幾らなんだろう。

宗次が頷くと、小毬は身を縮めたまま出て行った。

「但馬守さま、我が屋敷に伊賀者の間者を放つとは、どのような謂でございますか。何を、何のために探っておられました?」

珠子の物言いが険しくなる。当然だ。

「珠子どののお腹立ちはごもっともでござる。まことに申し訳ござらん。ただ、何かを探るというのではなく……その、えっと、その、文をお渡ししたく……」

「文? 文ならそれなりの手順を踏めば、ことなく届きましょう」

「は、いや、それが、なかなかその、当たり前の文ではなく……ご当人に直に渡すよう伊賀者に申し付けていたのですが……その隙がまったくないと……」

文を渡すのに隙がない? 当たり前の文ではないって? ええっ。

お糸は叫びそうになった口元を押さえ、宗次を見やった。

「お、恐れながら、そのお文とは、もしや……」

「いかにも、懸想文でござる」

お糸も珠子も目を見張った。隅で畏まっていた、おかかとおさけは顔を見合わせた。三嶋はスルメと鯛しか見ていない。

宗次の額に汗の粒が浮かんだ。

「今年、ご城内での桜の宴の折、見掛けましたそのお姿が眼裏に焼き付いて、消そうとして消せぬまでになっております。その我が心を包み隠さず、綴りました文でござる」

桜が爛漫に咲く一日だけ、城内、堀廻りの桜を愛でる宴が催される。このときばかりは、日頃厳しく取り決められた身分の枠も緩められ、奥方たちもそれぞれに桜を楽しむことができた。場を区切ってだが、町人も花見を許される。なかなかに、粋な計らいである。

お糸も珠子の供をして、三嶋ともども桜の下を歩いた。

そのとき、この方は珠子さまに懸想したというのか。

「なりませぬ。そのような お振る舞いが許されましょうか」

お糸は声を張り上げた。

珠子は鈴江三万石の正室である。そういう相手に堂々と懸想文を渡すなどと、十万石が百万石であっても許されるはずがない。

「許されぬであろうか」

「当たり前です」

「しかし、この想いがあったからこそ、わしは正気の一点を保っておれた。原桑のようにまったくの腑抜けにならず済んだと思うておる」

人を想う気持ちは強い。それは、お糸も身に染みてわかっているつもりだ。誰かを想う。その力で、お糸なりに乗り越えてきた困難も苦労もあったのだ。鈴江にいる若い武士の面影が心内を過る。

しかし、それとこれとは話が別だ。

もしや、鈴江を小国と侮っているのでは。小国の室ゆえ、好きにできると驕っているのでは。お糸は宗次を睨みつけた。三嶋はスルメと鯛を見詰めたままだ。

「三嶋さま、三嶋さま」

袖を引っ張る。耳元で囁く。

「スルメや鯛に現を抜かしているときじゃありませんって。しっかりしてください。

珠子さまを護らないと、大変なことになります」

ここで、艶耶子なら思いっきり耳朶を引っ張るのだろうが、さすがに憚られる。

それに、三嶋の耳朶はかなりの厚さで、お糸の力で引っ張るのは無理そうだ。

「うむ？　あ、済まぬ。あまりに見事なスルメと鯛であるので、つい。うう、美味そう。じゅるじゅる」

「三嶋さま、涎が。それより、珠子さまが危のうございます。宗次さまを追い出してくださいませ」

不意に、宗次が膝行で近づいてくる。ずんずんとにじり寄ってくる。お糸は珠子の前に進み出た。

「お退きください。両脇をおかかとおさけが固める。珠子さまには指一本、触れさせませぬぞ」

「そうじゃ、退かれよ」「退かれよ」

宗次の身体が横を向く。

あら、あたしたちの気迫に押された？　そうよ、このまま諦めてとっとと帰って。

「三嶋どの、いや、小毬どの。我が想い、聞き届けてはくれまいか」

あぁ、何だ。お相手は三嶋さまだったのか。よかった……って。

「えええーっ」

お糸とおかかとおさけの声がきれいに重なる。少し遅れて、「どっぺい」と、わらちゃんの驚き声がした。

「はあ？　な、なんですって、み、み、三嶋さまぁ」

「そうじゃ。桜の宴の日、三嶋どのの美しさに心を射貫かれてしもうた。三嶋どの、どうか我が妻となってくだされ。宗次、一生の願いにござる」

「え？　え？　え？　美しさに射貫かれた？　強さとか食べっぷりとかじゃなくて？　え？　え？　え？」

「いかにも、まさに桜の精かと思い申したぞ。まさに、夢見ていた女人じゃ」

「いや、いやいやいやいや、ちょっとちょっと、ちょっとちょっと待ってください。確か但馬守さまって、大人の色香を具えた美女が好みと聞いておりましたが……」

「さようだ。だから、三嶋どのに心を奪われた」

はあ？　いや、それは何とも言い難いです。大人の食気を具えた、ならわかりますけど。但馬守さま、もしかして眼病を患っておられます？

「まあ、大変なお話ですねえ。三嶋、そなたいかがするのじゃ」

「はい？　やっぱりイカよりスルメでございますねえ。ほんとに、ちょっと炙っただけで、ずずずっ」

「三嶋、涎を垂らしているときではないぞ。但馬守さまは、そなたを横入十万石の正室として迎えたいと仰せなのじゃ」

「さよう、さよう。三嶋どの、是非に」

「嫌です」

「は？」

「横入は土地柄なのか、米も野菜も今一つ、味にコクがございません。そんなところ、嫌です。あ、でも、この頂き物は全て頂戴いたしますよ。むふふ、珠子さま、ちょいとスルメを炙って参りますね。むふふ」

　スルメの束を摑むと、三嶋は滑るような足取りで部屋を出て行った。

「え、え、そんな、三嶋どの、どうか、我が願いを聞き届けてくだされ。せめて、文を、文を受け取って……三嶋どの、待たれよ」

　宗次が後を追う。

「三嶋どのーっ」

「嫌です。しつこいと頭から齧ってしまいますぞ」

「もう、こうなったら齧ってくれ。一思いに、がりがりと」

「それも遠慮いたします。ものすごく不味そうだもの。はいはい、もう帰って帰って。さようならでございます」

「ううう、わしは諦めぬぞ。三嶋どのーっ」

騒ぎがだんだん遠ざかっていく。

「……珠子さま、世の中って思いも掛けぬことが起こるのですねえ」

「ほんとにね。まあ、三嶋がおとなしく誰かの室に納まるとは考えられないわね」

「はい。でも、何だかおかしゅうございます」

「ほんと。つーやんやだでぃーが知ったら、どんな顔するかしらね」

「はい、想像するだけで……」

珠子とお糸は同時に噴き出した。おかかもおさけもわらちゃんも笑う。

なんだかんだあっても、鈴江三万石江戸屋敷は今日も、笑い声に包まれているのだ。にゃん！

（本書は月刊『小説ＮＯＮ』（祥伝社発行）令和五年八月号から令和六年三月号まで連載したものに、著者が刊行に際し加筆・修正したものです）

一〇〇字書評

切り取り線

購買動機（新聞、雑誌名を記入するか、あるいは○をつけてください）	
□（　　　　　　　　　　　）の広告を見て	
□（　　　　　　　　　　　）の書評を見て	
□ 知人のすすめで	□ タイトルに惹かれて
□ カバーが良かったから	□ 内容が面白そうだから
□ 好きな作家だから	□ 好きな分野の本だから

・最近、最も感銘を受けた作品名をお書き下さい

・あなたのお好きな作家名をお書き下さい

・その他、ご要望がありましたらお書き下さい

住所	〒				
氏名		職業		年齢	
Eメール	※携帯には配信できません		新刊情報等のメール配信を 希望する・しない		

この本の感想を、編集部までお寄せいただけたらありがたく存じます。今後の企画の参考にさせていただきます。Eメールでも結構です。

いただいた「一〇〇字書評」は、新聞・雑誌等に紹介させていただくことがあります。その場合はお礼として特製図書カードを差し上げます。

前ページの原稿用紙に書評をお書きの上、切り取り、左記までお送り下さい。宛先の住所は不要です。

なお、ご記入いただいたお名前、ご住所等は、書評紹介の事前了解、謝礼のお届けのためだけに利用し、そのほかの目的のために利用することはありません。

〒一〇一-八七〇一
祥伝社文庫編集長　清水寿明
電話　〇三（三二六五）二〇八〇

祥伝社ホームページの「ブックレビュー」からも、書き込めます。

www.shodensha.co.jp/bookreview

祥伝社文庫

もっと！ にゃん！ 鈴江三万石江戸屋敷見聞帳（すずえさんまんごくえどやしきけんぶんちょう）

令和 6 年 9 月 20 日　初版第 1 刷発行

著　者　あさのあつこ
発行者　辻　浩明
発行所　祥伝社（しょうでんしゃ）
東京都千代田区神田神保町 3-3
〒101-8701
電話　03（3265）2081（販売）
電話　03（3265）2080（編集）
電話　03（3265）3622（製作）
www.shodensha.co.jp
印刷所　萩原印刷
製本所　積信堂
カバーフォーマットデザイン　中原達治

Printed in Japan ©2024, Atsuko Asano ISBN978-4-396-35077-2 C0193

祥伝社文庫の好評既刊

西條奈加 御師弥五郎（おんしやごろう） お伊勢参り道中記

無頼の御師が誘う旅は、笑いあり涙あり、謎もあり――騒動ばかりの東海道をゆく、痛快時代ロードノベル誕生。

西條奈加 六花落々（りっかふるふる）

「雪の形を見てみたい」自然の不思議に魅入られて、幕末の動乱と政に翻弄された古河藩下士・尚七の物語。

西條奈加 銀杏手ならい（ぎんなんてならい）

手習所『銀杏堂』に集う筆子とともに成長していく日々。新米女師匠・萌の奮闘を描く、時代人情小説の傑作。

神楽坂 淳 金四郎の妻ですが

大身旗本堀田家の一人娘けいが、嫁ぐように命じられた男は、なんと博打好きの遊び人――遠山金四郎だった！

神楽坂 淳 金四郎の妻ですが 2

借金の請人になった遊び人金四郎。返済の鍵は天ぷらを流行らせること!? 知恵を絞るけいと金四郎に迫る罠とは。

神楽坂 淳 金四郎の妻ですが 3

「一月（ひとつき）以内に女房と認められなければ、他の男との縁談を進める」父の宣言に、けいは……。夫婦（未満）の捕物帳。

祥伝社文庫の好評既刊